**CLÁSSICOS
BOITEMPO**

A VÉSPERA

Publicado com o apoio do Instituto de Tradução Literária (Rússia)

CLÁSSICOS BOITEMPO

A ESTRADA
Jack London
Tradução, prefácio e notas de Luiz Bernardo Pericás

AURORA
Arthur Schnitzler
Tradução, apresentação e notas de Marcelo Backes

BAUDELAIRE
Théophile Gautier
Tradução de Mário Laranjeira
Apresentação e notas de Gloria Carneiro do Amaral

DAS MEMÓRIAS DO SENHOR DE SCHNABELEWOPSKI
Heinrich Heine
Tradução, apresentação e notas de Marcelo Backes

EU VI UM NOVO MUNDO NASCER
John Reed
Tradução e apresentação de Luiz Bernardo Pericás

MÉXICO INSURGENTE
John Reed
Tradução de Luiz Bernardo Pericás e Mary Amazonas Leite de Barros

NAPOLEÃO
Stendhal
Tradução de Eduardo Brandão e Kátia Rossini
Apresentação de Renato Janine Ribeiro

OS DEUSES TÊM SEDE
Anatole France
Tradução de Daniela Jinkings e Cristina Murachco
Prefácio de Marcelo Coelho

O TACÃO DE FERRO
Jack London
Tradução de Afonso Teixeira Filho
Prefácio de Anatole France
Posfácio de Leon Trótski

TEMPOS DIFÍCEIS
Charles Dickens
Tradução de José Baltazar Pereira Júnior

IVAN TURGUÊNIEV

A VÉSPERA

Tradução, posfácio e notas
Paula Vaz de Almeida e
Ekaterina Vólkova Américo

© desta edição, Boitempo, 2019
Edição original russa: *Накануне / Nakanune*, 1860

Direção editorial	Ivana Jinkings
Edição	André Albert
Assistência editorial	Artur Renzo e Carolina Mercês
Tradução	Paula Vaz de Almeida e Ekaterina Vólkova Américo
Preparação	Caco Ishak
Revisão	Mariana Zanini
Coordenação de produção	Livia Campos
Capa	Rafael Nobre sobre pinturas *O retorno inesperado* (capa) e *Retrato de Ivan Turguêniev* (orelha), de Iliá Riépin
Diagramação	Antonio Kehl
Mapa	Heleni Andrade

Equipe de apoio: Ana Carolina Meira, Andréa Bruno, Bibiana Leme, Clarissa Bongiovanni, Débora Rodrigues, Elaine Ramos, Frederico Indiani, Higor Alves, Isabella Marcatti, Ivam Oliveira, Joanes Sales, Kim Doria, Luciana Capelli, Marina Valeriano, Marlene Baptista, Maurício Barbosa, Raí Alves, Talita Lima, Tulio Candiotto

CIP-BRASIL. CATALOGAÇÃO NA PUBLICAÇÃO
SINDICATO NACIONAL DOS EDITORES DE LIVROS, RJ

T845v

Turguêniev, Ivan, 1818-1883
A véspera / Ivan Turguêniev ; tradução, posfácio e notas Ekaterina Vólkova Américo , Paula Vaz de Almeida. - 1. ed. - São Paulo : Boitempo, 2019.
(Clássicos Boitempo)

Tradução de: Накануне / Nakanune
ISBN 978-85-7559-687-6

1. Romance russo. I. Américo, Ekaterina Vólkova. II. Almeida, Paula Vaz de. III. Título. IV. Série.

19-55416
CDD: 891.73
CDU: 82-31(470+571)

Vanessa Mafra Xavier Salgado - Bibliotecária - CRB-7/6644

É vedada a reprodução de qualquer parte deste livro sem a expressa autorização da editora.

1ª edição: abril de 2019

BOITEMPO EDITORIAL
Jinkings Editores Associados Ltda.
Rua Pereira Leite, 373
05442-000 São Paulo SP
Tel.: (11) 3875-7250 / 3875-7285
editor@boitempoeditorial.com.br | www.boitempoeditorial.com.br
www.blogdaboitempo.com.br | www.facebook.com/boitempo
www.twitter.com/editoraboitempo | www.youtube.com/tvboitempo

SUMÁRIO

Nota da tradução 9

A véspera 13

Posfácio – *A véspera*, **de Turguêniev: entre** *Elena* **e** *Um búlgaro*
Paula Vaz de Almeida e Ekaterina Vólkova Américo 181

Apêndice – Prefácio à edição de 1879 193

Cronologia 197

NOTA DA TRADUÇÃO

Ivan Turguêniev (1818-1883) já foi chamado, no Brasil, de Ivã, Tourgueneff, Tourguienev, Turgenev, Turgenov, Turguenev, Turguenef, Turguenieff, a depender da transliteração de seu nome e sobrenome nas edições nacionais[1], até poucas décadas atrás baseadas em traduções do russo para outros idiomas. Reconhecido ainda em vida por sua obra na Rússia e no Ocidente, Turguêniev teve um percurso criativo peculiar se comparado ao de outros escritores contemporâneos de seu país, uma vez que, a partir de 1863, viveu quase permanentemente no exterior. Com isso, pôde travar amizade com George Sand (pseudônimo de Amandine Aurore Lucile Dupin, baronesa de Dudevant), Charles Dickens, Anatole France, Guy de Maupassant, Gustave Flaubert, Henry James, entre outros escritores, e tornar-se uma espécie de embaixador da literatura russa na Europa e vice-versa, tendo traduzido para o russo poemas de Byron, contos de Perrault, excertos de Goethe, Heine, Musset, Voltaire e Flaubert, além de vertido Púchkin, Liérmontov e Gógol para o francês.

    Talvez seja essa peculiaridade de sua biografia aquilo que lhe possibilitou olhar a realidade de sua terra natal com certo afastamento, em um contexto de intenso debate entre ocidentalistas e eslavófilos. Grande parte de sua produção em prosa é

---

[1] Denise Bottmann, "Turguêniev no Brasil, 1900-1950", 27 jul. 2016, disponível em <http://naogostodeplagio.blogspot.com/2016/07/turgueniev-no-brasil-
-1900-1950.html>.

dedicada a representar a geração dos anos 1860, em particular os assim chamados niilistas, tema que o tornou conhecido, em especial por sua obra-prima, o romance *Pais e filhos* (1862). Em sua busca por um realismo imparcial, o escritor foi capaz de captar em suas narrativas um momento decisivo da história russa: o nascimento e o florescer da *intelligentsia*. Forma-se de modo *sui generis* na Rússia desse período um grupo de pensadores cujas filosofia e prática, muitas vezes consideradas extremas ou radicais, derivam do choque provocado na cultura russa por ideias vindas da Europa, suscitadas especialmente pela Revolução Francesa e pelas revoluções de 1848. Ainda que tivessem um alcance imediato bastante limitado, tais ideias prepararam o terreno para o estado de coisas que culminaria mais tarde nos acontecimentos de 1905 e, sobretudo, de outubro de 1917.

Turguêniev compõe alguns de seus romances com base em um jogo de paralelismos e contrastes entre as personagens principais e secundárias, bem como entre os elementos constitutivos da narrativa, o que pode ensejar duas leituras diferentes. O exemplo mais característico encontra-se, como não poderia deixar de ser, em *Pais e filhos*: podemos ler o romance na chave da tragédia, considerando-o potencialmente ideológico por abordar o conflito de gerações e ter como pano de fundo as polêmicas político-filosóficas da *intelligentsia* russa em meados do século XIX; ou na chave da comédia, em que a morte do protagonista Bazárov pode ser considerada o triunfo do humanismo, da beleza e da natureza sobre as teorias negativistas. Vale dizer, todavia, que em ambas as interpretações sobressai a contradição fundamental: pinta-se o quadro de uma elite alijada da base social que a sustenta, reproduzindo hábitos importados da Europa de maneira deslocada e um tanto ridícula – algo que, aliás, soa bem familiar ao leitor brasileiro.

Na historiografia da edição de suas obras no Brasil, *A véspera* ocupa um lugar de destaque, embora quase irreconhecível em consequência do título alterado – algo que denuncia o tratamento descuidado que as traduções e mesmo os tradutores recebiam. Esta foi uma das primeiras obras literárias russas publicadas no

NOTA DA TRADUÇÃO

Brasil, lançada em 1897 sob o curioso título *Um búlgaro*, na tradução portuguesa de Lourenço Cayolla[2]. Se essa escolha chama atenção, provavelmente por ser uma tradução de segunda mão a partir do francês – há registro de publicação de 1886 nesse idioma sob o título *Un bulgare* –, o fato de a primeira edição francesa ter saído com o título *Elena* (1861)[3] não é menos notório. Lançada apenas um ano depois de sua impressão na Rússia, trata-se de um testemunho admirável da velocidade com que eram feitas as traduções na Europa. Além disso, como já observamos, a estrutura narrativa dos romances de Turguêniev permitia atribuir, dependendo da chave de análise, diferentes protagonismos na trama. Desse modo, em *A véspera*, teríamos, de um lado, o revolucionário búlgaro como herói de um romance romântico de cunho ideológico e, de outro, a heroína de um romance de formação, ideia que procuramos expor melhor no posfácio deste volume[4].

Os traços modernos da produção de Turguêniev não se limitavam à estrutura narrativa ou à caracterização das personagens. Também os recursos estilísticos prenunciam usos que nas décadas seguintes se tornariam mais comuns: polifonia, fluxo de consciência, prosa modernista, esboçados principalmente por meio da incorporação de falas das personagens ao discurso do narrador. Nesse sentido, mantivemos a diferença de indicação entre as falas

---

[2] Como conta Denise Bottmann, *Um búlgaro* "saiu em 1897 em nada menos que três editoras: pela Laemmert carioca e pelas pelotenses Echenique & Irmão (Livraria Universal) e Americana (de Carlos Pinto)". Segundo ela, é muito provável que a tradução anônima, publicada em 1933, seja a mesma lançada em 1897. Ao que tudo indica, a primeira tradução brasileira do romance a partir do russo seria a publicada pela editora Lux em 1962, assinada por Ruy Lemos de Brito, dessa vez com o título *Na véspera*. Não conseguimos encontrar praticamente nenhuma informação sobre Brito, mas diferentes fontes asseguram que suas traduções publicadas no mesmo ano pela Lux de outras obras de Turguêniev, como *Pais e filhos* e *Águas da primavera*, além de contos da *Antologia do conto russo*, teriam sido feitas diretamente do russo. Infere-se, daí, que *Na véspera* também teria sido traduzido por ele diretamente do original. Ver Denise Bottmann, "Turguêniev no Brasil, 1900-1950", cit.

[3] Ivan Tourgueniev [Turguêniev], *Elena* (trad. H. Delaveau, em *Nouvelles scènes de la vie russe*, Paris, Dentu, 1861).

[4] Ver, neste volume, p. 181.

11

convencionais, feita com travessões, e as com intenção semântica diversa, assinalada por aspas em meio ao discurso do narrador. Optamos, também, por preservar o uso do presente do indicativo no discurso indireto livre sempre que tenha sido essa a opção do autor (por exemplo, no relato de sonhos de uma personagem), sintaxe muito mais comum no russo que no português.

Ekaterina Vólkova Américo e Paula Vaz de Almeida
Rio de Janeiro/São Paulo, março de 2019

A VÉSPERA

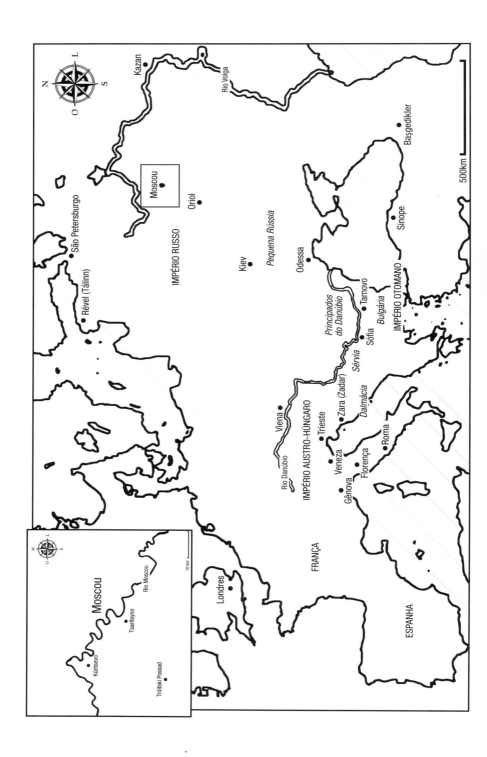

I

À sombra da tília alta, às margens do rio Moscou, próximo a Kúntsevo[1], em um dos dias mais quentes do ano de 1853, dois jovens estavam deitados no gramado. Um, que aparentava ter uns 23 anos, de estatura alta, moreno, nariz afilado e um pouco torto, testa larga e um sorriso tímido em lábios grossos, estava deitado de costas e, pensativo, fitava ao longe, cerrando ligeiramente seus pequenos olhos cinza; o outro, deitado de bruços, apoiando nas duas mãos a cabeça de cabelos loiros e encaracolados, também fitava algum lugar ao longe. Era três anos mais velho que seu companheiro, mas parecia muito mais jovem; seu bigode mal brotara, e no queixo ondulava uma leve penugem. Havia algo de infantil e gracioso, de agradável e refinado nas pequenas feições de seu rosto fresco e redondo, em seus doces olhos castanhos, nos belos lábios protuberantes e nas mãozinhas brancas. Tudo nele exalava a feliz alegria da saúde, exalava juventude: despreocupação, presunção, o estrago pelo mimo, o encanto da juventude. Virava os olhos, sorria, apoiava a cabeça como fazem os meninos que sabem que estão sendo admirados com prazer. Usava um largo sobretudo branco semelhante a um camisolão; um lenço azul abraçava seu pescoço fino, e o chapéu de palha amassado estava caído a seu lado na grama.

---

[1] À época um vilarejo nos arredores de Moscou, hoje é um bairro da cidade.

Comparado a ele, seu companheiro parecia um velho; ao olhar sua figura angulosa, ninguém suspeitaria de que se deleitava e se sentia feliz. Estava deitado de maneira desajeitada; sua cabeça grande, larga em cima e pontiaguda em baixo, apoiava-se desajeitada no pescoço fino; a falta de jeito afetava a própria posição de seus braços, de seu torso, apertado por uma sobrecasaca curta e preta, e de suas pernas compridas com os joelhos dobrados, que lembravam as patinhas traseiras de uma libélula. Não se podia deixar de reconhecer nele, contudo, um homem de boa educação; a impressão de "decência" fazia-se notar em todo seu canhestro ser, e seu rosto, privado da beleza e até um pouco engraçado, expressava o costume da reflexão e bondade. Chamava-se Andrei Petróvitch Bersiéniev; e seu companheiro, um jovem de cabelos loiros, era conhecido por Chúbin, Pável Iákovlevitch.

– Por que você não se deita como eu, de bruços? – começou Chúbin. – É bem melhor assim. Principalmente quando você levanta as pernas e bate os saltos um no outro, desse jeito. A grama fica bem debaixo do nariz: quando você cansar de ver a paisagem, pode olhar para um insetinho barrigudo qualquer, ver como ele se arrasta pela graminha, ou para uma formiga, como ela se agita. Juro que assim é melhor. É que você agora está fazendo essa pose pseudoclássica, igualzinho a uma dançarina de balé quando apoia os cotovelos sobre um penhasco de papelão. Lembre-se de que agora você tem todo o direito de descansar. Não é brincadeira: pegou o terceiro lugar! Relaxe, *sir*, deixe essa tensão de lado, estique seus membros!

Todo esse discurso Chúbin proferiu pelo nariz, meio com preguiça, meio de brincadeira (as crianças mimadas falam assim com os amigos de casa que lhes trazem bombons) e, sem esperar a resposta, prosseguiu:

– O que mais me impressiona em formigas, besouros e outros senhores insetos é sua surpreendente seriedade; correm de lá para cá com ares de importância, como se suas vidas também significassem algo! Misericórdia, o ser humano, o rei da criação, um ser superior, os contempla, enquanto eles nem confiança lhe dão; e ainda um mosquito qualquer é capaz de pousar no nariz do rei da criação e servir-se dele como alimento. É ofensivo.

Por outro lado, por que a vida deles é pior que a nossa? E por que não podem se fazer de importantes se nós nos fazemos de importantes? Ora, ora, filósofo, resolva por mim esse problema! Por que não diz nada? Hein?

— O quê? — disse Bersiéniev, voltando a si.

— O quê! — repetiu Chúbin. — Seu amigo lhe expõe pensamentos profundos e você sequer o escuta.

— Eu estava admirando a vista. Veja como esses campos brilham ardentes ao sol! (Bersiéniev tinha o costume de falar sussurrando.)

— Foi usada uma tinta das boas — soltou Chúbin. — Em uma palavra, a natureza!

Bersiéniev balançou a cabeça.

— Você deveria admirar tudo isso mais que eu. É da sua alçada: você é o artista.

— Não, senhor; isso não é de minha alçada, não — retrucou Chúbin, pousando o chapéu na nuca. — Sou um açougueiro, senhor; meu negócio é carne, esculpir a carne, os ombros, as pernas, os braços; já aqui não há forma, não há acabamento, as coisas se dispersam para todos os lados... Tente captar!

— Mas mesmo aqui há beleza — observou Bersiéniev. — A propósito, você já terminou seu baixo-relevo?

— Qual?

— Da criança com o bode.

— Que vá para os diabos! Diabos! Diabos! — cantarolou Chúbin.

— É só olhar para os verdadeiros, para os velhos, para os *antiques*[2], que você despeça sua ninharia. Você me mostra a natureza e diz: "Aqui também há beleza". É claro; há beleza em tudo, até em seu nariz há beleza, mas não é qualquer beleza que se pode capturar. Os velhos, esses nem a perseguiam: ela mesma descia até suas criações; de onde, só Deus sabe, do céu, talvez. O mundo inteiro era deles; já nós, não podemos nos espalhar tanto: os braços são curtos demais. A vara de pescar nós lançamos em apenas um pontinho, e ali aguardamos. Se a isca for mordida, bravo! Mas se não for...

Chúbin mostrou a língua.

---

[2] No original, em francês transliterado para o cirílico: "antigos".

– Espere, espere – retrucou Bersiéniev. – É um paradoxo. Se você não consente com a beleza, não a ama onde quer que a encontre, ela tampouco se lhe entregará na arte. Se uma bela vista, uma bela música não dizem nada à sua alma, digo, se com ela não consente...
– Ora você, um consentizante! – soltou Chúbin e riu ele mesmo da palavra que acabara de inventar, enquanto Bersiéniev ficou pensativo. – Não, irmão – continuou Chúbin –, você é inteligente, um filósofo, o terceiro colocado da Universidade de Moscou, dá medo discutir com você, sobretudo para mim, que abandondei os estudos; mas vou lhe dizer o seguinte: além de minha arte, amo a beleza apenas nas mulheres... nas moças, e mesmo isso é recente...
Ele se virou de barriga para cima e colocou as mãos atrás da cabeça.
Passaram alguns instantes em silêncio. A quietude do calor do meio-dia pesava sobre a terra radiante e dormente.
– A propósito, sobre as mulheres – retomou Chúbin. – Por que é que ninguém coloca rédeas em Stákhov? Você o viu em Moscou?
– Não.
– O velho enlouqueceu completamente. Passa dias a fio com sua Avgustina Khristiánovna, em um tédio terrível, mas de lá não sai. Ficam olhando um para o outro, que estupidez... Causa desgosto só de olhar. É uma coisa! Que abençoada família Deus deu a esse homem: mas não, ele tinha de arranjar uma Avgustina Khristiánovna! Não conheço nada mais repulsivo que sua fisionomia de pato! Outro dia esculpi sua caricatura, à la Dantan[3]. Não saiu nada mau. Vou lhe mostrar.
– E o busto de Elena Nikoláievna – perguntou Bersiéniev –, tem avançado?
– Não, irmão, não está avançando. Esse rosto é de causar desespero. Quando você olha, vê as linhas puras, sóbrias, retas; e parece que não é difícil captar a semelhança. Mas que nada... não se entrega, como um tesouro, escapa das mãos. Notou como

---
[3] Jean-Pierre Dantan (1800-1869), escultor e retratista francês.

ela escuta? Nem um traço se move, apenas a expressão do olhar se altera o tempo todo, e por causa dele, toda a figura se altera. E o que pode fazer um escultor, ainda mais se for ruim? Uma criatura surpreendente... uma criatura estranha – acrescentou, depois de um breve silêncio.
— Sim; ela é uma moça surpreendente – repetiu Bersiéniev. — E filha de Nikolai Artiémievitch Stákhov! Como falar sobre sangue e linhagem depois disso? E o curioso é que ela é, de fato, sua filha, se parece com ele e com a mãe, Anna Vassílievna. Respeito Anna Vassílievna de todo o coração, pois ela foi minha benfeitora; mas, veja, ela é uma gralha. De onde será que veio essa alma de Elena? Quem acendeu essa chama? Eis outra tarefa para você, filósofo!
O "filósofo", porém, permanecia sem nada responder. Bersiéniev, em geral, não pecava pela verbosidade e, quando falava, expressava-se de maneira desajeitada, com tropeços, estendendo as mãos sem necessidade; já dessa vez, um silêncio especial tomou conta de sua alma – um silêncio semelhante a um cansaço, a uma tristeza. Havia pouco tempo, transferira-se para fora da cidade, depois de um trabalho longo e difícil, que lhe tomara várias horas por dia. A inação, a languidez e a pureza do ar, a consciência do objetivo alcançado, a conversa caprichosa e despreocupada com o amigo, a imagem surgida, de repente, de uma criatura querida, todas essas impressões diversas e ao mesmo tempo semelhantes fundiram-se nele em um único sentimento, que o acalmava, que o agitava, que o enfraquecia... Era um jovem muito emotivo.
Embaixo da tília, estava refrescante e tranquilo; as moscas e as abelhas que voavam em torno de sua sombra pareciam zumbir mais baixo; a grama clara e fina, de cor esmeralda, sem reflexos dourados, não se movia; os caules altos permaneciam imóveis, como se encantados; como se encantados, como se mortos, pendiam os pequenos ramalhetes de flores amarelas dos galhos inferiores da tília. A cada respiração, um doce aroma encravava--se bem no fundo do peito, mas o peito o aspirava prontamente. Ao longe, além do rio e até os céus, tudo reluzia, tudo ardia; às vezes, corria ali uma brisa que fragmentava e aumentava o reluzir; um vapor radiante trepidava sobre a terra. Não se ouviam

os pássaros, que não cantam nas horas de calor; mas os grilos estralavam em toda parte, e era agradável ouvir esse ardente som da vida, sentado ao fresco, em repouso: inclinava para o sono e despertava para os sonhos.

– Você notou – começou de repente Bersiéniev, acompanhando a fala com o movimento das mãos – que sentimento estranho a natureza nos desperta? Tudo nela é tão completo, tão claro, quero dizer, tão satisfeito em si mesmo, e nós o entendemos e o admiramos, e, ao mesmo tempo, ela, ao menos em mim, sempre desperta uma inquietação, uma preocupação, até tristeza. O que isso significa? Será que diante dela, diante de sua face, tomamos uma consciência maior de toda nossa incompletude, de nossa falta de clareza, ou será que para nós é pouca aquela satisfação com a qual ela se contenta, e aquilo outro, quero dizer, aquilo de que nós precisamos, ela não teria?

– Hum – retrucou Chúbin –, vou lhe dizer, Andrei Petróvitch, por que tudo isso acontece. Você descreveu as sensações de uma pessoa solitária, que não vive, mas apenas contempla e enlanguesce. Olhar o quê? Viva por si mesmo e será feliz. Por mais que você bata às portas da natureza, ela não vai lhe responder com uma palavra compreensível, pois é muda. Vai ressoar e lamentar, como uma corda, mas não espere dela uma canção. A alma viva, é essa que responde e, na maioria dos casos, é uma alma feminina. Por isso, meu nobre amigo, eu lhe aconselho a arranjar uma amiga do coração, e todas as suas sensações de melancolia desaparecerão de vez. É disso que nós "precisamos", como você diz. Afinal, esse anseio, essa tristeza não passa de uma espécie de fome. Dê ao estômago um alimento de verdade e tudo ficará em ordem de vez. Ocupe seu lugar no espaço, seja corpo, meu caro. Ora, o que é e para que serve a natureza? Escute você mesmo: amor... que palavra forte, ardente! Natureza... que expressão fria, escolar! E, por isso – Chúbin pôs-se a cantar –, "Viva a Mária Petróvna![4]"; ou não – acrescentou ele –, não a Mária Petróvna, mas dá no mesmo! *Vous me comprenez*[5]!

---

[4] Chúbin cita aqui uma canção popular na época, com letra de Nikolai Iazykov.
[5] Em francês transliterado para o cirílico, no original: "você me entende".

Bersiéniev levantou-se um pouco e apoiou o queixo nas mãos cruzadas.
— Por que a zombaria? – disse, sem olhar para o companheiro. — Por que o escárnio? Sim, você tem razão: o amor é uma grande palavra, um grande sentimento... Mas de que amor você está falando?
Chúbin também se levantou um pouco.
— De que amor? De qualquer um, desde que seja evidente. Confesso-lhe que, ao meu ver, esses diferentes tipos de amor não existem de jeito nenhum. Se você se apaixonou...
— Do fundo da alma – emendou Bersiéniev.
— Ah, sim, isso é óbvio, a alma não é uma maçã: não dá para dividi-la. Se você se apaixonou, está certo. Nem estava pensando em zombar. Tenho agora tanta ternura no coração, ele está tão amolecido... Só queria explicar por que a natureza, como você diz, tem esse efeito sobre nós. É porque ela desperta em nós a necessidade do amor e não é capaz de satisfazê-la. Suavemente, ela nos impele a outros abraços, vivos, mas não a entendemos e esperamos dela mesma alguma coisa. Ah, Andrei, Andrei, esse sol, esse céu são esplêndidos, tudo, tudo em volta é esplêndido, e você se aflige; mas se nesse instante você segurasse em sua mão a da mulher amada, e se essa mão e essa mulher fossem suas, se você até mesmo olhasse com os olhos dela e sentisse não com seu sentimento, solitário, mas com o sentimento dela... não seria a tristeza, Andrei, não seria a inquietação que a natureza despertaria em você, e você não notaria sua beleza; ela mesma se alegraria e cantaria, ela ecoaria seu hino, porque você, então, teria dado a ela, que estava até então muda, uma língua!

Chúbin se pôs de pé em um salto e andou cerca de duas vezes para a frente e para trás, já Bersiéniev baixou a cabeça e seu rosto se cobriu de um leve rubor.
— Não estou totalmente de acordo com você – começou –, nem sempre a natureza alude ao... amor. (Demorou para pronunciar a palavra.) Ela também nos ameaça, e nos lembra sobre os mistérios terríveis... sim, inalcançáveis. Não é ela que deve nos devorar, não é ela que nos devora incessantemente? Nela, há vida e morte; e a morte fala tão alto quanto a vida.

– No amor também há vida e morte – interrompeu Chúbin.

– E depois – continuou Bersiéniev –, quando estou, por exemplo, na primavera na floresta, na brenha verde, quando soam em meus ouvidos os sons românticos do corno de Oberon[6] (Bersiéniev ficou um pouco embaraçado ao pronunciar essas palavras), por acaso isso também...

– É a sede de amor, a sede de felicidade e mais nada! – entoou Chúbin. – Também eu conheço esses sons, também eu conheço essa comoção e a espera que se apoderam da alma à sombra da floresta, em suas profundezas, ou de noite, nas campinas abertas, quando o sol se põe e o rio fumega atrás dos arbustos. Mas também da floresta, do rio, da terra e do céu, de qualquer nuvenzinha, de qualquer graminha, eu espero, quero a felicidade, em tudo pressinto sua aproximação, ouço seu chamado! "Meu Deus é um deus luminoso e alegre!" Quis começar um poema assim; você há de concordar: é um primeiro verso perfeito, mas não consegui encontrar o segundo de jeito nenhum. Felicidade! Felicidade! Enquanto a vida não passa, enquanto todos os nossos membros estão sob nosso poder, enquanto estamos indo não montanha abaixo, mas acima! Diabos! – continuou Chúbin, tomado de um enlevo repentino. – Somos jovens, não somos feios nem tolos: conquistaremos nossa felicidade!

Ele sacudiu os cachos e, com um ar de presunção quase desafiador, olhou para cima, para o céu. Bersiéniev voltou os olhos para ele.

– Como se não houvesse nada acima da felicidade? – disse ele em voz baixa.

– Como, por exemplo? – perguntou Chúbin e se deteve.

– Ora, por exemplo, você e eu, como você diz, somos jovens, suponhamos que somos pessoas boas; cada um de nós deseja para si a felicidade... Mas seria essa palavra "felicidade" capaz de nos

---

[6] Refere-se a um bruxo lendário, personagem de uma série de obras literárias e musicais, sobretudo em alemão e em francês. Segundo a lenda, seu corno tinha um poder milagroso. Na primeira metade do século XIX, eram bastante populares a ópera de Carl Maria von Weber (1786-1826), *Oberon*, de 1826, e o poema homônimo de Christoph Martin Wieland (1733-1813), de 1780.

unir, de nos inflamar os dois, de fazer com que déssemos as mãos? Não seria essa uma palavra egoísta, quero dizer, desagregadora?
— E você conhece tais palavras, que unem?
— Sim; e não são poucas, e você também as conhece.
— Pois bem, que palavras são essas?
— Por exemplo, arte, já que você é um artista. Pátria, ciência, liberdade, justiça.
— E o amor? – perguntou Chúbin.
— O amor também é uma palavra unificadora; mas não aquele amor pelo qual você agora anseia: não o amor-prazer, mas o amor-sacrifício[7].

Chúbin franziu a testa.
— Isso é bom para os alemães; mas eu quero amar para mim mesmo; quero ser o número um.
— O número um – repetiu Bersiéniev. – Já a mim, parece-me que colocar a si mesmo como o número dois é todo o propósito de nossa vida.
— Se todos agirem como você aconselha – disse Chúbin fazendo uma careta queixosa –, ninguém na terra vai comer abacaxi: vão deixá-los todos para os outros.
— Então, não precisa de abacaxis; contudo, não tenha medo: sempre haverá aqueles que até o pão vão tirar da boca do outro.

Ambos os amigos ficaram em silêncio.
— Outro dia, encontrei de novo Insárov – começou Bersiéniev –, e o convidei à minha casa; quero sem falta apresentá-lo a você... e também aos Stákhov.
— Que Insárov seria esse? Ah, sim, aquele sérvio ou búlgaro, do qual você me falou? Aquele patriota? Por acaso foi ele que inspirou em você essas ideias filosóficas?
— Talvez.
— Um indivíduo extraordinário, é isso?
— É.
— Inteligente? Talentoso?

---

[7] Referência aos dois tipos de amor descritos por Arthur Schopenhauer (1788-1860) em *O mundo como vontade e representação* (1819).

– Inteligente...? Sim. Talentoso? Não sei, não acho.
– Não? Então o que há nele de notável?
– Você vai ver. Mas agora acho que temos de ir. Anna Vassílievna deve estar nos esperando. Que horas são mesmo?
– Duas e pouco. Vamos. Como está abafado! Essa conversa inflamou todo o meu sangue. Você também teve um minuto... Não é por acaso que sou um artista: observo tudo. Confessa, uma mulher ocupa seus pensamentos...?
Chúbin tentou espreitar o rosto de Bersiéniev, mas este se virou e saiu da sombra da tília. Chúbin o seguiu pisando com seus pezinhos pequeninos de modo confiante e gracioso. Bersiéniev se movia de maneira desajeitada, erguia os ombros enquanto caminhava, estendia o pescoço; ainda assim, parecia uma pessoa mais decente do que Chúbin, mais *gentleman*[8], diríamos, se essa palavra não estivesse tão vulgarizada entre nós.

II

Os jovens desceram até o rio Moscou e foram caminhando por sua margem. Da água soprava um frescor, e o murmurar pacífico das pequenas ondas acariciava os ouvidos.
– Eu nadaria de novo – começou Chúbin –, mas tenho medo de me atrasar. Olhe para o rio[9]: é como se ele nos chamasse. Os gregos antigos teriam reconhecido nele uma ninfa. Mas não somos os gregos, oh, ninfa! Somos citas de pele grossa.
– Nós temos as *russálki*[10] – observou Bersiéniev.
– Ora, vá você, com suas *russálki* e tudo! Para que eu, um escultor, precisaria dessas criaturas horrendas da fantasia assustada e fria, essas imagens geradas no calor sufocante das isbás, na escuridão das noites de inverno? Preciso da luz, da vastidão... Quando será, meu Deus, que irei para a Itália? Quando...

---

[8] No original, em inglês transliterado para o cirílico.
[9] Em russo, a palavra "rio" ("река" / *reká*) é um substantivo feminino.
[10] Personagem da mitologia eslava, criatura mística protetora das florestas, dos campos e das águas que atraía homens para depois afogá-los. Assemelha-se à sereia da mitologia de povos mediterrâneos.

– Ou seja, você quer dizer, para a Pequena Rússia[11]?
– É uma vergonha, Andrei Petróvitch, que você me acuse de uma tolice mal pensada, da qual eu mesmo já me arrependo amargamente. Sim, agi como um tolo: a boníssima Anna Vassílievna me deu dinheiro para viajar à Itália e eu fui às terras dos *khokhli* comer *galúchki*[12]...
– Não prossiga, por favor – interrompeu Bersiéniev.
– E ainda assim vou dizer que esse dinheiro não foi gasto à toa. Que tipos eu vi lá, sobretudo femininos... É claro, eu sei: fora da Itália não há salvação!
– Você vai para a Itália – disse Bersiéniev sem se virar ao amigo – e não vai fazer nada. Só vai bater as asas sem voar. Conhecemos você!
– Mas o Stavásser[13] voou... e não foi o único. E se eu não voar, quer dizer que sou um pinguim do mar, sem asas. Aqui estou sufocado, quero a Itália – continuou Chúbin –, lá tem o sol, lá tem a beleza...

Nesse instante, na vereda pela qual caminhavam os dois amigos, surgiu uma jovem usando um chapéu de palha largo e levando a sombrinha cor-de-rosa apoiada no ombro.
– Mas o que estou vendo? Até aqui a beleza vem a nosso encontro! Saudação do humilde artista à encantadora Zoia! – gritou de repente Chúbin, agitando o chapéu de forma teatral.

A jovem à qual se dirigira essa exclamação se deteve, ameaçou-lhe com o dedo e, deixando que os dois amigos se aproximassem, pronunciou com uma voz sonora, quase omitindo os "r" e "l":
– Por é que os senhores não vêm almoçar? A mesa está posta.
– O que é que estou ouvindo? – disse Chúbin, abrindo os braços. – E não é que a senhorita, admirável Zoia, teve coragem

---

[11] "Pequena Rússia" (Малая Русь / Málaia Rus; Малая Россия / Málaia Rossiia; Малороссия / Malorossiia): definição usada no Império Russo para se referir a territórios que hoje, em sua grande maioria, formam a Ucrânia.

[12] Referências, respectivamente, ao modo como os russos se referiam aos ucranianos e à iguaria típica da Ucrânia, que consiste em pequenos pedaços de massa cozidos na água.

[13] Piotr Andriéievitch Stavásser (1816-1850): escultor russo cujas principais obras são *O anjo que reza*, *A sereia* e a série *Fauno descalçando uma ninfa*.

de vir nos procurar, e com esse calor? Será que é assim que devo entender o sentido de sua fala? Diga, será mesmo? Ou não, melhor não pronunciar essa palavra: o arrependimento vai me arruinar em um instante.

– Ah, pare com isso, Pável Iákovlevitch – retrucou a moça não sem aborrecimento –, por que é que o senhor nunca fala a sério comigo? Vou acabar ficando brava – acrescentou com uma careta coquete e fez beicinho.

– A senhorita não vai ficar brava comigo, minha Zoia Nikítichna ideal; não vai querer me lançar no abismo sombrio do desespero frenético. Não sei falar a sério, porque não sou uma pessoa séria.

A moça deu de ombros e dirigiu-se a Bersiéniev.

– É sempre assim com ele: me trata como se eu fosse uma criança; e eu já passei dos dezoito anos. Já sou grande.

– Oh, céus! – Chúbin gemeu e revirou os olhos em direção à testa; já Bersiéniev deu meia risada em silêncio.

A moça bateu o pezinho.

– Pável Iákovlevitch! Vou ficar brava! *Hélène*[14] teria vindo comigo – continuou ela –, porém preferiu ficar no jardim. O calor a assustou, mas eu não tenho medo do calor! Vamos.

Ela foi na frente pela senda, balançando levemente a cada passo seu fino talhe, e afastava do rosto com sua mãozinha delicada, envolvida por uma luva preta, os longos e macios cachos.

Os amigos a seguiam (Chúbin, silenciosamente, ora apertava as mãos contra o coração, ora as erguia acima da cabeça) e, passados alguns instantes, já se encontravam diante de uma das inúmeras *datchas* das cercanias de Kúntsevo. No meio do jardim, uma casinha de madeira com mezanino, pintada na cor rosa, espreitava um tanto ingênua por trás do verde das árvores. Zoia, a primeira a abrir o portão, correu até o jardim:

– Trouxe os andarilhos!

---

[14] Em francês, no original. Daqui em diante, mantém-se a grafia em caracteres latinos e o destaque em itálico toda vez que o nome aparecer da mesma maneira no texto original.

A VÉSPERA

Do banco junto ao caminho, levantou-se uma moça de rosto pálido e expressivo, enquanto, na soleira da casa, surgiu uma dama de vestido de seda lilás que, para proteger-se do sol, ergueu um lenço de cambraia bordado sobre a cabeça e sorriu lânguida e indolente.

III

Anna Vassílievna Stákhova, Chúbina de solteira, aos sete anos ficou órfã, herdeira de uma propriedade bastante significativa. Tinha parentes muito ricos e muito pobres, pobres por parte de pai e ricos por parte de mãe: o senador Vólguin e os príncipes Tchikurássov. O príncipe Ardalion Tchikurássov, designado como seu tutor, colocou-a no melhor internato de Moscou e, quando ela saiu, levou-a para morar em sua casa. Ele tinha uma vida aberta e nos invernos dava bailes. O futuro marido de Anna Vassílievna, Nikolai Artiémievitch Stákhov, conquistou-a em um desses bailes, um no qual ela estava em um "adorável vestido rosa com *coiffure*[15] de pequenas rosas". Esse *coiffure* ela mantinha guardado... Nikolai Artiémievitch Stákhov, filho de um capitão aposentado que fora ferido no ano de 1812 e recebera um posto vantajoso em Petersburgo, aos dezesseis anos ingressou na escola de cadetes e passou a servir na guarda. Era bem-apessoado, bem-feito e considerado talvez o melhor cavalheiro das festas medianas, as que ele mais frequentava: na alta sociedade, não tinha entrada. Desde jovem, ocupavam-lhe dois sonhos: chegar a ajudante de campo e casar-se de maneira vantajosa; o primeiro sonho ele logo abandonou, por isso agarrava-se ao segundo com ainda mais força. Como consequência, viajava todo inverno a Moscou. Nikolai Artiémievitch tinha um francês decente e fama de filósofo, já que não era um pândego. Quando ainda apenas um alferes, já gostava de discutir renitentemente, por exemplo, se uma pessoa poderia ao longo da vida viajar por todo o globo terrestre, se poderia saber o que se passa no fundo do mar, e sempre defendia a opinião de que eram coisas impossíveis.

---

[15] Em francês, no original. Trata-se de um adereço para o cabelo.

Nikolai Artiémievitch tinha 25 anos quando "caçou" Anna Vassílievna; reformou-se e partiu rumo à aldeia para cuidar da administração. A vida campestre logo o aborreceu, a propriedade estava em regime de *obrok*[16] e ele foi morar em Moscou na casa da esposa. Quando jovem, não tinha o costume de jogar, mas depois tomou vício pela loto e, quando proibiram a loto, apegou-se ao *eralach*[17]. Em casa, ficava entediado; então, aproximou-se de uma viúva de ascendência alemã e passava quase todo o tempo na casa dela. No verão de 1853, não se transferiu para a *datcha* em Kúntsevo: ficou em Moscou sob o pretexto de servir-se de águas minerais; mas, no fundo, não queria se separar de sua viúva. Entretanto, mesmo com ela conversava pouco e também, na maioria das vezes, discutia se era possível prever o tempo etc. Certa vez, alguém o chamou de *frondeur*[18], e este nome lhe agradou muito. "Sim", pensava ele, baixando os cantos dos lábios em sinal de presunção e se balançando, "não é fácil me agradar; ninguém me passa a perna". O modo *frondeur* de Nikolai Artiémievitch consistia em que, por exemplo, ao ouvir a palavra "nervos", ele dizia: "E o que são os nervos, afinal?", ou quando alguém mencionava em sua presença os avanços da astronomia, ele intervinha: "Mas o senhor acredita mesmo em astronomia?". Já quando queria derrotar o oponente por completo, dizia: "Palavras, nada mais que isso". É preciso confessar que muitas pessoas consideravam (e consideram até hoje) objeções desse tipo irrefutáveis; mas Nikolai Artiémievitch não suspeitava de modo algum que Avgustina Khristiánovna, nas cartas a sua prima Feodolinda Peterzílius, chamava-o de *Mein Pinserchen*[19].

A esposa de Nikolai Artiémievitch era uma mulher baixa e magrinha, de feições delicadas, inclinada à inquietação e à tristeza. No internato, estudava música e lia romances, depois

---

[16] Tipo de tributação comum no regime de servidão do Império Russo, em que os camponeses pagavam tributo ao proprietário na forma de produtos ou em dinheiro.

[17] Um tipo de jogo de baralho semelhante ao *bridge* e ao *whist*, normalmente com quatro participantes.

[18] Em francês, no original: "rebelde".

[19] Em alemão, no original: "meu tolinho".

A VÉSPERA

abandonou tudo isso; passou a ataviar-se, mas isso largou também; quis engajar-se na educação da filha, mas aqui também perdeu as forças e entregou-a nas mãos da governanta; por fim, não fazia nada a não ser entristecer-se e inquietar-se em silêncio. O nascimento de Elena Nikoláievna abalou sua saúde e ela já não podia mais ter filhos; Nikolai Artiémievitch aludia a essa circunstância para justificar sua familiaridade com Avgustina Khristiánovna. A infidelidade do marido muito magoava Anna Vassílievna; sobretudo, foi-lhe dolorosa certa vez em que ele, por meio de um embuste, deu de presente a sua alemã um par de cavalos cinza da coudelaria de propriedade dela, Anna Vassílievna. Ela nunca o censurava diretamente, mas, às escondidas, queixava-se dele para todos de casa, um depois do outro, até para a filha. Anna Vassílievna não gostava de sair, agradava-lhe quando as visitas estavam sentadas em sua sala e contavam alguma coisa; na solidão, adoeceu imediatamente. Tinha um coração muito amoroso e terno: a vida logo a moeu.

Pável Iákovlevitch Chúbin era seu primo de segundo grau. Seu pai servia em Moscou. Seus irmãos ingressaram em escolas de cadetes; ele era o mais novo, favorito da mãe, de compleição delicada: ficou em casa. Tinham-no designado para a universidade e com dificuldade o mantiveram no ginásio. Desde cedo, começou a demonstrar inclinação para a escultura; o corpulento senador Vólguin, certa vez, viu na casa de sua tia uma de suas estátuas (ele tinha então dezesseis anos) e anunciou que pretendia patrocinar o jovem talento. Por pouco a morte súbita do pai de Chúbin não mudara todo o futuro do jovem. O senador, patrocinador de talentos, presenteou-o com um busto de gesso de Homero... e só; mas Anna Vassílievna lhe ajudou com dinheiro, e ele, aos trancos e barrancos, aos dezenove anos, ingressou na universidade, na faculdade de medicina. Pável não tinha disposição alguma para a medicina, mas, pelo quadro de vagas para estudantes disponível naquele momento, não era possível ingressar em nenhuma outra faculdade; além disso, esperava aprender um pouco de anatomia. Mas anatomia, não aprendeu; não passou para o segundo ano e, sem esperar as provas, saiu da universidade para dedicar-se exclusivamente a sua vocação. Trabalhava com afinco, mas de modo esporádico; vagava pelos arredores de Moscou, esculpia, fazia retratos das moças camponesas, aproximava-se de várias pessoas, jovens e velhas, de altos e baixos voos, moldadores italianos e artistas russos, não queria nem ouvir sobre a academia e não reconhecia nem um único professor. Definitivamente tinha um talento, começou a ficar conhecido em Moscou. Sua mãe, parisiense de nascimento, de boa família, uma mulher bondosa e inteligente, ensinou-lhe o francês, preocupava-se com ele e dele cuidava dia e noite, tinha orgulho e, ao morrer ainda jovem, tísica, pediu a Anna Vassílievna para tomá-lo em seus braços. Já tinha então vinte anos. Anna Vassílievna cumpriu-lhe o último desejo: ele ocupava um pequeno quarto nos fundos da *datcha*.

IV

– Venham comer, venham – disse a anfitriã com uma voz lastimosa, e todos se dirigiram à sala de jantar. – Sente-se ao meu lado, *Zoé* – proferiu Anna Vassílievna –, e você, *Hélène*, entretenha o convidado, e você, *Paul*, por favor, não faça folia e não provoque *Zoé*. Hoje estou com dor de cabeça.

Chúbin novamente virou os olhos para o céu. *Zoé* lhe respondeu com um meio-sorriso. Essa *Zoé*, ou, melhor dizendo, Zoia Nikítichna Müller, era uma alemãzinha russa bonitinha, um pouco vesga, com uma covinha na pontinha do nariz e lábios miudinhos vermelhos, loira, roliça. Não cantava mal as romanças russas, tocava direitinho no piano diferentes peças, ora alegres ora sensíveis; vestia-se com gosto, mas tinha algo de infantil e era demasiadamente asseada. Anna Vassílievna a contratou como dama de companhia de sua filha, mas quase o tempo todo a mantinha ao pé de si. Elena não se queixava: definitivamente, não sabia sobre o que conversar com Zoia quando lhe acontecia de ficar a sós com ela.

O almoço se estendeu por bastante tempo; Bersiéniev conversava com Elena sobre a vida universitária, sobre suas intenções e esperanças; Chúbin ouvia e calava, comia com exagerada avidez e ocasionalmente lançava olhares comicamente melancólicos a Zoia, que lhe respondia com o mesmo sorrisinho fleumático.

Depois do almoço, Elena, Bersiéniev e Chúbin foram ao jardim; Zoia os acompanhou com o olhar e, dando de ombros ligeiramente, sentou-se ao piano. Anna Vassílievna disse:
— Por que a senhorita não vai passear também? — mas, sem esperar resposta, acrescentou: — Toque para mim algo triste...
— "*La dernière pensée*"[20], de Weber? — perguntou Zoia.
— Ah, sim, Weber — disse Anna Vassílievna, afundando-se na poltrona enquanto uma lágrima brotava em seus cílios.

Entrementes, Elena conduziu ambos os amigos ao caramanchão de acácias, com uma mesinha de madeira no centro e banquinhos ao redor. Chúbin olhou em volta, saltou algumas vezes e, sussurrando "Esperem!", correu para seu quarto, trouxe um pedaço de argila e começou a esculpir a figura de Zoia, balançando a cabeça, murmurando e rindo.

— De novo, as velhas brincadeiras — disse Elena olhando o trabalho dele e se voltando a Bersiéniev, com o qual continuou a conversa iniciada durante o almoço.

— Velhas brincadeiras — repetiu Chúbin. — O assunto é bastante inesgotável! Sobretudo hoje, ela está me tirando a paciência.

— E isso por quê? — perguntou Elena. — Quem o vê pode pensar que o senhor está falando de alguma velha malvada e desagradável. É uma moça bonitinha, jovem...

— Certamente — interrompeu Chúbin —, ela é bonitinha, muito bonitinha; tenho certeza de que qualquer passante, ao olhar para ela, sem dúvida pensaria: está aí alguém com quem seria ótimo... dançar uma polca; também tenho certeza de que ela sabe disso e de que isso a agrada... Para que então essas caretas pudicas, essa timidez? Ora, a senhorita sabe muito bem o que quero dizer — acrescentou com dentes cerrados. — Contudo, agora, a senhorita tem outras ocupações.

E, desfazendo a figura de Zoia, Chúbin passou a moldar e amassar a argila com pressa, como se estivesse zangado.

---

[20] Em caracteres latinos, no original. "O último pensamento", valsa por muito tempo atribuída a Weber, foi na realidade composta por Carl Gottlieb Reissiger, seu sucessor como *Kapellmeister* de Dresden.

— Então, o senhor gostaria de se tornar professor? — perguntou Elena a Bersiéniev.

— Sim — respondeu ele, enfiando entre as pernas suas mãos vermelhas. — Esse é meu sonho favorito. É claro, sei muito bem de tudo aquilo que me falta para ser digno de tão elevado... Quero dizer, estou muito pouco preparado, mas espero obter permissão para ir ao exterior; passarei lá uns três, quatro anos, se preciso for, e então...

Ele se deteve, olhou para baixo, em seguida levantou rapidamente os olhos e, sorrindo sem graça, ajeitou os cabelos. Quando Bersiéniev conversava com uma mulher, sua fala se tornava mais vagarosa e ele sussurrava mais ainda.

— O senhor quer ser professor de história? — perguntou Elena.

— Sim, ou de filosofia — acrescentou, baixando o tom de voz —, se isso for possível.

— Mesmo agora ele já é forte em filosofia como um diabo — observou Chúbin, traçando com a unha linhas fundas na argila —, para que iria ao exterior?

— E o senhor ficará completamente satisfeito com sua posição? — perguntou Elena, apoiando-se sobre os cotovelos e fitando-lhe diretamente o rosto.

— Completamente, Elena Nikoláievna, completamente. Ora, pode haver vocação melhor? Perdão, seguir os passos de Timofiei Nikoláievitch... Basta pensar nessa atividade e fico repleto de alegria e embaraço, sim... embaraço, o qual... o qual provém da consciência de minhas poucas forças. O finado papai me abençoou para esse ofício... Nunca me esquecerei de suas últimas palavras.

— O pai do senhor faleceu no último inverno?

— Sim, Elena Nikoláievna, em fevereiro.

— Dizem — continuou Elena — que deixou uma obra notável em manuscritos, é verdade?

— Sim, deixou. Era um homem admirável. A senhorita teria gostado muito dele, Elena Nikoláievna.

— Tenho certeza disso. E qual é o conteúdo dessa obra?

— O conteúdo dessa obra, Elena Nikoláievna, é um tanto difícil de transmitir em poucas palavras. Meu pai era uma pessoa

A VÉSPERA

muito inteligente, um schellinguiano, usava expressões que nem sempre eram claras...
— Andrei Petróvitch — interrompeu-o Elena —, desculpe minha ignorância, o que significa schellinguiano?
Bersiéniev sorriu ligeiramente.
— Schellinguiano significa seguidor de Schelling, um filósofo alemão, já no que consistiu a doutrina de Schelling...
— Andrei Petróvitch! — exclamou Chúbin de repente —, pelo amor de Deus! Por acaso você não está querendo dar uma palestra sobre Schelling para Elena Nikoláievna, está?! Tenha piedade!
— Não é uma palestra, em absoluto — murmurou Bersiéniev e enrubesceu —, eu queria...
— E por que não uma palestra? — emendou Elena. — O senhor e eu precisamos muito de palestras, Pável Iákovlevitch.
Chúbin olhou para ela e, de repente, desatou a gargalhar.
— Do que o senhor está rindo? — perguntou ela em um tom frio e quase ríspido.
Chúbin calou-se.
— Ora, deixe disso, não se zangue — disse ele, passado um tempo. — Eu sou culpado. Mas, de fato, qual seria a graça, perdoem-me, com esse clima, embaixo dessas árvores, em ficar discursando sobre filosofia? Melhor falarmos sobre rouxinóis, rosas, olhos e sorrisos juvenis.
— Sim, e também sobre os romances franceses, os trapos que vestem as mulheres — continuou Elena.
— Talvez também sobre os trapos — retrucou Chúbin —, se forem lindos.
— Talvez. Mas e se não quisermos falar de trapos? O senhor se denomina um artista livre, então por que atenta contra a liberdade dos outros? E, permita-me perguntar-lhe, por que, com esse modo de pensar, o senhor ataca Zoia? Com ela, sim, seria muito conveniente falar sobre trapos e rosas.
Chúbin corou de súbito e se levantou do banco.
— Ah, então é assim? — começou ele com uma voz trêmula. — Entendo sua alusão; a senhorita está me mandando para junto dela, Elena Nikoláievna. Em outras palavras, estou sobrando aqui?
— Não passou por minha cabeça mandá-lo embora daqui.

— A senhorita está querendo me dizer – continuou Chúbin – em uma explosão colérica – que eu não valho para nenhuma outra companhia, que sou páreo dela, que sou igualmente vazio e rabugento e superficial como a doce alemãzinha? É isso? Elena franziu as sobrancelhas.

— O senhor nem sempre se referiu assim a ela, Pável Iákovlevitch – notou.

— Ah! Críticas! Uma crítica agora! – exclamou Chúbin – Pois bem, não escondo, houve um minuto, precisamente um minuto, em que essas bochechinhas frescas e vulgares... Agora, se *eu* quisesse lhe pagar com críticas e lembrar a senhorita... Adeus – acrescentou ele de súbito –, sou capaz de me perder em mentiras.

E, batendo com a mão na argila moldada em forma de uma cabeça, saiu correndo do caramanchão e partiu para seus aposentos.

— Uma criança – disse Elena, acompanhando-o com os olhos.

— Um artista – falou Bersiéniev com um sorriso ligeiro. – Todos os artistas são assim. Devemos perdoar-lhes os caprichos. É direito deles.

— É – retrucou Elena –, mas Pável até agora em nada conquistou para si esse direito. O que ele fez até agora? Dê-me o braço e vamos caminhando pela aleia. Ele nos atrapalhou. Estávamos conversando sobre a obra de seu pai.

Bersiéniev tomou o braço de Elena e seguiu atrás dela pelo jardim, mas a conversa antes iniciada, interrompida cedo demais, não chegou a ser retomada; Bersiéniev voltou a expor suas opiniões sobre o ofício de professor e sua atividade futura. Movia-se silencioso ao lado de Elena, pisava de modo desajeitado, de modo desajeitado segurava seu braço, às vezes empurrava-a com o ombro e não olhou para ela sequer uma vez; mas sua fala fluía leve e, ainda que não fosse totalmente livre, ele se expressava com simplicidade e precisão, e em seus olhos, que vagavam lentamente pelos troncos das árvores, pela areia do caminho, pela grama, luzia a terna comoção de sentimentos nobres, e na voz calma se ouvia a alegria de uma pessoa consciente de sua capacidade de expressar-se a uma outra que lhe era cara. Elena ouvia com atenção e, meio virada para ele, não desviava o olhar de seu rosto ligeiramente pálido, de seus olhos amáveis e gentis, ainda que estes evitassem o encontro com os olhos dela. Sua alma se abria e não se sabia se algo terno, justo, bom fluía para seu coração ou dele brotava.

V

Chúbin não saiu de seu quarto até bem de noite. Já estava totalmente escuro e a lua incompleta figurava alta no céu. A Via Láctea se iluminou, e as estrelas começaram a brilhar aqui e ali, quando Bersiéniev, ao despedir-se de Anna Vassílievna, Elena e Zoia, aproximou-se da porta de seu amigo. Encontrando-a trancada, bateu.

– Quem é? – soou a voz de Chúbin.
– Sou eu – respondeu Bersiéniev.
– O que você quer?
– Deixe-me entrar, Pável, deixe de manha. Como é que você não tem vergonha?
– Não estou fazendo manha, eu durmo e sonho com Zoia.
– Pare, por favor. Você não é uma criança. Deixe-me entrar. Preciso falar com você.
– Mas você já não conversou o suficiente com Elena?
– Já chega, chega. Deixe-me entrar!

Chúbin respondeu com um ronco fingido. Bersiéniev deu de ombros e dirigiu-se para casa.

A noite estava quente e, de certa maneira, especialmente silenciosa, como se tudo ao redor estivesse escutando e espreitando; e Bersiéniev, tomado pela névoa imóvel, sem querer, parou e também se pôs a escutar e espreitar. Um ligeiro murmúrio, semelhante ao farfalhar do vestido de uma dama, elevava-se de tempos em tempos no topo das árvores próximas e despertava em Bersiéniev uma sensação doce e pavorosa, uma sensação de quase medo. Um calafrio percorreu suas bochechas, os olhos gelaram com uma lágrima instantânea – ele gostaria de pisar de maneira que fosse absolutamente inaudível, esconder-se, esgueirar-se. Uma brisa repentina o atingiu de lado: ele estremeceu ligeiramente e estancou no mesmo lugar; um besouro sonolento caiu do galho e chocou-se contra o chão; Bersiéniev exclamou em voz baixa: "Ah!" – e parou novamente. Mas ele começou a pensar em Elena, e todas essas sensações fugazes desapareceram de vez: restou apenas a vívida impressão do frescor e do passeio noturnos; toda sua alma foi tomada pela imagem da jovem moça. Bersiéniev caminhava, baixando a cabeça e se lembrando das palavras dela, das perguntas dela. Pareceu-lhe que atrás de si vinha um tropel de passos apressados. Ele aguçou os ouvidos: alguém corria, alguém o alcançava; ouvia-se uma respiração ofegante, e de repente diante dele, do círculo negro da sombra que caía de uma árvore grande, sem o gorro nos cabelos desgrenhados, todo pálido à luz da lua, emergiu Chúbin.

– Estou contente que você tenha seguido esse caminho – disse ele com dificuldade –, não teria dormido a noite toda se não o tivesse alcançado. Dê-me seu braço. Você está indo para casa, não?

– Para casa.

– Eu o acompanho.

– Mas por que é que você vai sem o gorro?

– Não faz mal. Tirei o lenço também. Não está frio agora.

Os amigos deram alguns passos.

– Fui tolo demais hoje, não é verdade? – perguntou de súbito Chúbin.

– Falando francamente, sim. Não pude entendê-lo. Nunca o vi assim. E por que você ficou tão zangado, por Deus!? Por quais ninharias?

– Hum – murmurou Chúbin. – Isso é o que você está dizendo, mas eu não estou para ninharias. Sabe de uma coisa – acrescentou –, devo lhe dizer que eu... que... Pode pensar de mim o que quiser... Eu... pois bem! Eu estou apaixonado por Elena.

– Você está apaixonado por Elena! – repetiu Bersiéniev, detendo-se.

– Sim – continuou Chúbin com um desdém forçado. – Isso o surpreende? Pois eu lhe digo mais. Até esta noite eu poderia ter esperanças de que ela, com o tempo, também me amasse. Mas hoje pude me convencer de que não há esperança alguma. Ela se apaixonou por outro.

– Por outro? Mas quem?

– Quem? Você! – exclamou Chúbin e bateu no ombro de Bersiéniev.
– Eu!
– Você – repetiu Chúbin.
Bersiéniev deu um passo para trás e permaneceu imóvel. Chúbin lançou-lhe um olhar perscrutador.
– E isso o surpreende? Você é um jovem modesto. Mas ela o ama. Quanto a isso, pode ficar tranquilo.
– Que bobagem você está dizendo! – pronunciou, finalmente, Bersiéniev com irritação.
– Não, não é bobagem. Aliás, por que estamos parados? Vamos adiante. Caminhando será mais fácil. Eu a conheço há bastante tempo, e a conheço bem. Não há como eu estar enganado. Você a pegou pelo coração. Houve um tempo em que ela gostava de mim; mas, em primeiro lugar, sou um jovem leviano demais para ela, e você é uma criatura séria, um indivíduo asseado moral e fisicamente, você... espere, não acabei, você é um entusiasta escrupuloso e moderado, um verdadeiro representante daqueles sacerdotes das ciências, com os quais... não, não com os quais, *dos quais* se orgulha com toda a razão a classe média da nobreza russa! Em segundo lugar, esses dias, Elena me apanhou beijando as mãos de Zoia.
– De Zoia?
– Sim, de Zoia. O que você quer que eu faça? Ela tem ombros tão belos.
– Ombros?
– Pois sim, os ombros, as mãos, não é tudo a mesma coisa? Elena me pegou no meio dessas ocupações livres depois do almoço e, antes do almoço, na presença dela, eu estava repreendendo Zoia. Elena, infelizmente, não entende toda a naturalidade de contradições como essas. E daí *você* apareceu: um idealista, você acredita... em que você acredita mesmo...? Você enrubesce, embaraça-se, discursa sobre Schiller, Schelling (e ela está em busca de pessoas notáveis), e eis que você venceu, enquanto eu, um infeliz, tento fazer troça... e... e... entretanto...

Chúbin começou a chorar de repente, afastou-se um pouco, sentou-se no chão e agarrou os cabelos. Bersiéniev se aproximou dele.

– Pável – começou ele –, que infantilidade é essa? Tenha piedade! O que há com você hoje? Deus sabe que bobagens você pôs na cabeça e está chorando. Parece-me até que você está fingindo.
Chúbin levantou a cabeça. As lágrimas em suas bochechas brilhavam com os raios da lua, mas seu rosto sorria.
– Andrei Petróvitch – começou ele –, você pode pensar de mim o que quiser. Posso até concordar que estou histérico agora, mas, juro por Deus, estou apaixonado por Elena, e Elena ama você. Entretanto, prometi acompanhá-lo até em casa e vou cumprir minha promessa.
Ele se levantou.
– Que noite! Prateada, escura, jovem! Agora é que está bom para os que são amados! Que alegria para eles não dormir! Você vai dormir, Andrei Petróvitch?
Bersiéniev não respondeu nada e apertou o passo.
– Onde vai com tanta pressa? – continuou Chúbin. – Acredite em minhas palavras, uma noite assim não vai se repetir em sua vida e, em casa, Schelling espera por você. É verdade que hoje ele lhe fez um bom serviço; mas, mesmo assim, não tenha pressa. Cante e, se souber, cante ainda mais alto; se não souber, tire o chapéu, jogue para trás a cabeça e sorria para as estrelas. Todas elas estão olhando para você, só para você: as estrelas não fazem outra coisa a não ser olhar para as pessoas apaixonadas, por isso são tão encantadoras. Você, Andrei Petróvitch, está apaixonado, afinal...? Você não me responde... Por que não responde? – recomeçou Chúbin. – Oh, se você se sente feliz, permaneça calado, calado! Eu tagarelo porque sou um miserável, não sou amado, sou um ilusionista, um artista, um palhaço; mas que enlevos silenciosos eu cantaria nesses borbulhões da noite, sob essas estrelas, sob esses diamantes, se eu soubesse que sou amado...! Bersiéniev, você está feliz?
Bersiéniev continuava calado e caminhava ligeiro pela estrada plana. À frente, entre as árvores, começaram a brilhar as luzes do pequeno povoado onde ele vivia; este consistia em uma dezena de pequenas *datchas*. Logo em seu início, à direita da estrada, sob duas bétulas frondosas, figurava uma vendinha; suas janelas já estavam todas trancadas, mas uma ampla faixa de luz caía feito

um leque pela porta aberta sobre a grama batida e refletia mais acima, por sobre as árvores, iluminando bruscamente a parte inferior esbranquiçada da densa folhagem. A moça, aparentemente uma criada, estava na venda, de costas para a soleira, e negociava com o dono: por baixo do lenço vermelho que ela jogara por sobre a cabeça e segurava com a mão nua perto do queixo, mal apareciam sua bochecha redonda e seu pescocinho fino. Os jovens adentraram a faixa de luz. Chúbin olhou para o interior da venda, deteve-se e chamou: "Ánnuchka[21]!". A moça se voltou para ele com vivacidade. O rosto gracioso, um pouco largo, mas viçoso, com olhos castanhos alegres e sobrancelhas negras. "Ánnuchka!", repetiu Chúbin. A moça olhou para ele, assustou-se, envergonhou-se e, sem terminar a compra, desceu do alpendre, esgueirou-se lépida e, examinando um pouco ao redor, atravessou a estrada, para a esquerda. O lojista, um homem rechonchudo indiferente a tudo o que há no mundo, como qualquer pequeno comerciante suburbano, grunhiu e bocejou em seu encalço, enquanto Chúbin dirigiu-se a Bersiéniev com estas palavras: "Isso... isso, sabe de uma coisa... tenho aqui uma família conhecida... então é deles... não pense que..." – e, sem terminar a fala, correu atrás da moça que partia.

– Enxugue as lágrimas, ao menos – gritou-lhe Bersiéniev, sem poder conter o riso. Mas quando voltou para casa, não havia em seu rosto uma expressão alegre; já não ria mais. Nem por um instante acreditou naquilo que lhe havia dito Chúbin, mas as palavras pronunciadas por ele calaram-lhe fundo na alma. "Pável me ludibriou", pensou ele, "mas um dia ela há de amar... E quem ela haverá de amar?".

No quarto de Bersiéniev havia um piano, não muito grande nem tampouco novo, mas de tom suave e agradável, embora não totalmente puro. Bersiéniev sentou-se junto dele e ensaiou alguns acordes. Como todos os nobres russos, estudara música na juventude e, como quase todos os nobres russos, tocava muito mal; mas a música, ele a amava apaixonadamente. Em essência, amava nela não a arte, não as formas por meio das quais ela se

---
[21] Diminutivo carinhoso de Anna.

expressa (sinfonias, sonatas e até mesmo as óperas lhe causavam desânimo), mas sua natureza: amava aquelas doces e vagas sensações, imateriais e abrangentes, que são despertas na alma pela combinação e pela modulação dos sons. Por mais de uma hora, não se afastou do piano, repetindo seguidas vezes os mesmos acordes, tocando desajeitadamente os novos, interrompendo-se e parando nas sétimas menores. Seu coração doía, e os olhos mais de uma vez encheram-se de lágrimas. Ele não se envergonhava delas: derramava-as na escuridão. "Pável tem razão", pensou ele, "eu pressinto: esta noite não se repetirá". Por fim, levantou-se, acendeu a vela, vestiu o roupão, tirou da prateleira o segundo volume da *História dos Hohenstaufen*[22], de Raumer e, depois de suspirar duas vezes, empenhou-se diligente na leitura.

VI

Entrementes, Elena voltou a seu quarto, sentou-se diante da janela aberta e apoiou a cabeça nas mãos. Passar toda noite cerca de meia hora à janela de seu quarto havia se tornado um hábito seu. Nessa hora, conversava consigo mesma, relatava a si o dia que passou. Acabara de completar vinte anos. Era alta, o rosto moreno pálido, grandes olhos cinza sob sobrancelhas redondas, rodeados de minúsculas sardas, testa e nariz totalmente retos, boca apertada e um queixo bastante afilado. Sua trança loira escura descia sob o pescoço fino. Em todo seu ser, na expressão do rosto atento e um pouco assustado, no olhar claro mas volátil, no sorriso um tanto tenso, na voz baixa e instável, havia algo de nervoso, elétrico, um pouco impetuoso e apressado, resumindo, algo que poderia não agradar a todos e até mesmo repelia alguns. Suas mãos eram estreitas, rosadas, com dedos compridos; seus pés também eram estreitos: ela andava rápido, quase fugaz, inclinando-se um pouco para a frente. Cresceu de forma muito estranha; no começo, adorava o pai, depois se apegou com paixão à mãe, então esfriou em relação aos dois, sobretudo ao pai. Nos

---

[22] Obra de Friedrich Ludwig Georg von Raumer (1781-1873) intitulada *Geschichte der Hohenstaufen und ihrer Zeit*, dedicada à linhagem dos reis alemães dos séculos XI a XIII.

últimos tempos, tratava a mãe como uma vovó doente; e o pai, que dela se orgulhara enquanto ela tinha fama de criança extraordinária, passou a temê-la assim que ela cresceu, e sobre ela dizia que era uma republicana entusiasta, e que havia puxado sabe Deus a quem! A fraqueza a indignava, a tolice a irritava, não perdoava uma mentira "para todo o sempre"; suas exigências não recuavam diante de nada, e mesmo as preces muitas vezes se misturavam com a reprimenda. Bastava que uma pessoa perdesse seu respeito – ela julgava muito prontamente, às vezes prontamente até demais – e a pessoa morria para ela. Todas as impressões calavam fundo em sua alma; a vida fora nada fácil para ela.

A governanta, a quem Anna Vassílievna encarregou de terminar a educação de sua filha (educação que, observemos entre parênteses, a senhorita entediada nem havia começado), era russa, filha de um concussionário falido, estudava no instituto, era uma criatura muito sensível, muito bondosa e também muito falsa; ela volta e meia se apaixonava e, por fim, no ano de 1850 (quando Elena completou dezessete anos), acabou casada com um oficial que a abandonou imediatamente. Essa governanta gostava muito de literatura e escrevinhava ela mesma versinhos; fez com que Elena tomasse gosto pela leitura, mas esta não se satisfazia só com a leitura: desde a infância, ansiava pela atividade, pelo bem ativo; os mendigos, os famintos, os doentes a atormentavam, afligiam-na; ela sonhava com eles, sobre eles perguntava a todos os conhecidos; dava-lhes esmola com cuidado, quase com importância involuntária, quase com comoção. Todos os animais oprimidos, os cachorros de rua magros, os gatinhos condenados à morte, os pardais caídos do ninho, até mesmo insetos e répteis, encontravam em Elena patrocínio e defesa: ela mesma os alimentava, não desdenhava deles. A mãe não a impedia; em compensação, o pai ficava muito zangado com a filha, por sua, como ele dizia, ternurice vulgar, e afirmava que, por haver tantos cachorros e gatos em casa, não se tinha mais onde pôr o pé.

"Liénotchka[23]", costumava gritar ele, "venha rápido, a aranha está sugando a mosca, liberte a infeliz!". E Liénotchka toda

---
[23] Diminutivo carinhoso de Elena.

preocupada vinha correndo, libertava a mosca, descolava suas patinhas. "Agora deixe que ela a pique, já que você é tão boazinha", observava ironicamente o pai; mas ela não lhe dava ouvidos. Aos nove anos, Elena conheceu a menina mendiga Kátia e, em segredo, encontrava-se com ela no jardim, levava-lhe guloseimas, dava-lhe lenços de presente, uma moeda de dez copeques; Kátia não aceitava brinquedos. Elena sentava-se com ela no chão de terra, no fundo, atrás da moita de urtiga; com um sentimento de humildade alegre, comia seu pão rançoso, ouvia suas histórias. Kátia tinha uma tia, uma velha má, que a espancava sempre; Kátia a odiava e falava o tempo todo sobre como fugiria da tia, como viveria *sob a vontade de Deus*; com um respeito e medo secretos, Elena ouvia essas palavras desconhecidas, novas, olhava atentamente para Kátia, e então tudo nela – seus olhos negros, ligeiros, quase como os de um animal, seus braços queimados de sol, sua vozinha rouca, até mesmo seu vestido esfarrapado – parecia a Elena algo especial, quase sagrado. Voltava para casa e depois ainda, por muito tempo, ficava pensando nos mendigos, na liberdade[24] divina; pensava sobre como cortaria um cajado de nogueira, como pegaria a bolsa e fugiria com Kátia, como vagaria pelas estradas com uma grinalda de centáureas: uma vez, vira Kátia com uma grinalda assim. Se, naquele momento, um de seus parentes entrasse no quarto, ela se esquivaria e olharia como um bicho do mato. Certa vez, correu na chuva ao encontro de Kátia e sujou seu vestido; o pai a viu e a chamou de porqueira, de camponesa. Ela ficou toda corada e, em seu coração, sentiu algo terrível e maravilhoso. Kátia costumava cantar uma canção de soldado meio selvagem; Elena aprendeu com ela essa canção... Anna Vassílievna a estava bisbilhotando e ficou zangada.

– Onde foi que você aprendeu essa coisa repugnante? – perguntou à filha.

Elena apenas olhou para a mãe e não disse palavra: sentiu que preferia que a estraçalhassem a entregar seu segredo e, de

---

[24] Em russo, "воля" / *vólia*: palavra de múltiplos significados, entre eles, "vontade" ou "liberdade absoluta". A palavra constitui um par semântico com "свобода" / *svoboda*, que significa "liberdade", mas sem ter caráter absoluto.

novo, sentiu em seu coração algo terrível e doce. No entanto, sua amizade com Kátia durou pouco: a pobre menina apanhou uma febre e morreu dentro de alguns dias.

Elena, quando soube da morte de Kátia, sentiu uma forte angústia e, por muito tempo, à noite, não conseguia pegar no sono. As últimas palavras da menina mendiga ressoavam incessantemente em seus ouvidos, e parecia-lhe que a estavam chamando...

Os anos corriam um a um; rápida e inaudível, como as águas sob a neve, fluía a juventude de Elena, na inação exterior e na luta e na inquietação interiores. Ela não tinha amigas: de todas as moças que visitavam a casa dos Stákhov, não se aproximou de nenhuma. A autoridade dos pais nunca pesou sobre Elena, e desde os dezesseis anos ficou independente quase que por completo; começou a viver sua própria vida, mas uma vida solitária. Sua alma ardia em chamas e arrefecia solitariamente, batia-se como pássaro na gaiola, mas gaiola não havia: não lhe colocavam limites nem a seguravam, mas ela ansiava libertar-se e consumia-se. Às vezes, nem ela se compreendia, e até tinha medo de si mesma. Tudo o que a cercava lhe parecia ora sem sentido, ora incompreensível. "Como viver sem amor? Mas não há quem amar!", pensava ela, e tais pensamentos, tais sensações, provocavam-lhe algo terrível. Aos dezoito anos, por pouco não morreu de uma febre maligna; abalado até as bases, todo seu organismo, saudável e forte por natureza, por muito tempo não conseguia vencer: por fim, os últimos vestígios da doença desapareceram, mas o pai de Elena Nikoláievna continuava a falar sobre os nervos dela, não sem se exacerbar. Às vezes, vinha-lhe à cabeça que ela deseja algo que ninguém deseja, algo sobre o que ninguém em toda a Rússia está pensando. Depois, acalmava-se e até ria de si, passava dia após dia sem preocupações, porém, de repente, algo forte, sem nome, que ela não sabia como dominar, começava a efervescer dentro de si e a implorar para ser liberto. A tempestade passava, as asas se abaixavam cansadas sem ter alçado voo; mas esses impulsos não passavam sem deixar suas marcas. Por mais que tentasse não entregar aquilo que nela acontecia, a angústia da alma agitada manifestava-se mesmo em sua aparente tranquilidade, e seus próximos muitas vezes tinham direito de dar de ombros, de surpreender-se e não entender suas "excentricidades".

Naquele dia em que começou nossa história, Elena não ficou à janela por mais tempo que o de costume. Pensava muito em Bersiéniev, sobre sua conversa com ele. Gostava dele; acreditava no calor de seus sentimentos, na pureza de suas intenções. Antes daquela noite, nunca lhe havia falado assim. Lembrou-se da expressão de seus olhos tímidos, de seu sorriso, e começou ela mesma a sorrir e a pensar, mas já não sobre ele. Pôs-se a olhar "a noite" pela janela aberta. Olhou por muito tempo o céu escuro, que pairava baixo; depois levantou-se e, sacudindo a cabeça, tirou os cabelos do rosto; sem saber por quê, esticou em direção a ele, àquele céu, seus braços nus e frios; depois os deixou cair, ajoelhou-se diante de sua cama, apertou o rosto contra o travesseiro e, apesar de todos os seus esforços para resistir ao sentimento que a arrebatava, desatou a chorar com lágrimas estranhas, de incompreensão, mas ardentes.

VII

No dia seguinte, por volta das onze, Bersiéniev partiu para Moscou em um coche que estava de retorno. Precisava receber dinheiro nos correios, comprar alguns livros e, aproveitando a oportunidade, queria visitar Insárov e trocar uma palavra com ele. Bersiéniev, na última conversa com Chúbin, teve a ideia de convidar Insárov para a *datcha*. Mas não o encontrou tão logo: ele havia se mudado da residência anterior para outra que não era fácil de se alcançar: encontrava-se nos fundos de uma casa de pedra muito disforme, construída à maneira petersburguesa entre as ruas Arbat e Povarskaia. Em vão, Bersiéniev vagava de um alpendre sujo a outro; em vão, apelava ora a um zelador, ora a "qualquer um". Se, em Petersburgo, os zeladores tentam esquivar-se dos olhares dos visitantes, em Moscou, mais ainda: ninguém respondeu a Bersiéniev; apenas um alfaiate curioso, só de colete e com um novelo de linha cinza no ombro, em silêncio colocou para fora do postigo alto seu rosto desbotado, de barba por fazer e com um olho roxo; além de uma cabra preta sem chifres que, de cima de um monte de esterco, virou-se para trás, baliu queixosamente e pôs-se a ruminar com ainda mais rapidez sua debulha.

Uma mulher em uma capa velha e de botas gastas finalmente teve piedade de Bersiéniev e mostrou-lhe o apartamento de Insárov. Bersiéniev o encontrou em casa. Ele alugava o quarto daquele mesmo alfaiate que, com tanta indiferença pelo postigo, olhou para as dificuldades de um homem embrenhado; era um quarto grande, quase totalmente vazio, com paredes verde-escuras, três janelas quadradas, uma caminha minúscula em um canto, um sofazinho de couro no outro e uma enorme gaiola suspensa no teto; nessa gaiola outrora vivia um rouxinol. Insárov foi ao encontro de Bersiéniev assim que este cruzou o umbral das portas, mas não exclamou "Oh, é você!" ou "Oh, meu Deus! Quais as boas novas?". Nem mesmo disse "olá", mas simplesmente apertou-lhe a mão e o conduziu à cadeira, a única que havia no quarto.

– Sente-se – disse, e sentou-se ele mesmo na beirada da mesa.

– Como o senhor pode ver, está uma bagunça aqui – acrescentou Insárov, apontando para uma pilha de papéis e livros no chão –, ainda não me arranjei como se deve. Ainda não tive tempo.

Insárov falava um russo totalmente correto, pronunciando cada palavra de maneira firme e nítida; mas sua voz gutural, porém agradável, soava algo não russa. A origem estrangeira de Insárov (ele era búlgaro) manifestava-se ainda mais claramente em sua aparência: era um jovem de uns 25 anos, magro e rijo, com o peito afundado, mãos nodosas; os traços de seu rosto eram bem definidos, tinha um nariz aquilino, cabelos lisos preto-azulados, uma testa pequena, olhos pequenos, fundos, perscrutadores, sobrancelhas grossas; quando sorria, os belos dentes brancos se mostravam por um instante sob os lábios finos, rígidos e excessivamente bem desenhados. Vestia uma sobrecasaca velhinha, mas asseada, abotoada até a gola.

– Por que o senhor saiu do antigo apartamento? – perguntou-lhe Bersiéniev.

– Este é mais barato; mais próximo da universidade.

– Mas, veja, agora é época de férias... Não sei que graça o senhor vê em morar na cidade no verão! Poderia ter alugado uma *datcha*, já que decidiu se mudar.

Insárov não respondeu nada a essa observação e ofereceu o cachimbo a Bersiéniev, acrescentando:

— Desculpe, não tenho charutos nem cigarros.

Bersiéniev acendeu o cachimbo.

— Eu, por exemplo — continuou —, aluguei uma casinha nos arredores de Kúntsevo. Muito barata e muito cômoda. Tem até um quarto a mais no andar de cima.

Insárov, de novo, não respondeu nada. Bersiéniev tragou.

— Eu até pensei — retomou, soltando uma fina corrente de fumaça — que, se aparecesse, por exemplo, alguém... pensei, por exemplo, no senhor... que quisesse... que concordasse em se alojar no andar de cima de minha casa... Como seria bom! O que acha, Dmítri Nikanóritch[25]?

Insárov lançou-lhe os olhinhos pequenos.

— O senhor está me propondo morar em sua *datcha*?

— Sim. Tenho ali um quarto a mais no andar de cima.

— Fico muito agradecido, Andrei Petróvitch, mas suponho que meus meios não me permitam.

— Como assim não lhe permitam?

— Não me permitem morar na *datcha*. Para mim, é impossível manter dois apartamentos.

— Ora, eu... — Bersiéniev quis começar e se deteve. — O senhor não teria nenhum gasto a mais com isso — continuou. — O apartamento daqui permaneceria, digamos, no nome do senhor; enquanto lá tudo é muito barato; dá até para arranjar de almoçarmos, por exemplo, juntos.

Insárov permaneceu calado. Bersiéniev ficou sem jeito.

— Pelo menos vá me visitar um dia desses — começou ele, depois de algum tempo. — A dois passos de minha casa vive uma família que eu gostaria muito de lhe apresentar. Se soubesse, Insárov, que moça encantadora há ali! Ali também mora um amigo muito próximo, uma pessoa de grande talento; tenho certeza de que o senhor vai se entender muito bem com ele. (Os russos gostam muito de servir — e, quando não têm nada, oferecem

---

[25] Forma reduzida e coloquial do patronímico "Nikanórovitch".

seus amigos.) Venha, à vera. Ou, ainda melhor, mude-se para nossa casa, à vera. Podíamos trabalhar juntos, ler... Eu, como o senhor sabe, estudo história, filosofia. Tudo isso lhe interessa, tenho vários livros.

Insárov se levantou e caminhou pelo quarto.

– Permita-me saber – perguntou finalmente – quanto o senhor paga em sua *datcha*?

– Cem rublos em prata.

– E quantos quartos há nela?

– Cinco.

– Então, pelos cálculos, um quarto custaria vinte rublos?

– Pelos cálculos... Mas, tenha piedade, não preciso do quarto para nada. Ele simplesmente fica lá vazio.

– Pode ser, mas ouça – acrescentou Insárov com um movimento de cabeça resoluto e ao mesmo tempo ingênuo. – Só poderei aceitar a oferta se o senhor concordar em cobrar de mim esse dinheiro de acordo com os cálculos. Tenho condições de pagar os vinte rublos, ainda mais que, de acordo com suas palavras, vou economizar com todo o resto.

– Evidentemente; mas, à vera, fico constrangido.

– De outro modo não será possível, Andrei Petróvitch.

– Então, como queira; mas como o senhor é teimoso!

Insárov novamente não respondeu nada.

Os jovens combinaram o dia em que Insárov deveria se mudar. Chamaram o senhorio; mas ele enviou primeiro sua filha, uma menina de uns sete anos, com um enorme lenço colorido na cabeça; ela ouviu com atenção, quase com pavor, tudo que Insárov lhe disse e foi embora calada; em seguida, veio a mãe, grávida, já perto de dar à luz, também com um lenço na cabeça, mas minúsculo. Insárov lhe explicou que se mudaria para uma *datcha* perto de Kúntsevo, mas que conservaria o apartamento no nome dele e a deixaria a cargo de todas as suas coisas; a esposa do alfaiate também se assustou e se retirou. Finalmente, veio o senhorio; este, no início, pareceu entender tudo e apenas perguntou pensativo:

– Perto de Kúntsevo? – mas depois, de repente, abriu a porta e gritou: – Mas o quartinho vai ficar no nome do senhor?

Insárov o tranquilizou.
— Porque eu preciso saber — repetiu o alfaiate, severo, e desapareceu.
Bersiéniev foi para casa muito contente com o sucesso de sua proposta. Insárov o acompanhou até a porta com uma gentileza cortês pouco comum na Rússia e, ao ficar sozinho, tirou cuidadosamente a sobrecasaca e pôs-se a organizar seus papéis.

VIII

Na noite do mesmo dia, Anna Vassílievna estava sentada em sua sala prestes a chorar. Além dela, no quarto, estava seu marido e, ainda, um tal de Uvar Ivánovitch Stákhov, tio de segundo grau de Nikolai Artiémievitch, um alferes reformado de uns sessenta anos, homem gordo a ponto da imobilidade, com olhinhos amarelados sonolentos e grossos lábios sem cor no rosto amarelo inchado. Desde que havia se reformado, morara o tempo todo em Moscou, vivendo da renda de um pequeno capital deixado pela esposa, que descendia de uma família de comerciantes. Ele não fazia nada e dificilmente pensava, e, se pensava, guardava os pensamentos para si. Apenas uma vez na vida se agitou e tomou uma atitude, a saber: leu nos jornais sobre um novo instrumento musical na Exposição Universal de Londres, o *contrabombardão*, e quis encomendar para si o instrumento; até chegou a perguntar para onde mandar o dinheiro e por qual escritório. Uvar Ivánovitch usava uma sobrecasaca larga cor de tabaco e um lenço branco no pescoço, estava sempre comendo e muito, e apenas nos casos de dificuldade, ou seja, toda vez que tinha de expressar alguma opinião, remexia freneticamente no ar os dedos da mão direita, primeiro do polegar ao mindinho, depois do mindinho ao polegar, dizendo com dificuldade: "Seria preciso... de alguma maneira, que...".

Uvar Ivánovitch estava sentado na poltrona perto da janela e respirava com dificuldade. Nikolai Artiémievitch andava com passos largos pela sala, as mãos enfiadas nos bolsos; seu rosto expressava desgosto.

Por fim, parou e balançou a cabeça.

– Sim – começou ele –, em nosso tempo, os jovens eram educados de um jeito diferente. Os jovens não se permitiam mangar dos mais velhos. (Ele pronunciou o *"man"* nasalado, como em francês[26].) Mas agora eu só olho e me surpreendo. Talvez *eu* esteja errado e *eles* estejam certos, talvez. E ainda assim, tenho minha própria visão das coisas: não nasci bobo. O que acha disso, Uvar Ivánovitch? Uvar Ivánovitch apenas o olhou e brincou com os dedos.

– Por exemplo, Elena Nikoláievna – continuou Nikolai Artiémievitch. – Eu não entendo Elena Nikoláievna, isso é certo. Para tanto, não sou elevado o suficiente. Seu coração é tão vasto que abarca toda a natureza, até a menor das baratas ou das rãs; resumindo, tudo, exceto seu próprio pai. Pois bem. Sei disso e não me intrometo mais. Porque ali tem nervos, tem estudo, a cabeça nas nuvens, e nada disso é de nossa alçada. Mas o senhor Chúbin... Suponhamos que ele seja um artista incrível, extraordinário, isso eu não questiono; entretanto, mangar dos mais velhos, uma pessoa à qual ele, apesar de tudo, pode-se dizer, deve muita coisa... isso, confesso, *dans mon gros bon sens*[27], não posso admitir. Não sou exigente por natureza, não; mas há medida para tudo.

Anna Vassílievna tocou a sineta com inquietação. Entrou o menino criado.

– Por que Pável Iákovlevitch não vem? – disse ela. – Por que chamo tanto e nada de ele vir?

Nikolai Artiémievitch deu de ombros.

– Tenha piedade, para que a senhora quereria chamá-lo? De modo algum estou exigindo isso, nem mesmo quero.

– Como para quê, Nikolai Artiémievitch? Ele o perturbou; é possível que tenha atrapalhado o curso de seu tratamento. Quero explicações dele. Quero saber como ele conseguiu irritar tanto o senhor.

– Repito para a senhora que eu não estou exigindo isso. E que ideia... *devant les domestiques*[28]...

---

[26] No original, o autor emprega o verbo "манкировать" / *mankírovat*, que provém do verbo francês "*manquer*" e significa "desrespeitar".
[27] Em francês, no original: "pelo meu simples bom senso".
[28] Em francês, no original: "diante dos criados".

Anna Vassílievna ficou levemente corada.
— O senhor está dizendo isso em vão, Nikolai Artiémievitch. Eu jamais... *devant*... *les*... *domestiques*... Vá, Fiédiuchka, pois sim, traga aqui, agora, Pável Iákovlevitch.

O menino criado saiu.

— Isso é totalmente desnecessário — resmungou entredentes Nikolai Artiémievitch e pôs-se a andar pela sala. — Não é disso que eu estava falando.

— Tenha piedade, *Paul* deve desculpas ao senhor.

— Tenha piedade, para que preciso das desculpas dele? E que tipos de desculpas? Não passam de palavras.

— Como para quê? O senhor deve chamá-lo à razão.

— É melhor que a senhora o chame à razão. É mais provável que ele a ouça. E eu não tenho nenhuma queixa contra ele.

— Não, Nikolai Artiémievitch, o senhor, hoje, desde que chegou, está de mau humor. A meu ver, o senhor até emagreceu nos últimos tempos. Temo que o curso do tratamento não o esteja ajudando.

— O curso do tratamento é fundamental para mim — observou Nikolai Artiémievitch —, meu fígado não está em ordem.

Nesse momento, entrou Chúbin. Parecia cansado. Um sorriso leve, um tanto zombeteiro, brincava em seus lábios.

— A senhora mandou me chamar, Anna Vassílievna? — disse ele.

— Sim, claro que mandei. Tenha piedade, *Paul*, isso é terrível. Você me deixou muito descontente. Como é que você pôde mangar de Nikolai Artiémievitch?

— Nikolai Artiémievitch queixou-se de mim para a senhora? — perguntou Chúbin e, com o mesmo sorriso nos lábios, olhou para Stákhov. Este deu as costas e baixou os olhos.

— Sim, queixou-se. Não sei que mal você lhe causou, mas agora deve se desculpar, porque a saúde dele, agora, está muito desarranjada e, afinal, todos nós, quando nos encontramos em idade jovem, devemos respeitar nossos benfeitores.

"Quanta lógica!", pensou Chúbin e se dirigiu para Stákhov.

— Estou disposto a me desculpar com o senhor, Nikolai Artiémievitch — disse ele com uma meia reverência cortês —, se for verdade que o ofendi em algo.

— Eu... de jeito nenhum... quis — retrucou Nikolai Artiémievitch, que continuava a evitar os olhares de Chúbin.
— Não obstante, eu lhe perdoo prontamente, porque, como o senhor sabe, sou um homem despretensioso.
— Ah, mas isso sem sombra de dúvidas! — disse Chúbin. — Permita-me, no entanto, perguntar: por acaso, Anna Vassílievna, sabe em que exatamente consiste minha culpa?
— Não, não sei de nada — observou Anna Vassílievna e alongou o pescoço.
— Oh, meu Deus! — exclamou apressadamente Nikolai Artiémievitch. — Quantas vezes já pedi, implorei, quantas vezes disse quanto me aborrecem todas essas explicações e cenas! Quando, finalmente, se chega em casa e quer descansar — dizem: círculo familiar, *intérieur*[29], sendo um homem de família —, então vêm as cenas, os aborrecimentos. Nem sequer um minuto de paz. A contragosto, você vai para o clube ou... ou a qualquer outro lugar. Um homem é um ser vivo, tem um físico, e ele tem suas exigências, mas então...

E, sem terminar o discurso iniciado, Nikolai Artiémievitch saiu rapidamente e bateu a porta. Anna Vassílievna o seguiu com o olhar.

— Para o clube? — sussurrou com amargura. — Não é para clube nenhum que o senhor está indo, seu cabeça de vento! No clube, não há ninguém para presentear com os cavalos de minha própria coudelaria... e ainda mais os de cor cinza! De minha cor preferida! Sim, sim, homem leviano — disse ela, elevando o tom de voz —, não é para clube nenhum que o senhor está indo. E você, *Paul* — continuou ela, levantando-se —, você não tem vergonha? Já não é uma criança. Eis-me agora com dor de cabeça. Onde está Zoia, você sabe?

— Parece que está em seu quarto, no andar de cima. Uma raposinha sensata assim, diante de um mau tempo como esse, sempre se esconde em sua toca.

— Ora, por favor, por favor! — Anna Vassílievna começou a procurar algo a seu redor. — Você não viu meu copinho com

---

[29] Em francês, no original.

raiz-forte ralada? *Paul*, faça-me um favor, daqui em diante, tente não me irritar.
— Como eu irritaria a senhora, minha tia? Dê-me a mãozinha para beijar. Sua raiz-forte, vi no escritório, em cima da mesinha.
— Dária sempre a esquece por aí — disse Anna Vassílievna e se retirou, seu vestido de seda farfalhando.

Chúbin quis segui-la, mas se deteve ao ouvir atrás de si a voz arrastada de Uvar Ivánovitch.

— Não é assim que... deveriam tratar você... fedelho — disse de modo entrecortado o alferes reformado.

Chúbin aproximou-se dele.

— E como deveriam me tratar, louvável Uvar Ivánovitch?
— Como? Se é jovem, tenha respeito. Sim.
— Por quem?
— Por quem? Sabe-se por quem. Fique aí, mostrando esses dentes.

Chúbin cruzou os braços sobre o peito.

— Ah, o senhor, um representante do princípio do coral[30] — exclamou ele —, força da terra negra, fundação do edifício público!

Uvar Ivánovitch brincou com os dedos.

— Chega, irmão, não me atente.
— Ora, veja — continuou Chúbin —, não é mais um nobre jovem, mas quanto da fé feliz e infantil ainda se esconde nele! Respeitar! Mas saberia o senhor, homem espontâneo, por que Nikolai Artiémievitch ficou zangado comigo? Pois eu passei com ele a manhã de hoje inteirinha na casa de sua alemã; pois hoje nós três cantamos "Não te afastes de mim"[31]; ah, se o senhor tivesse ouvido. Ao que parece, isso toca o senhor. Cantávamos, meu bom senhor, cantávamos, então fiquei entediado; eu vi: a coisa não estava certa, havia pouca ternura. Então, comecei a provocar os dois. Saí-me bem. No início, ela se zangou comigo, depois com ele; e depois ele se zangou com ela e lhe disse que só é feliz na casa dele, que lá ele tem o paraíso; e ela lhe disse que ele não

---

[30] Referência ao conceito de *sobórnost*, que entende a união das pessoas e se contrapõe ao individualismo. Criado pelos eslavófilos, passou depois a ser usado na filosofia.
[31] Romança baseada em poema homônimo de Afanássi Fiet (1820-1892), de 1842.

tem moral; e eu disse a ela: "Oh!", em alemão; ele foi embora, e eu fiquei; ele veio para cá, ou seja, para o paraíso, mas o paraíso lhe causa náuseas. Foi aí que ele começou a resmungar. Então me diga, agora, quem, em sua opinião, é o culpado?
— É claro que é você — retrucou Uvar Ivánovitch. Chúbin o fitou.

— Atrevo-me a lhe perguntar, cavalheiro honrado — começou ele com uma voz obsequiosa —, se o senhor se dignou a dizer essas palavras misteriosas como consequência de alguma expressão de sua capacidade de raciocínio ou, então, sob a inspiração da necessidade instantânea de produzir no ar uma concussão chamada som?

— Não me atente, eu já disse! — gemeu Uvar Ivánovitch. Chúbin riu e saiu correndo.

— Eh! — exclamou depois de um quarto de hora Uvar Ivánovitch. — Isso... um copo de vodca.

O menino criado trouxe a vodca e o tira-gosto em uma bandeja. Uvar Ivánovitch pegou calmamente da bandeja o copo e, por um longo tempo, ficou olhando para ele com redobrada atenção, como se não estivesse entendendo bem o que tinha na mão. Depois olhou para o menino criado e perguntou-lhe: seria Vaska[32] seu nome? Depois adquiriu um aspecto angustiado, tomou a vodca, comeu e começou a tirar o lenço do bolso. O menino criado já havia retirado a bandeja e a garrafa há muito tempo, já tinha comido o resto do arenque e ainda tirou um cochilo recostado no sobretudo do senhor, enquanto Uvar Ivánovitch continuava segurando diante de si o lenço entre os dedos espalmados e, com a mesma atenção redobrada, olhava ora para a janela ora para o chão e para as paredes.

IX

Chúbin voltou para seu quarto nos fundos e quis abrir um livro. O camareiro de Nikolai Artiémievitch entrou cauteloso em seu quarto e lhe entregou um pequeno bilhete triangular,

---

[32] Diminutivo desdenhoso de Vassíli.

lacrado com um grande carimbo de brasão. "Eu espero", constava no bilhete, "que o senhor, como um homem honesto, não se permita dizer uma única palavra sobre a nota promissória da qual se tratou hoje de manhã. O senhor conhece minhas relações e minhas regras, a insignificância do valor e outras circunstâncias. Por fim, há segredos familiares que devem ser respeitados, e a tranquilidade familiar é um santuário rejeitado somente por *êtres sans coeur*[33], entre os quais não tenho razão de incluir o senhor! (Retorne este bilhete.) N. S.".

Chúbin traçou abaixo, a lápis: "Não se preocupe; por enquanto, ainda não estou furtando os lenços dos bolsos"; devolveu a nota ao camareiro e tomou novamente o livro. Mas este logo escorregou de suas mãos. Olhou para o céu que começava a ficar escarlate, para dois pinheiros jovens e poderosos isolados do restante das árvores e pensou: "De dia, os pinheiros são azulados, mas como eles ficam magnificamente verdes à noite", e se dirigiu ao jardim na esperança secreta de encontrar Elena ali. Não estava enganado. Adiante, no caminho entre os arbustos, surgiu seu vestido. Ele a alcançou e, ao se pôr a seu lado, disse:

– Não olhe para mim, não valho a pena.

Ela o olhou rapidamente, rapidamente sorriu e seguiu adiante, até os fundos do jardim. Chúbin a seguiu.

– Imploro que não olhe para mim – começou ele – enquanto me ponho a falar com a senhorita: uma evidente contradição! Mas tanto faz, não seria a primeira. Eu agora me lembrei de que ainda não lhe pedi, como se deve, perdão por minha extravagância estúpida de ontem. A senhorita não está zangada comigo, Elena Nikoláievna?

Ela se deteve, mas não respondeu de imediato, não porque estivesse zangada, mas porque seus pensamentos estavam longe.

– Não – disse ela, por fim –, não estou nem um pouco zangada.

Chúbin mordeu o lábio.

– Que rosto preocupado... e que rosto indiferente! – murmurou ele. – Elena Nikoláievna, permita-me contar uma pequena

---

[33] Em francês, no original: "seres sem coração".

anedota. Eu tinha um amigo, e esse amigo também tinha um amigo que no começo se comportava como um homem decente, mas depois deu para beber. Eis que uma vez meu amigo o encontrou de manhã bem cedo (veja bem, aí já haviam desfeito a amizade), encontra-o e vê que está bêbado. Meu amigo foi e deu as costas para ele. Mas aquele um se aproximou e disse: "Eu não teria me zangado se o senhor não fizesse reverência, mas por que dar as costas? Talvez eu esteja fazendo isso pela desgraça. Que minhas cinzas descansem em paz!".
Chúbin se calou.
– E só? – perguntou Elena.
– Só.
– Não estou lhe entendendo. A que está aludindo? Acabou de me dizer que não olhasse para o senhor.
– Sim, mas agora lhe contei como é ruim dar as costas.
– Mas por acaso eu... – tentou começar Elena.
– E por acaso não?
Elena enrubesceu levemente e estendeu a mão para Chúbin. Ele a apertou com firmeza.
– Parece que o senhor me apanhou em um momento de sentimentos ruins – disse Elena –, mas sua suspeita é injusta. Nem pensei em o evitar.
– Pois bem, pois bem. Mas parece que neste minuto a senhorita tem milhares de pensamentos dos quais não vai me confiar nenhum. Não é mesmo? Por acaso não estou dizendo a verdade?
– Talvez.
– Mas por que precisa ser assim? Por quê?
– Meus pensamentos nem para mim mesma são claros – disse Elena.
– Seria esta a hora de confiá-los a outra pessoa – emendou Chúbin. – Mas vou lhe dizer o que acontece. A senhorita tem uma opinião ruim sobre mim.
– Eu?
– Sim, a senhorita. Pensa que em mim tudo é meio falso, pois sou artista; que não sou capaz não apenas de nenhum feito, e nisso provavelmente esteja com a razão, como tampouco de um sentimento profundo: que nem chorar com sinceridade sei, que

sou tagarela e fofoqueiro... e tudo porque sou um artista. Agora, dito isso, que tipo de pessoas infelizes e esquecidas por Deus somos nós? A senhorita, por exemplo, posso jurar, não acredita em meu arrependimento.

— Não, Pável Iákovlevitch, eu acredito em seu arrependimento, e em suas lágrimas também acredito. Parece-me, porém, que o próprio arrependimento o diverte, assim como as lágrimas.

Chúbin ficou desnorteado.

— Ora, eu vejo que este é, na expressão dos médicos, um caso sem cura, *casus incurabilis*. Aqui só resta baixar a cabeça e se resignar. E, entretanto, Senhor! Será que é verdade, será que me preocupo comigo mesmo enquanto a meu lado vive uma alma assim? E saber que nunca será possível penetrar nessa alma, nunca saber por que se aflige, por que se alegra, o que nela se fermenta, o que ela quer, para onde ela vai... Diga — pronunciou ele após um breve silêncio —, a senhorita nunca, por nada, em caso algum, amaria um artista?

Elena olhou-o direto nos olhos.

— Acho que não, Pável Iákovlevitch, não.

— Era o que precisava ser demonstrado — proferiu Chúbin com uma melancolia cômica. — Por isso, suponho que, para mim, seria mais adequado não interferir em sua caminhada solitária. Um professor lhe perguntaria: com base em que dados você disse "não"? Mas não sou um professor, sou uma criança, de acordo com seus conceitos; no entanto, não se dá as costas a uma criança, lembre-se. Adeus. Que minhas cinzas descansem em paz!

Elena quis detê-lo, mas pensou e também disse:
— Adeus.

Chúbin foi embora. A pouca distância da *datcha* de Stákhov, apareceu-lhe Bersiéniev. Este andava com passos ágeis, inclinando a cabeça e com o chapéu na nuca.

— Andrei Petróvitch! — gritou Chúbin.

Ele parou.

— Vá, vá — continuou Chúbin. — Não é nada, não estou lhe detendo... Embrenhe-se diretamente até o jardim; lá você vai encontrar Elena. Parece que ela o espera... bom, em todo caso, ela espera alguém... Você entende a força destas palavras: ela espera! E sabe, irmão, de uma circunstância interessante? Imagine, já há dois anos, vivo com ela na mesma casa, estou apaixonado por ela, e apenas agora, neste instante, não só a entendi como a vi realmente. Vi e estendi os braços. Por favor, não olhe para mim com esse sorrisinho falso e sarcástico, que não cai nada bem em suas ponderadas feições. Pois, sim, suponho que você queira me lembrar de Ánnuchka. O que há? Não nego. As Ánnuchkas é que são para nosso bico. Um viva às Ánnuchkas, às Zoias e, por que não, até às Avgustinas Khristiánovnas! Agora, vá ter com Elena, e eu vou me dirigir... Você acha que a Ánnuchka? Não, irmão, pior: ao príncipe Tchikurássov. É um filantropo dos tártaros de Kazan, tal como Vólguin. Está vendo esta carta-convite, estas letras: RSVP[34]? Nem na aldeia tenho paz. *Addio*[35]!

Bersiéniev ouviu a tirada de Chúbin em silêncio e um pouco embaraçado por ele; depois, entrou no pátio da *datcha* dos Stákhov. Enquanto Chúbin foi, de fato, à casa do príncipe Tchikurássov, para o qual disparou de maneira amável as mais audaciosas insolências. O mecenas dos tártaros de Kazan gargalhou, as visitas do mecenas riram, mas ninguém estava alegre e, ao se despedirem, todos estavam irritados. Assim, dois senhores que mal se conhecem, ao se encontrarem na avenida Niévski, de repente arreganham os dentes um para o outro, franzem os olhos, o nariz e as bochechas de modo melífluo e, em seguida, ao passar um pelo outro, retomam a expressão anterior, indiferente ou sisuda e, na maioria das vezes, hemorroidal.

X

Elena recebeu Bersiéniev amigavelmente, já não no jardim, mas na sala e, logo em seguida, quase com impaciência, retomou a conversa do dia anterior. Ela estava sozinha: Nikolai Artiémievitch desapareceu de mansinho em algum lugar; Anna Vassílievna estava deitada no andar de cima com uma compressa na cabeça. Zoia estava sentada perto dela, alisando a saia com esmero e

---

[34] Do francês *Répondez s'il vous plaît*: "Responder, por favor".
[35] Em italiano, no original: "Adeus".

apoiando as mãozinhas nos joelhos; Uvar Ivánovitch repousava no mezanino em um divã amplo e confortável que recebeu o apelido "Samosson"[36]. Bersiéniev mencionou novamente seu pai: para ele, sua memória era sagrada. Digamos, pois, também nós, algumas palavras sobre ele. Proprietário de 82 almas[37], as quais libertou antes de morrer, um *illuminati*, um velho estudioso de Gottingen, autor de um manuscrito sobre "Manifestações ou transformações do espírito no mundo", obra na qual o schellinguianismo, o swedenborguianismo e o republicanismo se misturavam da forma mais original possível, o pai de Bersiéniev o levou a Moscou ainda menino, logo depois da morte de sua mãe, e ocupou-se ele mesmo de sua formação. Preparava-se para cada aula, trabalhava com um escrúpulo extraordinário e sem êxito algum: era um sonhador, um bibliófilo, um místico, falava engasgando, com uma voz rouca, expressava-se de modo obscuro e floreado, quase sempre por comparações, esquivando-se até do filho, o qual amava apaixonadamente. Não é de admirar que em suas aulas o filho só fazia piscar e não avançava nem um fio de cabelo. O velho (já tinha quase cinquenta anos, pois se casou muito tarde) finalmente adivinhou que a coisa não ia bem e colocou seu Andriucha[38] em um internato. Andriucha começou a estudar, mas não se livrou da supervisão paterna: o pai o visitava o tempo todo, aborrecendo o dono com seus ensinamentos e suas conversas; os preceptores também se incomodavam com a visita indesejada: volta e meia, levava-lhes alguns livros sobre educação que eram, nas palavras deles, abstrusos. Até os internos ficavam desconcertados ao avistar o rosto moreno e sardento do velho, sua figura esquálida, sempre coberta por uma casaca cinza de abas pontiagudas. Os internos

---

[36] Trata-se de um trocadilho: por um lado, lembra o nome "Sansão", por outro, significa literalmente "o sono vem sozinho". Era o nome de um divã que havia na propriedade do próprio Turguêniev, localizada na aldeia Spásskoie Lutovínovo, na qual o autor gostava de descansar. Hoje o "Samosson" encontra-se no museu dedicado a Turguêniev em Oriol.

[37] Designação para os servos da gleba, no tempo do Império Russo. Ela seria abolida apenas dois anos após Turguêniev escrever *A véspera*.

[38] Diminutivo carinhoso de Andrei.

então não desconfiavam que esse senhor sisudo, que jamais sorria, com o caminhar de um grou e o nariz comprido, afligia-se em seu coração e se preocupava com cada um deles quase do mesmo modo que com o próprio filho. Certa vez, inventou de conversar com eles sobre Washington. "Jovens pupilos", começou ele, mas, aos primeiros sons de sua voz estranha, os jovens pupilos fugiram. O honesto gottingueniano não vivia em um mar de rosas: estava sempre abalado pelo curso da história, por questões e reflexões de toda ordem. Quando o jovem Bersiéniev ingressou na universidade, o pai o acompanhava nas palestras; mas já ali a saúde o traía. Os acontecimentos de 1848 o abalaram até as estruturas (era preciso refazer o livro todo), e ele morreu no inverno de 1853 sem esperar o filho sair da universidade, mas o felicitou com antecedência por ser candidato a tal e o abençoou por servir à ciência. "Eu lhe passo o lume", disse-lhe duas horas antes da morte, "eu o conservei o quanto pude, sustente você também esse lume até o fim".

Bersiéniev conversou com Elena sobre seu pai por muito tempo. O embaraço que ele sentia em sua presença desapareceu e ele já não sussurrava tanto. A conversa voltou-se para a universidade.

– Diga – perguntou Elena –, entre os colegas do senhor havia pessoas notáveis?

Bersiéniev se lembrou das palavras de Chúbin.

– Não, Elena Nikoláievna, para lhe dizer a verdade, não havia entre nós nem uma pessoa notável. Como haveria? Dizem que a Universidade de Moscou teve sua época[39]! Mas não agora. Agora é uma escola, não uma universidade. Era difícil para mim com meus colegas – acrescentou, baixando o tom de voz.

– Difícil...? – sussurrou Elena.

– No entanto – continuou Bersiéniev –, devo fazer uma ressalva. Conheço um estudante, é verdade que não de meu curso, ele é realmente uma pessoa notável.

– Como ele se chama? – perguntou Elena com vivacidade.

---

[39] Trata-se de uma referência aos anos 1830 e 1840, em que a Universidade de Moscou contava com vários professores renomados e reunia os círculos de Stankiévitch e de Herzen.

— Insárov, Dmítri Nikanórovitch. Ele é búlgaro.
— Não é russo?
— Não, não é russo.
— Por quê, então, ele mora em Moscou?
— Ele veio para cá a estudo. Gostaria de saber com que finalidade ele estuda? Ele tem um único pensamento: a libertação de sua pátria. Sua trajetória também é extraordinária. Seu pai era um comerciante bastante rico, originário de Tarnovo. Tarnovo agora é uma cidadezinha não muito grande, mas antigamente era a capital da Bulgária, quando a Bulgária ainda era um reino independente. Ele fazia comércio em Sófia, tinha relações com a Rússia; sua irmã, a tia de Insárov, até hoje vive em Kiev[40], casada com um professor de história do ginásio local. Em 1835, ou seja, há dezoito anos, aconteceu um crime terrível: a mãe de Insárov desapareceu de repente sem deixar rastros; em algumas semanas, foi encontrada esfaqueada.
Elena estremeceu. Bersiéniev se deteve.
— Continue, continue — disse ela.
— Houve rumores de que ela foi sequestrada e morta por um agá[41] turco; seu marido, o pai de Insárov, descobriu a verdade, queria vingança, mas apenas feriu o agá com um punhal. Foi fuzilado.
— Fuzilado? Sem julgamento?
— Sim. Insárov, naquela época, havia completado oito anos. Ficou aos cuidados de vizinhos. A tia soube do destino da família do irmão e quis ter consigo o sobrinho. Ele foi levado a Odessa e de lá a Kiev. Em Kiev, viveu longos doze anos. É por isso que fala russo tão bem.
— Ele fala russo?
— Como nós. Quando completou vinte anos (isso foi no início de 1848), quis voltar à pátria. Esteve em Sófia e em Tarnovo, percorreu a Bulgária de canto a canto, passou ali dois anos, aprendeu de novo a língua materna. O governo turco o perseguiu, e, nesses dois anos, ele provavelmente deve ter sido exposto a grandes

---

[40] Atualmente na Ucrânia, da qual é capital.
[41] Título militar no Império Otomano.

perigos; certa vez, vi em seu pescoço uma cicatriz larga, deve ser a marca de uma ferida; mas ele não gosta de falar sobre isso. Ele também é do tipo calado. Eu tentei indagá-lo, mas não deu em nada. Ele responde com frases evasivas. É extremamente teimoso. No ano de 1850, veio novamente para a Rússia, para Moscou, com a intenção de ter uma formação completa, aproximar-se dos russos, e então, quando sair da universidade...
– E então o quê? – interrompeu Elena.
– O que Deus quiser. É difícil adivinhar o futuro. Por muito tempo, Elena não tirou os olhos de Bersiéniev.
– O senhor me deixou muito interessada com seu relato – disse ela. – Como ele é, esse seu, como o senhor o chamou... Insárov?
– Como lhe dizer? Em minha opinião, é bem-apessoado. Mas a senhorita vai vê-lo por si.
– Como assim?
– Vou trazê-lo aqui, até a senhorita. Depois de amanhã, ele se muda para nossa aldeia e vai morar comigo, no mesmo apartamento.
– É mesmo? Mas será que ele vai querer nos visitar?
– É claro! Ele vai ficar muito contente.
– Ele não é orgulhoso?
– Ele? Nem um pouco. Ou melhor, ele até pode ser orgulhoso, mas não nesse sentido que a senhorita pensa. Por exemplo, ele não aceita dinheiro emprestado de ninguém.
– E ele é pobre?
– Sim, não é rico. Quando esteve na Bulgária, reuniu algumas migalhas do que sobrou da herança do pai, e a tia o ajuda; mas tudo isso é uma ninharia.
– Ele deve ter muito caráter – observou Elena.
– Sim. É um homem de ferro. E, ao mesmo tempo, a senhorita vai ver, há nele algo de infantil, sincero, apesar de ser um sujeito concentrado e até mesmo reservado. É verdade que a sinceridade dele não é nossa sinceridade imprestável, mas a sinceridade das pessoas que não têm absolutamente nada a esconder... Mas, espere, que vou trazê-lo até a senhorita.
– E ele não é tímido? – perguntou de novo Elena.

— Não, não é tímido. Só as pessoas presunçosas são tímidas.
— E por acaso o senhor é presunçoso?
Bersiéniev ficou desconcertado e abriu os braços.
— Você está aguçando minha curiosidade — prosseguiu Elena.
— Mas, diga, ele não se vingou daquele agá turco?
Bersiéniev sorriu.
— Só nos romances é que se vinga, Elena Nikoláievna; além do quê, nestes doze anos, esse agá pode ter morrido.
— Mas o senhor Insárov nada lhe disse a esse respeito?
— Nada.
— Por que foi a Sófia?
— Foi lá que viveu o pai dele.
Elena ficou pensativa.
— Libertar sua pátria! — disse ela. — Dá medo até de pronunciar essas palavras, de tão grandiosas que são.
Nesse instante, Anna Vassílievna entrou no cômodo, e a conversa cessou.
Naquela noite, estranhos sentimentos dominaram Bersiéniev enquanto retornava para casa. Não se arrependera de sua intenção de apresentar Insárov a Elena, achava muito natural aquela profunda impressão que lhe haviam causado as histórias sobre o jovem búlgaro... não teria sido ele mesmo que tentara reforçar essa impressão?! Mas um sentimento oculto e sombrio aninhou-se em seu coração; a tristeza que o entristecia não era boa. Essa tristeza não o impediu, contudo, de retomar a *História dos Hohenstaufen* e começar a lê-la a partir daquela mesma página em que havia parado na véspera.

XI

Passados dois dias, Insárov, conforme o prometido, chegou com sua bagagem à casa de Bersiéniev. Ele não dispunha de um criado, mas, sem ajuda de ninguém, colocou seu quarto em ordem, arrumou os móveis, tirou o pó e varreu o chão. Ocupou-se por um bom tempo especialmente com a escrivaninha, que não queria caber de jeito nenhum no espaço que lhe era reservado; mas Insárov, com a insistência silenciosa que lhe era própria, conseguiu o que queria. Uma vez instalado, pediu a Bersiéniev que aceitasse dez rublos como adiantamento e, armado com um cajado grosso, partiu para examinar os arredores de sua nova residência. Voltou dentro de cerca de três horas e, quando Bersiéniev o convidou para partilhar a comida, respondeu que naquele dia não recusaria almoçar com ele, mas que já havia conversado com a dona da casa e dali em diante receberia dela suas refeições.

– Perdoe-me – retrucou Bersiéniev –, vão lhe alimentar muito mal: essa mulher não entende nada de cozinha. Por que o senhor não quer almoçar comigo? Dividimos os gastos em dois.

– Meus meios não me permitem almoçar da maneira como o senhor almoça – respondeu Insárov com um sorriso calmo.

Havia algo nesse sorriso que não permitia a insistência: Bersiéniev não disse mais palavra alguma. Depois do almoço, ele se ofereceu para levar Insárov até os Stákhov; mas este respondeu que pretendia dedicar toda a tarde à correspondência com seus búlgaros e, por isso, pedia que postergasse a visita aos Stákhov para o dia seguinte. A vontade inquebrantável de Insárov, Bersiéniev já conhecia desde antes. Somente agora, porém, estando com ele sob o mesmo teto, pudera se certificar definitivamente de que Insárov nunca mudava nenhuma de suas decisões, assim como nunca adiava o cumprimento de uma promessa feita. A Bersiéniev, como um russo típico, essa precisão mais que alemã, de início, pareceu um pouco absurda e até um tanto cômica; mas logo se acostumou com ela e terminou por achá-la, se não respeitável, ao menos bastante cômoda.

No segundo dia depois de sua migração, Insárov levantou às quatro da manhã, correu quase Kúntsevo inteiro, nadou no rio, bebeu um copo de leite frio e pôs-se a trabalhar; e o trabalho que tinha não era pouco: estudava história russa, direito, economia política, traduzia canções e crônicas búlgaras, colecionava materiais sobre a Questão Oriental, organizava uma gramática da língua russa para os búlgaros e da língua búlgara para os russos. Bersiéniev foi a seu quarto e conversou com ele sobre Feuerbach. Insárov ouvia atento, objetava raramente, mas com perspicácia; por suas objeções, via-se que estava tentando definir se precisava estudar Feuerbach ou se podia passar sem ele. Bersiéniev dirigiu a conversa para suas ocupações e perguntou: não teria algo para lhe mostrar? Insárov leu para ele a tradução de duas ou três canções búlgaras e desejou saber sua opinião. Bersiéniev achou a tradução correta, mas não viva o suficiente. Insárov tomou nota de sua observação. Das canções, Bersiéniev passou à situação atual da Bulgária, e foi ali que ele, pela primeira vez, percebeu que mudança ocorria em Insárov à simples menção de sua pátria. Não que seu rosto se tenha acendido ou sua voz se elevado, não! Mas foi como se todo seu ser se tornasse mais forte e aspirasse ir adiante, o contorno dos lábios se desenhou de forma mais nítida e implacável, e no fundo de seus olhos acendeu-se uma chama fraca e inextinguível. Insárov não gostava de se estender sobre sua viagem à pátria, mas sobre a Bulgária em geral falava de bom grado com qualquer um. Ele falava sem pressa sobre os turcos, sobre suas opressões, sobre a desgraça e as calamidades de seus conterrâneos, sobre suas esperanças; podia-se ouvir a deliberação concentrada de uma única e antiga paixão em cada uma de suas palavras.

"É bem provável", pensava Bersiéniev entrementes, "que o agá turco tenha pagado pela morte da mãe e do pai".

Insárov ainda não havia tido tempo de se calar quando a porta se abriu e, na soleira, surgiu Chúbin.

Ele entrou no quarto de modo demasiado atrevido e bonachão; Bersiéniev, que o conhecia bem, logo entendeu que algo o estava incomodando.

– Apresento-me sem cerimônia – começou ele com uma expressão iluminada e aberta no rosto –, meu sobrenome é Chúbin; sou amigo deste jovem aqui. (Apontou para Bersiéniev.) E o senhor é Insárov, não é mesmo?

– Sou Insárov.

– Então, me dê sua mão e vamos nos conhecer. Não sei se Bersiéniev lhe falou sobre mim, mas, para mim, ele falou muito do senhor. O senhor já se estabeleceu aqui? Ótimo! Não se zangue comigo por olhá-lo com tanta atenção. Eu, por ofício, sou escultor, e prevejo que muito em breve pedirei permissão para modelar sua cabeça.

– Minha cabeça está a seu serviço – disse Insárov.

– O que faremos hoje, hein? – começou Chúbin, sentando-se subitamente em uma cadeira baixinha e apoiando as duas mãos nos joelhos amplamente separados. – Andrei Petróvitch, vossa honraria tem algum plano para o dia de hoje? O tempo está bom; está cheirando a feno e a morangos silvestres de um jeito que... é como se você estivesse bebendo um chá para o peito. É preciso inventar algum truque. Vamos mostrar ao novo habitante de Kúntsevo todas as suas inúmeras belezas. ("Ele está mesmo incomodado", continuou a pensar Bersiéniev consigo mesmo.) Ora, por que está calado, meu amigo Horácio? Abra seus lábios proféticos. Vamos inventar um truque, ou não?
– Não sei – observou Bersiéniev – quanto a Insárov. Parece que ele pretendia trabalhar.
Chúbin se sacudiu na cadeira.
– O senhor quer trabalhar? – perguntou com uma voz algo nasalada.
– Não – respondeu aquele –, o dia de hoje posso dedicar a uma caminhada.
– Ah! – proferiu Chúbin. – Então, perfeito. Vá, meu amigo, Andrei Petróvitch, cubra com um chapéu sua cabeça sábia, vamos para onde as vistas alcançarem. Nossa vista é jovem, alcança longe. Conheço uma taberninha bem ruinzinha, onde nos servirão um almocinho nada decente; mas nós vamos nos divertir muito. Vamos.
Depois de meia hora, todos os três caminhavam pela margem do rio Moscou. Insárov usava um *kartuz*[42] bastante estranho, orelhudo, que deixava Chúbin em um êxtase não totalmente natural. Insárov pisava sem pressa, olhava, respirava, falava e sorria com calma: reservara esse dia para o prazer e se deleitava plenamente. "É assim que os meninos ajuizados passeiam aos domingos" – sussurrou Chúbin no ouvido de Bersiéniev. O próprio Chúbin folgava muito, corria adiante, fazia poses de estátuas famosas, dava cambalhotas na grama: não é que a calma de Insárov o irritasse, mas o levava a fazer caretas. "Por que você está se remexendo todo feito um francês?", observou-lhe umas duas

---

[42] Em russo, "картуз": uma espécie de quepe.

vezes Bersiéniev. "Sim, sou francês, meio francês", retrucou-lhe Chúbin, "e você tem de encontrar a medida entre a brincadeira e a seriedade, como costumava me dizer um criado". Os jovens se afastaram do rio e seguiram por um barranco estreito e fundo entre duas paredes altas de centeio dourado; a sombra azulada de uma dessas paredes recaía sobre eles; o sol radiante parecia deslizar pelos cumes das espigas; as cotovias cantavam, as codornas gritavam; por todos os lados, a grama verdejava; uma brisa morna agitava e fazia levantar suas folhas e fazia balançar as cabecinhas das flores. Depois de longas peregrinações, descansos, tagarelices (Chúbin até experimentou brincar de pula-sela com um mujique transeunte desdentado que ria de tudo, independentemente do que lhe faziam os senhores), os jovens conseguiram chegar até a taberninha "ruinzinha". O criado por pouco não os derrubou com as pernas e, de fato, serviu um almoço muito ruim, com um vinho da região dos Bálcãs, o que, no entanto, não os impediu de se divertir à vera, como Chúbin havia previsto; ele mesmo se divertia mais alto que todos... e menos que todos. Bebeu pela saúde do incompreensível, mas grandioso, Venélin[43], pela saúde do rei búlgaro Krum, Khrum ou Khrom[44], que vivera quase no tempo de Adão.

– No século IX – corrigiu Insárov.
– No século IX? – exclamou Chúbin. – Oh, que alegria!

Bersiéniev notou que, em meio a todas as travessuras, gaiatices e piadas, Chúbin parecia examinar Insárov, como se o estivesse apalpando, preocupado em seu íntimo, mas Insárov permanecia calmo e lúcido como antes.

Finalmente, voltaram para casa, trocaram de roupa e, para não sair da trilha que haviam tomado desde a manhã, decidiram dirigir-se, mesmo à noite, à casa dos Stákhov. Chúbin correu na frente para avisar sobre sua chegada.

---

[43] Iúri Ivánovitch Venélin (1802-1839), também conhecido como Georgius Hutza: historiador, linguista e folclorista russo-búlgaro. Foi um dos criadores da eslavística.
[44] Referência a um príncipe que regeu os búlgaros do ano de 802 a 814.

XII

— Agora o *irói*⁴⁵ Insárov vai nos dar a honra de sua visita! — exclamou solenemente ao entrar na sala dos Stákhov, onde, naquele momento, encontravam-se apenas Elena e Zoia.

— *Wer*⁴⁶? — perguntou em alemão Zoia. Quando pega de surpresa, ela sempre se expressava na língua materna. Elena se endireitou. Chúbin olhou para ela com um riso faceiro nos lábios. Ela se aborreceu, mas não disse nada.

— A senhorita ouviu. — repetiu ele. — O senhor Insárov está vindo.

— Ouvi — respondeu ela —, e também ouvi como o chamou. Ora, muito me surpreende. O senhor Insárov nem pisou aqui e o senhor já se sente no direito de fazer zombarias.

De um súbito, Chúbin desabou na cadeira.

— A senhorita tem razão, a senhorita sempre tem razão, Elena Nikoláievna — continuou ele —, mas eu falei por falar, juro por Deus. Passeamos com ele o dia todo e, asseguro-lhe, é uma excelente pessoa.

— Eu não lhe perguntei sobre isso — disse Elena e se levantou.

— O senhor Insárov é jovem? — perguntou Zoia.

— Ele tem 144 anos — respondeu Chúbin com irritação.

O menino criado anunciou a chegada dos dois amigos. Eles entraram.

Bersiéniev apresentou Insárov. Elena os convidou para sentar e sentou-se ela mesma, enquanto Zoia dirigiu-se ao andar de cima: era preciso avisar Anna Vassílievna. Iniciou-se uma conversa tão insignificante quanto todas as primeiras conversas. Chúbin observava quietinho do canto, mas não havia o que observar. Ele notava em Elena os vestígios do aborrecimento contido contra ele, Chúbin, e só. Fitava Bersiéniev e Insárov e, como escultor, comparava seus rostos. "Ambos", pensava ele, "não são bonitos; o búlgaro tem um rosto característico, escultural; e bem agora está sob uma boa luz; o rosto do grão-russo está mais para a pintura:

---

⁴⁵ Corruptela de "герой" / *guerói* ("herói") — no original, "ирой" / *irói*. Usada pela personagem para se referir de maneira brincalhona a Insárov, a fim de diminuí-lo.
⁴⁶ Em alemão, no original: "quem".

não há traços, mas fisionomia. É bem possível apaixonar-se tanto por um quanto por outro. Ela ainda não ama, mas amará Bersiéniev", decidiu consigo mesmo. Anna Vassílievna surgiu na sala e a conversa tomou um rumo totalmente *de datcha*, precisamente de *datcha* de veraneio, e não rural. Era uma conversa bastante variada pela abundância dos assuntos discutidos; mas breves pausas bastante penosas a interrompiam a cada três minutos. Em uma dessas pausas, Anna Vassílievna se voltou a Zoia. Chúbin compreendeu sua insinuação muda e fez uma careta azeda, enquanto Zoia sentou-se ao piano, tocou e cantou todas as suas pecinhas. Uvar Ivánovitch despontou por detrás da porta, mas remexeu os dedos e recolheu-se. Depois, serviram o chá, depois os convivas passearam pelo jardim... Na rua, escureceu e todos se retiraram.

 Insárov, de fato, causou em Elena menos impressão do que ela mesma esperava ou, mais precisamente, ele não lhe causou aquela impressão que ela esperava. Ela gostou da franqueza e da desenvoltura dele; e seu rosto também a agradou; mas todo o ser de Insárov, calmamente firme e trivialmente simples, de alguma maneira não combinava com aquela imagem que se constituíra na cabeça dela depois das histórias de Bersiéniev. Elena, sem suspeitar ela mesma, esperava por algo mais "fatal". "Porém", pensou, "hoje ele falou muito pouco, e eu mesma sou culpada, eu não lhe fiz perguntas; esperemos a próxima vez... Mas seus olhos são expressivos, honestos!". Ela sentia que não queria se curvar diante dele, e sim lhe dar a mão como a um amigo, e ficava perplexa: não era assim que ela imaginava pessoas como Insárov, os "heróis". Esta última palavra lhe lembrou Chúbin e, já deitada na cama, enrubesceu e irritou-se.

 – O que o senhor achou de seus novos conhecidos? – perguntou Bersiéniev a Insárov no caminho de volta.

 – Gostei muito deles – respondeu Insárov –, principalmente da filha. Deve ser uma moça boa. Ela é agitada, mas nela essa agitação cai bem.

 – Precisamos visitá-los com mais frequência – notou Bersiéniev.

 – Sim, precisamos – murmurou Insárov e não disse mais nada até chegar em casa. Trancou-se imediatamente em seu quarto, mas sua vela ficou acesa até bem depois da meia-noite.

A VÉSPERA

Bersiéniev mal teve tempo de ler uma página de Raumer quando um punhado de areia lançado veio bater nos vidros de sua janela. Estremeceu involuntariamente, abriu a janela e avistou Chúbin, branco como papel.

– Mas você não tem sossego! Você é uma mariposa noturna! – quis começar Bersiéniev.

– Chiu! – interrompeu Chúbin. – Eu vim até você às escondidas, como Max até Agathe[47]. Preciso trocar, sem falta, duas palavras a sós com você.

– Então, entre no quarto.

– Não, não precisa – retrucou Chúbin e acotovelou-se no parapeito da janela –, assim é mais divertido, parece mais com a Espanha. Em primeiro lugar, dou-lhe os parabéns: suas ações subiram. Seu tão alardeado homem extraordinário foi reprovado. Por isso, coloco minha mão no fogo. E, para lhe provar minha imparcialidade, escute: aqui está a folha de serviço do senhor Insárov. Talentos, nenhum; poesia *não há;* capacidade de trabalhar, enorme; memória grande; intelecto não é variado tampouco profundo, mas é são e vivo; aridez e força, e até mesmo o dom da palavra quando se trata de sua, cá entre nós, mais que enfadonha Bulgária. O quê? Vai dizer que estou sendo injusto? Mais uma observação: você nunca o tratará por "você", e ninguém nunca o tratou por "você"; eu, como artista, causo-lhe repulsa, e com orgulho. Aridez, aridez, mas é capaz de transformar todos nós em pó. Ele é ligado a sua terra, não como nossos vasos vazios[48] que bajulam o povo: água viva, nos renove! Em compensação, sua tarefa é mais fácil, cômoda e compreensível: basta expulsar os turcos, grande coisa! Mas todas essas qualidades, graças a Deus, não caem no gosto das mulheres. Ele não tem encantos, *charme;* ao contrário de você e de mim.

---

[47] Personagens da ópera de Carl Maria von Weber *O franco-atirador,* encenada pela primeira vez em 1821, em Berlim.

[48] Referência à doutrina dos eslavófilos expressa na obra de Aleksei Khomiakov (1804- -1860), Konstantin Aksákov (1817-1860) e Ivan Kiriéievski (1806-1856), publicada nos anos 1840 e 1850. O cerne dessa doutrina consiste na condenação das reformas do imperador Pedro I (1672-1725), que, entre outros resultados, teriam afastado a aristocracia russa da cultura e do povo russos, representados, principalmente, pelo campesinato patriarcal.

– E eu o que tenho a ver com isso? – murmurou Bersiéniev.
– De resto, você tampouco tem razão: você não lhe causa repulsa de jeito nenhum, e ele trata os compatriotas por "você"... disso eu sei.
– Isso é outra coisa! Ele é um herói para eles; mas, devo dizer, que eu imagino os heróis de outra maneira; um herói não deve saber falar: um herói muge como um touro, mas, se mover o chifre, derruba paredes. E ele nem deve saber por que se move, mas se move mesmo assim. Aliás, nosso tempo talvez precise de heróis de outro calibre.
– Por que Insárov o preocupa tanto? – perguntou Bersiéniev.
– E, por acaso, você veio correndo até aqui para me descrever o caráter dele?
– Eu vim para cá – começou Chúbin – porque em casa me sentia muito triste.
– Não me diga! E você não me vai querer chorar de novo, não é?
– Pode rir! Eu vim até aqui porque estou me mordendo de raiva, porque o desespero está me consumindo, o desgosto, o ciúme...
– Ciúme? De quem?
– De você, dele, de todos. Dilacera-me pensar que, se eu a houvesse compreendido antes, se eu houvesse me empenhado de fato... Mas de que adianta falar!? Tudo vai terminar comigo rindo, fazendo palhaçadas, zombando, como ela diz, e depois vou acabar me enforcando.
– Enforcar-se, sei... você não vai se enforcar – observou Bersiéniev.
– Numa noite como essas, é claro que não; mas só espere chegarmos ao outono. Numa noite como essas, as pessoas também morrem, mas de felicidade. Ah, a felicidade! Cada sombra de árvore que agora se estende pelo caminho parece sussurrar: "Eu sei onde está a felicidade... Quer que eu conte?". Eu chamaria você para passear, mas agora você está sob a influência da prosa. Durma, e que as figuras matemáticas lhe venham em sonhos! Isso enquanto minha alma está em pedaços. Vocês, senhores, quando veem uma pessoa rindo, pensam que ela está alegre; vocês podem

lhe provar que ela se está contradizendo e, então, que não está sofrendo... só Deus sabe!
Chúbin se afastou rapidamente da janela. "Ánnuchka!", quis gritar Bersiéniev em seu encalço, mas se conteve: de Chúbin, realmente, sumiram-lhe as feições. Uns dois minutos depois, Bersiéniev cogitou ter ouvido soluços: ele se levantou, abriu a janela; tudo estava quieto; apenas ao longe um mujiquezinho, talvez um viajante, murmurava arrastado "A estepe de Mozdok"[49].

XIII

Ao longo das duas primeiras semanas depois da mudança para a vizinhança de Kúntsevo, Insárov visitou os Stákhov não mais que quatro ou cinco vezes; Bersiéniev ia à casa deles dia sim, dia não. Elena ficava sempre feliz em vê-lo e sempre se travava entre eles uma conversa animada e interessante, mas, ainda assim, muitas vezes ele voltava para casa com o semblante triste. Chúbin quase não aparecia; com uma dedicação febril, entregou-se à sua arte: ora ficava trancado em seu quarto, do qual apenas saltava para fora de blusa, todo sujo de argila, ora passava dias em Moscou, onde tinha um estúdio, no qual o visitavam modelos e moldadores italianos, seus amigos e mestres. Elena não conseguiu falar com Insárov do jeito que gostaria nenhuma vez; na ausência dele, ensaiava fazer-lhe perguntas sobre muitas coisas, mas, quando ele chegava, sentia vergonha de seus ensaios. A própria tranquilidade de Insárov a embaraçava: parecia-lhe que não tinha direito de fazê-lo se expressar, então decidia esperar; contudo, sentia que a cada visita, por mais insignificantes que fossem as palavras trocadas entre os dois, ele a atraía mais e mais; porém, nunca conseguiu ficar a sós com ele, e, para se aproximar de uma pessoa, é preciso, nem que seja uma vez, conversar com ela olho no olho. Falava muito com ele sobre Bersiéniev. Bersiéniev entendia que a imaginação de Elena havia sido abalada por Insárov e se alegrava que seu amigo não tinha

---

[49] "*Step mozdókskaia*", canção popular russa sobre um cocheiro que faleceu longe de sua terra natal. Mozdok é uma cidade localizada na atual Ossétia do Norte, uma república da Federação Russa.

sido reprovado, como afirmara Chúbin; com ardor, contava até os mínimos detalhes tudo que sabia sobre ele (muitas vezes, quando queremos agradar outra pessoa, exaltamos na conversa com ela nossos amigos, sem quase nunca suspeitar que com isso estamos elogiando a nós mesmos), e apenas ocasionalmente, quando as bochechas pálidas de Elena enrubesciam ligeiramente e os olhos ficavam mais claros e se dilatavam, aquela tristeza ruim, já experimentada por ele, apertava seu coração.

Certa vez, Bersiéniev foi à casa dos Stákhov não na hora habitual, mas às dez e pouco da manhã. Elena foi encontrá-lo na sala.

– Imagine só – começou ele com um sorriso forçado –, nosso Insárov desapareceu.

– Como desapareceu? – murmurou Elena.

– Desapareceu. Há dois dias, foi a algum lugar e até agora nada dele.

– Ele não disse aonde ia?

– Não.

Elena desabou na cadeira.

– Ele deve ter ido a Moscou – pronunciou ela, tentando parecer indiferente e, ao mesmo tempo, surpreendendo-se por tentar parecer indiferente.

– Não acho – retrucou Bersiéniev. – Ele não saiu sozinho.

– Com quem, então?

– Há dois dias, antes do almoço, vieram-lhe visitar duas pessoas, devem ser seus compatriotas.

– Búlgaros? E o senhor acha isso por quê?

– Porque, do quanto pude ouvir, conversavam com ele numa língua para mim desconhecida, mas eslava... A senhorita, Elena Nikoláievna, insiste em dizer que há pouco de misterioso em Insárov: mas o que pode ser mais misterioso que essa visita? Imagine: entraram em seu quarto e começaram a gritar e a discutir, e ainda de modo tão selvagem, raivoso... e ele também gritava.

– Ele também?

– Ele também. Gritava com eles. Pareciam se queixar uns dos outros. E se a senhorita tivesse visto esses visitantes! Rostos morenos, largos, obtusos, com nariz de falcão, com mais de quarenta anos, malvestidos, empoeirados, suados, com a aparência

de artesãos, mas não são nem artesãos nem senhores... Deus sabe que pessoas são essas.
— E ele foi com eles?
— Foi. Ele lhes deu de comer e partiu com eles. A senhoria me contou que os dois tinham comido um enorme pote de mingau. E, segundo disse, foram engolindo, um mais voraz que o outro, feito lobos.
Elena deu um leve sorriso.
— O senhor vai ver — disse ela —, tudo isso será resolvido de modo muito prosaico.
— Queira Deus! Mas a senhorita usou essa palavra em vão. Não há nada de prosaico em Insárov, apesar de Chúbin afirmar que...
— Chúbin! — interrompeu Elena e deu de ombros. — Mas confesse que esses dois senhores engolindo mingau...
— Até Temístocles comeu na véspera da Batalha de Salamina — observou Bersiéniev com um sorriso.
— Sim, mas, em compensação, havia uma batalha no dia seguinte. Ainda assim, avise-me quando ele voltar — acrescentou Elena e tentou mudar o rumo da prosa, mas a conversa não fluía.
Zoia apareceu e começou a andar pelo cômodo nas pontas dos pés, dando assim a entender que Anna Vassílievna ainda não havia acordado.
Bersiéniev foi embora.
No mesmo dia, à noite, trouxeram um bilhete seu para Elena. "Voltou", escreveu-lhe, "queimado de sol e com poeira até as sobrancelhas; mas para que e para onde foi não sei; será que a senhorita não descobriria?"
— Será que a senhorita não descobriria! — sussurrou Elena. — E por acaso ele fala comigo?

XIV

No dia seguinte, à uma e pouco, Elena estava no jardim em frente a um cubículo onde criava dois cãezinhos de quintal. (O jardineiro os encontrou jogados debaixo da cerca e os trouxe para a senhorita, a respeito de quem as lavadeiras lhe haviam dito que gostava de todo tipo de bicho e animal de criação. Seu cálculo estava correto: Elena lhe deu uma moeda de 25 copeques.) Ela espiou o cubículo, certificou-se de que os cãezinhos estavam vivos e saudáveis e que lhes haviam colocado feno novo, olhou para trás e quase deu um grito: bem em sua direção, pela aleia, caminhava Insárov, sozinho.

— Olá — disse ele, aproximando-se e tirando o *kartuz*. Ela notou que ele tinha, de fato, tomado muito sol nos últimos três dias. — Eu queria ter vindo aqui com Andrei Petróvitch, mas ele, por alguma razão, demorou-se, então vim sem ele. Na casa da senhorita não tem ninguém: todos estão ou dormindo ou passeando, e eu vim parar aqui.

— O senhor parece estar se desculpando — respondeu Elena. — Isso é completamente desnecessário. Ficamos todos muito felizes em vê-lo... Vamos nos sentar aqui no banquinho, na sombra.

Ela se sentou. Insárov se ajeitou ao lado dela.

— Parece que o senhor não estava em casa esse tempo todo — começou ela.

— Sim — respondeu ele —, me ausentei... Foi Andrei Petróvitch que lhe contou?

Insárov lhe lançou um olhar ligeiro, sorriu e começou a brincar com o *kartuz*. Quando sorria, piscava os olhos e fazia um bico com os lábios, o que lhe dava um aspecto muito bonachão.

— Andrei Petróvitch deve ter lhe dito também que saí com umas pessoas algo... feias — disse ele, ainda sorrindo.

Elena ficou um pouco desconcertada, mas de repente sentiu que, a Insárov, era preciso dizer sempre a verdade.

— Sim — ela respondeu decidida.

— E o que a senhorita pensou de mim? — perguntou ele de repente.

Elena levantou os olhos em direção a ele.

— Eu pensei — ela disse —, eu pensei que o senhor sempre sabe o que faz, e que o senhor não é capaz de fazer nada de mal.

— Ora, muito obrigado por isso. Veja, Elena Nikoláievna — começou ele, com um ar um tanto crédulo, sentando-se mais perto dela —, dos nossos, aqui, temos uma pequena família; há, entre nós, pessoas de pouca instrução; mas todos têm forte devoção a uma causa em comum. Infelizmente, é impossível passar sem

brigas, e todos me conhecem, todos confiam em mim; então, me chamaram para conciliar uma briga. E eu fui.
– Longe daqui?
– Viajei mais de sessenta verstas[50] até Tróitski Possad. Também tem gente nossa em um mosteiro lá. Ao menos a preocupação não foi em vão: resolvi o caso.
– E foi difícil para o senhor?
– Foi difícil. Um só teimava. Não queria entregar o dinheiro.
– Como? A briga foi por dinheiro?
– Sim; mas o dinheiro nem era tanto. O que a senhorita pensava que fosse?
– E o senhor viajou mais de sessenta verstas por essa ninharia? Perdeu três dias?
– Não são ninharias, Elena Nikoláievna, quando seus conterrâneos estão envolvidos. Recusar um caso assim é um pecado. Por exemplo, a senhorita, pelo que vejo, não nega ajuda nem aos cãezinhos, e eu a louvo por isso. Não importa se eu perdi meu tempo, isso eu compenso depois. Nosso tempo não nos pertence.
– A quem, então?
– A todos que precisam de nós. Eu lhe contei tudo isso assim, de supetão, porque valorizo sua opinião. Imagino como Andrei Petróvitch surpreendeu a senhorita!
– O senhor valoriza minha opinião – disse Elena a meia-voz. – Por quê?
Insárov sorriu novamente.
– Porque a senhorita é uma boa moça, não é uma aristocrata... é isso.
Fez-se um breve silêncio.
– Dmítri Nikanórovitch – disse Elena –, o senhor sabe que esta é a primeira vez que está sendo tão franco comigo?
– Como assim? Parece-me que eu sempre lhe disse tudo o que estava pensando.
– Não, esta é a primeira vez, e eu estou muito feliz, e eu também quero ser sincera com o senhor. Posso?

---

[50] Medida usada no Império Russo, equivalente a 1,067 quilômetro – no contexto, portanto, cerca de 64 quilômetros.

Insárov riu e disse:
– Pode.
– Devo prevenir o senhor de que sou muito curiosa.
– Está bem, diga.
– Andrei Petróvitch me contou muito sobre sua vida, sua juventude. Só eu sei de uma circunstância, uma circunstância terrível... sei que o senhor viajou depois para sua pátria... Não me responda, pelo amor de Deus, se minha pergunta lhe parecer indiscreta, mas um pensamento está me atormentando... Diga-me, se o senhor encontrou aquela pessoa...
A respiração de Elena chegou a parar. Sentia vergonha e medo de sua ousadia. Insárov a fitava com atenção, cerrando ligeiramente os olhos e tocando o queixo com os dedos.
– Elena Nikoláievna – começou finalmente ele, e sua voz estava mais baixa que o normal, o que quase assustou Elena –, entendo sobre qual pessoa a senhorita estava agora se referindo. Não, não me encontrei com ela, e graças a Deus! Não a procurei. Não a procurei, não porque não me considerasse no direito de matá-la, eu a mataria muito tranquilamente, mas porque não há lugar para a vingança pessoal quando se está envolvido em uma vingança do povo, em comum... ou não, essa não é uma boa palavra... quando se trata da libertação do povo. Uma coisa impediria a outra. Tudo a seu tempo e sem escapatória... sem escapatória – repetiu ele e balançou a cabeça.
Elena o olhou de lado.
– O senhor ama muito sua pátria? – indagou ela timidamente.
– Isso ainda não se sabe – respondeu ele. – Só quando se morre por ela é possível dizer que a amava.
– Então, se lhe privassem da possibilidade de voltar para a Bulgária – continuou Elena –, na Rússia, seria muito pesado para o senhor?
Insárov baixou o olhar.
– Acho que isso eu não suportaria – disse ele.
– Diga-me – começou Elena de novo –, é difícil aprender o búlgaro?
– Nem um pouco. Para um russo, é vergonhoso não saber o búlgaro. Um russo deve saber todas as línguas eslavas. Quer que

eu lhe traga livros búlgaros? A senhorita vai ver como é fácil. E que canções nós temos! Em nada piores que as sérvias. Espere só, que vou lhe traduzir uma delas. Ela fala de... A senhorita conhece um pouquinho de nossa história?
– Não, não sei nada – respondeu Elena.
– Espere que vou lhe trazer um livrinho. Nele, você conhecerá ao menos os principais fatos. Então, ouça a canção... Aliás, é melhor eu lhe trazer uma tradução por escrito. Tenho certeza de que a senhorita vai nos amar: a senhorita ama todos os oprimidos. Se soubesse como nossa terra é abençoada! Entretanto, pisoteiam-na, atormentam-na – continuou ele com um movimento involuntário da mão, e seu rosto anuviou-se –, tiraram-nos tudo, tudo: nossas igrejas, nossos direitos, nossas terras; os malditos turcos nos enxotam, abatem-nos feito um rebanho...
– Dmítri Nikanórovitch! – exclamou Elena.
Ele se deteve.
– Desculpe-me. Não posso falar sobre isso sem que meu sangue ferva. Mas a senhorita não me perguntou, agora, se eu amava minha pátria? Que outra coisa se pode amar na Terra? O que é a única coisa imutável, que está acima de todas as dúvidas, em que é impossível não acreditar depois de Deus? E quando essa pátria precisa de você... Veja bem: o último mujique, o último mendigo da Bulgária e eu desejamos a mesma coisa. Todos nós temos um único objetivo. Entenda que confiança e força isso nos dá!

Insárov ficou em silêncio por um instante e de novo começou a falar da Bulgária. Elena ouvia com uma atenção devoradora, profunda e triste. Quando ele terminou, perguntou-lhe mais uma vez:

– Então, o senhor não ficaria na Rússia de jeito nenhum?

E quando ele partiu, ela o seguiu com o olhar por muito tempo. Nesse dia, ele se tornou para ela outra pessoa. Assim, a pessoa da qual se despedira não era a mesma que encontrara duas horas antes.

Daquele dia em diante, ele começou a aparecer cada vez mais, e Bersiéniev cada vez menos. Algo estranho se criou entre os amigos, algo que ambos sentiam bem, mas não podiam nomear e tinham medo de explicar. Assim, passou um mês.

XV

Como já é de conhecimento do leitor, Anna Vassílievna gostava de ficar em casa; mas, às vezes, de modo totalmente inesperado, surgia nela um anseio irresistível por algo extraordinário, por um *partie de plaîsir*[51] surpreendente; e quanto mais trabalhoso fosse esse *partie de plaîsir*, quanto mais exigisse preparativos e aprestos, quanto mais agitada ficasse a própria Anna Vassílievna, mais prazer ela sentia. Se esse *lirismo* lhe vinha no inverno, mandava reservar dois ou três camarotes contíguos, reunia todos os seus conhecidos e se dirigia ao teatro ou a uma mascarada; no verão, saía da cidade para algum lugar o mais distante possível. No dia seguinte, reclamava de dor de cabeça, gemia e não se levantava da cama, mas, passados uns dois meses, nela se acendia de novo o anseio pelo "extraordinário". O mesmo acontecia agora. Alguém mencionara em sua presença as belezas de Tsarítsyno[52], e Anna Vassílievna anunciou subitamente que ela, depois de amanhã, pretendia ir a Tsarítsyno. Em casa, soou o alarme: o mensageiro foi galopando a Moscou atrás de Nikolai Artiémievitch; o mordomo foi com ele para comprar vinhos, patês e todo tipo de mantimentos comestíveis; Chúbin recebeu ordens de contratar uma diligência (uma carruagem só seria pouco) e preparar os cavalos de reserva; o menino criado correu duas vezes até Bersiéniev e Insárov e lhes levou dois bilhetes de convite escritos primeiro em russo, depois em francês, por Zoia; a própria Anna Vassílievna cuidava dos trajes de viagem das jovens senhoritas. Entrementes, o *partie de plaîsir* por pouco não se frustrou: Nikolai Artiémievitch chegou de Moscou em um estado de espírito azedo, malévolo e *frondeur* (ainda estava ressabiado com Avgustina Khristiánovna) e, ao saber do que se tratava, declarou decididamente que não iria; que galopar de Kúntsevo para Moscou, e de Moscou para

---

[51] Em francês, no original: "piquenique".

[52] Conjunto de palácio e parque no sul de Moscou projetado pelo arquiteto Vassíli Bajénov (1737-1799) por ordem de Catarina II (1729-1796), em 1776, que, no entanto, não foi finalizado em sua época. Em 2005, sob críticas de historiadores e arquitetos, o governo de Moscou decidiu terminar a construção, enfim entregue no ano de 2007.

Tsarítsyno, e Tsarítsyno de novo para Moscou, e de Moscou de novo para Kúntsevo seria um absurdo; e... "... a bem da verdade", por fim acrescentou ele, "que me provem primeiro que um ponto do globo terrestre pode ser mais alegre que outro e, então, eu vou". Obviamente, isso ninguém podia lhe provar, e Anna Vassílievna, na ausência de um cavalheiro respeitável, já estava disposta a desistir do *partie de plaîsir*, mas se lembrou de Uvar Ivánovitch e com desespero mandou que o chamassem em seu quartinho, dizendo: "O afogado se agarra até em uma palha". Acordaram-no e ele desceu; escutou calado a proposta de Anna Vassílievna, brincou com os dedos e, para a surpresa geral, concordou. Anna Vassílievna lhe deu um beijo na bochecha e o chamou de "queridinho"; Nikolai Artiémievitch sorriu com desdém e disse: "*Quelle bourde*[53]!" (ele gostava, em ocasiões oportunas, de usar as "chiques" palavras francesas) – e, na manhã seguinte, às sete horas, a carruagem e a diligência, carregadas até o topo, zarparam da *datcha* dos Stákhov. Na carruagem estavam as damas, a camareira e Bersiéniev; Insárov se acomodou na boleia e, na diligência, estavam Uvar Ivánovitch e Chúbin. Foi o próprio Uvar Ivánovitch que, com o movimento de um dedo, convocou Chúbin a sentar-se consigo; ele sabia que este o provocaria por todo o caminho, todavia, entre a "força da terra negra" e o jovem artista havia uma estranha conexão e uma franqueza insultuosa. Contudo, dessa vez, deixou seu amigo gordo em paz: estava calado, distraído e afável.

    O sol já estava a pino no azul desanuviado, quando as carruagens chegaram às ruínas do castelo de Tsarítsyno, sombrias e ameaçadoras mesmo ao meio-dia. Toda a comitiva desceu no gramado e se dirigiu imediatamente ao jardim. À frente, iam Elena e Zoia com Insárov, atrás deles, com uma expressão de felicidade plena no rosto, desfilava Anna Vassílievna de braços dados com Uvar Ivánovitch. Este resfolegava e bamboleava, o chapéu de palha novo lhe cortava a testa e seus pés ardiam nas botas, mas mesmo ele estava bem; Chúbin e Bersiéniev fechavam a procissão.

---

[53] Em francês, no original: "que absurdo!".

– Ficaremos, irmão, na reserva, como certos veteranos – sussurrou Chúbin para Bersiéniev. – Ali, agora, está a Bulgária – acrescentou, apontando as sobrancelhas para Elena. O tempo estava maravilhoso. Tudo ao redor desabrochava, zunia e cantava; ao longe, reluziam as águas das lagoas; uma sensação festiva e radiante envolvia a alma. "Ah, que bom! Ah, que bom!", repetia incessantemente Anna Vassílievna; Uvar Ivánovitch sacudia a cabeça aprobativo em resposta a suas exclamações entusiasmadas, e uma vez chegou a pronunciar: "O que dizer?". Elena trocava palavras ocasionais com Insárov; Zoia segurava com dois dedinhos a borda de um chapéu largo e, com coqueteria, lançava por debaixo de seu vestido de musselina rosa os pezinhos pequeninos, calçados em sapatos cinza-claros de pontas arredondadas e jogava olhares ora para o lado, ora para trás. "Ahá!", exclamou de repente Chúbin a meia-voz, "parece que Zoia Nikítichna está olhando para trás. Deixe-me ir até ela. Elena Nikoláievna agora me despreza, e a você, Andrei Petróvitch, ela respeita, o que dá na mesma. Eu vou, chega de azedume. A você, meu amigo, aconselho botanizar: em sua posição, é o melhor que você pode inventar; o que é útil também do ponto de vista científico. Adeus!". Chúbin correu até Zoia, ofereceu-lhe o braço dobrado em forma de rosca e, ao dizer *Ihre Hand, Madame*[54]", apanhou-a e lançou-se adiante com ela. Elena se deteve, chamou Bersiéniev e também tomou seu braço, mas continuou a conversar com Insárov. Ela lhe perguntava como se chamavam em sua língua: lírio-do-vale, bordo, carvalho, tília... ("Bulgária!", pensou o pobre Andrei Petróvitch.)

De súbito, soou um grito mais à frente; todos levantaram a cabeça: a cigarreira de Chúbin estava voando rumo a um arbusto, lançada pela mão de Zoia. "Espere só, que já vou acertar as contas com a senhorita!", exclamou ele, meteu-se dentro do arbusto, encontrou ali a cigarreira e quis voltar até Zoia; mas era só ele se aproximar dela que sua cigarreira já estava de novo voando por sobre o caminhozinho. Essa travessura se repetiu umas cinco vezes, ele gargalhava o tempo todo e fazia ameaças, enquanto

---

[54] Em alemão, no original: "Vossa mão, senhora".

Zoia apenas sorria furtivamente e se encolhia, como uma gatinha. Finalmente, ele agarrou os dedos dela e apertou com tanta força que ela guinchou, e depois ficou assoprando a mão por muito tempo; fingia estar com raiva enquanto ele cantava alguma coisa no ouvido dela.

– Traquinas, povo jovem – observou alegremente Anna Vassílievna para Uvar Ivánovitch. Este brincou com os dedos.

– E Zoia Nikítichna, que tal? – perguntou Bersiéniev a Elena.

– E Chúbin, então? – respondeu ela.

Entrementes, toda a comitiva se aproximou do caramanchão conhecido pelo nome Milovídova[55] e se deteve para admirar o espetáculo dos lagos de Tsarítsyno. Eles se estendiam um depois do outro por várias verstas; as florestas fechadas escureciam atrás deles. A relva, que cobria toda a encosta da colina até o lago principal, conferia à própria água uma cor esmeralda excepcionalmente vívida. Em nenhuma parte, nem mesmo perto da margem, enchia-se uma onda ou se branquejava uma espuma; nem mesmo uma marola corria pela superfície lisa. Parecia que uma massa congelada de vidro jazia pesada e claramente em uma enorme pia batismal, que o céu havia descido até seu fundo, e as árvores encaracoladas olhavam imóveis para seu ventre translúcido. Todos admiraram a vista, longa e silenciosamente; até Chúbin se aquietou, até Zoia ficou pensativa. Por fim, todos, por unanimidade, quiseram dar um passeio nas águas. Chúbin, Insárov e Bersiéniev apostaram corrida pela grama até lá embaixo. Encontraram um grande barco pintado, dois remadores e chamaram as damas. Elas foram até eles; Uvar Ivánovitch desceu cuidadosamente atrás das damas. Enquanto ele entrava na barca, enquanto se acomodava, houve muitas risadas. "Cuidado, senhor, para não nos afundar", observou um dos remadores, um jovem rapaz de nariz arrebitado em uma camisa alexandrina[56]. "Ora, ora, peralta!", murmurou Uvar Ivánovitch. O barco partiu. Os jovens quiseram pegar os

---

[55] Em russo, nome formado por meio da junção de duas palavras: "милый" / *mílyi* e "вид" / *vid*, o que pode ser traduzido como "vista graciosa".
[56] No Império Russo, peça de vestimenta de cor vermelha típica da população pobre das cidades.

remos, mas apenas um deles, Insárov, sabia remar. Chúbin propôs cantar em coro alguma canção russa e entoou ele mesmo: "Pela mãezinha, Volga abaixo...". Bersiéniev, Zoia e até Anna Vassílievna entoaram (Insárov não sabia cantar), mas ficou dissonante; no terceiro verso, os cantores se atrapalharam, e só Bersiéniev tentou continuar, fazendo a voz do baixo: "Nada se vê nas ondas", mas também logo se acanhou. Os remadores trocaram piscadas e sorriram em silêncio, mostrando os dentes. "O quê?", dirigiu-se para eles Chúbin, "acham que os senhores não sabem cantar, é?". O rapaz de camisa alexandrina apenas sacudiu a cabeça. "Então espere só, nariz arrebitado", retrucou Chúbin, "nós vamos lhe mostrar. Zoia Nikítichna, cante para nós: *Le lac*[57]", do Niedermeyer. Ei, vocês, parem de remar!". Os remos molhados se elevaram no ar como asas e assim ficaram, derramando sonoramente as gotas; o barco andou um tanto mais e parou, rodando um pouquinho na água como um cisne. Zoia se fez de rogada... "*Allons*[58]", proferiu com gentileza Anna Vassílievna... Zoia sacou o chapéu e se pôs a cantar: "*O lac! L'année à peine a fini sa carrière*[59]...". Sua vozinha curta, porém clara, correu livre sobre o espelho do lago; ao longe, nos bosques, ecoava cada palavra; parecia que também ali alguém cantava em uma voz nítida e misteriosa, mas não humana, não deste mundo. Quando Zoia terminou, um "bravo" convincente soou a partir de um dos caramanchões próximos à margem e de lá saltaram alguns alemães de cara vermelha, que haviam ido a Tsarítsyno para *kneiperar*[60] um pouco. Alguns deles estavam sem as sobrecasacas, sem as gravatas e até mesmo sem os coletes, e gritavam "bis!" com tanta fúria que Anna Vassílievna ordenou aos remadores que se afastassem o mais rápido possível para o outro lado do lago. Mas, antes que o barco chegasse à margem, Uvar Ivánovitch conseguiu surpreender mais uma vez seus amigos: ao perceber que, em um lugar do bosque, o eco repetia com especial

---

[57] Romança do compositor francês Louis Niedermeyer (1802-1861).
[58] Em francês, no original: "Vamos".
[59] Em francês, no original: "Oh, lago, mal o ano terminou seu curso...".
[60] No original, verbo formado a partir do verbo alemão "*kneip*" e de afixos russos, cujo significado é "fazer farra", "embebedar-se".

clareza cada som, ele de repente começou a imitar uma codorna. No início, todos estremeceram, mas, em seguida, sentiram um prazer verdadeiro, ainda mais que Uvar Ivánovitch trilava de forma muito convincente e parecida. Encorajado por isso, ele tentou miar; seu miado, todavia, não saiu tão bem; e mais uma vez ele imitou a codorna, olhou para todos e se calou. Chúbin quis beijá-lo; ele o empurrou. Nesse instante, o barco encostou à margem e toda a comitiva saltou.

Enquanto isso, o cocheiro, o criado e a camareira trouxeram cestos da carruagem e ajeitaram o almoço no gramado sobre as velhas tílias. Todos se sentaram em volta da toalha de mesa e puseram-se a desfrutar do patê e dos outros quitutes. Todos tinham um excelente apetite, e Anna Vassílievna a todo tempo servia e convencia seus convidados a comer mais, afirmando que fazê-lo ao ar livre é muito saudável; com essas palavras, ela se dirigia ao próprio Uvar Ivánovitch. "Fique tranquila!", murmurou ele com a boca cheia. "Que dia maravilhoso o Senhor nos deu!", repetia ela sem parar. Era impossível reconhecê-la: era como se estivesse vinte anos mais nova. Bersiéniev observou isso a ela. "Sim, sim", retrucou ela, "eu também no meu tempo tive meus encantos: não me descartariam de uma dúzia". Chúbin juntou-se a Zoia e não parava de lhe oferecer vinho; ela recusava, ele a servia e terminava ele mesmo bebendo o cálice, para depois servi-la de novo; ele também lhe assegurava que gostaria de encostar a cabeça no colo dela; ela não queria de jeito algum lhe permitir "uma liberdade grande como essa". Elena parecia a mais séria de todos, mas em seu coração havia uma tranquilidade magnífica, que ela havia muito não experimentava. Sentia-se infinitamente bondosa, e só desejava ter a seu lado não apenas Insárov, mas também Bersiéniev... Andrei Petróvitch entendia vagamente o que isso significava e suspirava furtivamente.

As horas voavam; a noite se aproximava. Anna Vassílievna alarmou-se de repente. "Ah, minha nossa, como está tarde", começou ela. "Comemos, bebemos, meus senhores; já é hora de limpar a barba." Ela se agitou, todos se agitaram, levantaram-se e foram rumo ao castelo onde estavam as carruagens. Ao passar diante dos lagos, todos se detiveram para, pela última vez, admirar

Tsarítsyno. Em toda parte ardiam as cores vivas do ocaso; o céu estava rubro, as folhas reluziam cintilantes, agitadas pela brisa que se levantara; as águas distantes corriam feito ouro fundido; destacavam-se nitidamente do verde-escuro das árvores as torres e os caramanchões avermelhados, espalhados aqui e ali pelo jardim. "Adeus, Tsarítsyno, não nos esqueceremos do passeio de hoje!", disse Anna Vassílievna... Mas, nesse instante, como se para confirmar suas últimas palavras, deu-se um estranho incidente que, de fato, não seria assim tão fácil esquecer.

A saber: Anna Vassílievna mal teve tempo de dar seus adeuses a Tsarítsyno, quando, de repente, a alguns passos dela, atrás de um alto arbusto de lilases, ouviram-se exclamações divergentes, risadas e gritos – e um bando inteiro de homens desgrenhados, aqueles mesmos amantes do canto que aplaudiram Zoia com tanto zelo, espalhou-se pelo caminho. Esses senhores amantes pareciam alegres além da conta. Eles se detiveram ao ver as damas; porém, um deles, de enorme estatura, com pescoço de touro e olhos inflamados também de touro, separou-se de seus companheiros e, curvando-se de modo desajeitado e balançando-se ao andar, aproximou-se de Anna Vassílievna, petrificada de medo.

– *Bonjour, madame!* – disse ele com voz rouca. – Como vai vossa saúde?

Anna Vassílievna cambaleou para trás.

– Por que a senhora – continuou o gigante em um russo péssimo – não querer cantar o *bis*, quando o nosso companhia gritar *bis* e bravo e *fuora*!

– Sim, sim, por quê? – ressoou das fileiras da companhia.

Insárov quis dar um passo adiante, mas Chúbin o deteve e protegeu ele mesmo Anna Vassílievna atrás de si.

– Permita-me – começou ele –, respeitável desconhecido, expressar-lhe aquele espanto sincero no qual o senhor nos fez cair todos com seus atos. O senhor, até onde pude julgar, pertence ao ramo saxão da linhagem caucasiana; portanto, devemos presumir no senhor o conhecimento das regras da decência e, entretanto, o senhor interpela uma dama à qual não foi apresentado. Acredite, em outro momento, eu estaria particularmente muito

A VÉSPERA

contente em me aproximar do senhor, porque noto no senhor um tão fenomenal desenvolvimento dos músculos, *biceps, triceps* e *deltoideus*[61], que eu, como escultor, ficaria muito feliz de tê-lo como modelo. Mas, por ora, deixe-nos em paz.

O "respeitável desconhecido" ouviu todo o discurso de Chúbin retorcendo para o lado a cabeça em sinal de desprezo e com as mãos nos quadris.

– Eu não entende nada o que o senhor fala – disse ele, finalmente. – O senhor achar, talvez, sou um sapateiro ou um relojoeiro? É! Sou *offiziell*, um funcionário, sim.

– Disso não tenho dúvidas... – começou Chúbin.

– E eu digo o seguinte – continuou o desconhecido, removendo-o com sua mão poderosa como a um galho que estivesse no meio do caminho –, eu digo: por que você não cantar *bis*, quando nós gritar *bis*? E eu *agora* neste mesmo minuto ir embora, só *prrecisa* que esta *fräulein*, não, essa *madame*, não, essa não *prrecisa*, mas esta ou aquela (e apontou para Elena e Zoia) me desse *einen Kuss*, como nós fala isso em alemão, um *beizinho*, sim; o que que tem? Não é nada.

– Nada, *einen Kuss* não é nada – ressoou novamente das fileiras da companhia.

– *Ih*! *der Sakramenter*[62]! – disse, sufocado de tanto rir, um alemão totalmente chumbado.

Zoia agarrou a mão de Insárov, mas ele se desvencilhou dela e se pôs bem em frente ao grandalhão atrevido.

– Faça o favor de se retirar – disse ele com uma voz não muito alta, porém, áspera.

O alemão caiu numa forte gargalhada.

– Como retirar? É isso que eu gostar! Por acaso eu não poder passear também? Como assim retirar? Por que retirar?

– Porque o senhor se atreveu a incomodar uma dama – disse Insárov e, de repente, ficou pálido –, porque o senhor está bêbado.

---

[61] Em latim, no original.
[62] Em alemão, no original: "um milagreiro".

85

— Como? Eu, bêbado? Escutar. *Hören Sie das, Herr Provisor*[63]? Sou *offiziell*, e ele se atreve. Agora eu exijo *Satisfaction! Einen Kuss will ich*[64]!
— Se o senhor der mais um passo... – começou Insárov.
— O quê? Então o quê?
— Eu o jogo na água.
— Na água? *Herr Je*[65]! Só isso? Bom, vejamos, isso é muito curioso, como assim, na água...

O senhor *offiziell* ergueu os braços e inclinou-se para a frente, mas, de repente, algo extraordinário aconteceu: ele grunhiu, todo seu enorme torso balançou, levantou-se do chão, as pernas deram um coice no ar e, antes que as damas tivessem tempo de gritar, antes que alguém pudesse entender de que modo aquilo acontecera, o senhor *offiziell*, com toda sua massa, num estalo pesado, desabou no lago e imediatamente desapareceu na água borbulhante.

— Ai! – exclamaram as damas em coro.
— *Mein Gott*[66]! – ouviu-se do outro lado. Um minuto se passou... e uma cabeça redonda, com os cabelos molhados grudados nela, mostrou-se acima da água; soltava bolhas, essa cabeça; as duas mãos se debatiam convulsivamente bem perto dos lábios...

— Ele vai se afogar, salvem-no, salvem-no! – gritou Anna Vassílievna para Insárov, que estava de pé na margem, as pernas afastadas e respirando fundo.

— Ele vai conseguir sair – disse com um desdém negligente e impiedoso. – Vamos – acrescentou, tomando Anna Vassílievna pelo braço. – Vamos, Uvar Ivánovitch, Elena Nikoláievna.

— A... a... o... o... – soou nesse instante o grito do desafortunado alemão, que já havia conseguido se agarrar ao junco próximo à margem.

Todos foram seguindo Insárov e todos tiveram de passar diante daquela mesma "companhia". Os foliões, porém, tendo

---
[63] Em alemão, no original: "Você está ouvindo isso, senhor provisor?".
[64] Em alemão, no original: "Satisfação. Quero um beijo".
[65] Em alemão, no original: "Senhor Jesus".
[66] Em alemão, no original: "Meu Deus!".

perdido seu líder, acalmaram-se, amansaram-se e não pronunciaram uma palavrinha sequer; apenas um, o mais corajoso deles, murmurou sacudindo a cabeça: "Mas isso, ora... Deus sabe lá o quê... depois disso...". E o outro até o chapéu tirou; Insárov lhes pareceu muito ameaçador, e não sem razão: algo ruim, algo perigoso desenhou-se em seu rosto. Os alemães se apressaram em resgatar seu companheiro, e este, assim que pisou em terra firme, começou a xingar lamuriosamente e a gritar para esses "russos trapaceiros" que ele iria prestar queixas, que ele iria reclamar com a própria excelência o conde von Kizeritz...

Mas os "russos trapaceiros" não deram atenção a seus gritos e se apressaram o máximo que puderam em direção ao castelo. Todos estavam calados enquanto caminhavam pelo jardim, apenas Anna Vassílievna soltava ligeiros suspiros. Porém, assim que se aproximaram das carruagens, detiveram-se, e um riso incontrolável e incessante levantou-se entre eles como entre os moradores do Olimpo de Homero. O primeiro a explodir de modo estridente, como um louco, foi Chúbin, depois dele, Bersiéniev tamborilou como grãos de ervilhas na panela, nisso Zoia se esparramou como miçangas finas, Anna Vassílievna também se desfez de repente, mesmo Elena não pôde deixar de sorrir, e até Insárov, finalmente, não resistiu. Mas as mais altas, mais longas e mais desenfreadas gargalhadas de todos foram as de Uvar Ivánovitch: ele gargalhava até sentir pontadas na barriga, até espirrar, até sufocar. Era só se acalmar um pouco que dizia, entre lágrimas: "Eu pensei... que estalo foi esse?... e era... ele... de costas...". E junto com esta última palavra, exprimida em meio a convulsões, uma nova explosão de riso sacudia todo seu tronco. Zoia o provocava ainda mais: "Eu", disse ela, "vi as pernas no ar...". "Sim, sim", entoava Uvar Ivánovitch, "pernas, pernas... e depois um estalo! E era ele caindo de co-co-costas!". "Sim, e como será que conseguiu, pois o alemão era três vezes maior?", perguntava Zoia. "Vou lhe dizer", respondia, enxugando as lágrimas Uvar Ivánovitch, "eu vi: uma das mãos na cintura, uma rasteira com o pé e, então, um estalo! E eu ouvi: o que é isso? E lá estava ele caindo de costas...".

Muito depois de as carruagens terem tomado seu rumo, quando Tsarítsyno já se perdia de vista, Uvar Ivánovitch ainda não conseguia se acalmar. Chúbin, que de novo foi com ele na diligência, finalmente o repreendeu.

Entretanto, Insárov sentia vergonha. Sentado na carruagem diante de Elena (Bersiéniev se acomodara na boleia), permanecia calado; ela também seguia calada. Ele achava que ela o condenava; mas ela não o condenava. Tinha se assustado muito no primeiro momento; depois lhe impressionou a expressão do rosto dele; depois pôs-se a pensar. Para ela, não estava bem claro sobre o que estava pensando. O sentimento que experimentara no decorrer do dia esvaneceu: disso ela tinha consciência; mas fora substituído por algo que ela ainda não compreendia. O *partie de plaîsir* havia ido longe demais: a tarde transformara-se imperceptivelmente em noite. A carruagem voava rapidamente ora pelos campos de trigo em maturação, onde o ar estava abafado e perfumado e evocava pão, ora pelas pradarias vastas, e seu frescor repentino tocava o rosto em uma leve onda. O céu parecia esfumaçado na linha do horizonte. Por fim, deslizou opaca e vermelha a meia-lua. Anna Vassílievna cochilava; Zoia, debruçada na janela, fitava a estrada. Elena, finalmente, deu-se conta de que não falava com Insárov já havia mais de hora. Dirigiu-se a ele com uma pergunta insignificante; ele lhe respondeu pronta e alegremente. No ar, sons ininteligíveis começaram a flutuar; era como se milhares de vozes conversassem ao longe: Moscou voava ao encontro deles. Adiante, as luzes já iam cintilando; tornavam-se cada vez mais numerosas; por fim, os paralelepípedos começaram a bater sob as rodas. Anna Vassílievna acordou; na carruagem, todos se puseram a conversar, apesar de ninguém já conseguir entender de que se tratava: de tão forte que a calçada trovejava sob as duas carruagens e os trinta e dois pés dos cavalos. A viagem de Moscou a Kúntsevo parecia longa e tediosa; todos estavam dormindo e quietos, com as cabeças encostadas nos diferentes cantos; só Elena não cerrava os olhos: ela não os tirava da figura escura de Insárov. A tristeza tomou conta de Chúbin: a brisa soprava em seus olhos e o irritava; ele se enrolou na gola do capote e por pouco não chorou. Uvar Ivánovitch soltava roncos de satisfação, balançando-se à direita e à esquerda. As carruagens, por fim, pararam. Dois criados carregaram Anna Vassílievna para fora da

A VÉSPERA

carruagem: ela ficou totalmente desanimada e, ao despedir-se de seus convivas, anunciou-lhes que mal estava viva; eles se puseram a agradecê-la e ela só repetia: "Mal estou viva". Elena apertou a mão de Insárov pela primeira vez, e depois, sentada junto à janela, demorou para se trocar; já Chúbin ainda arranjou tempo para sussurrar a Bersiéniev, que partia:
– Um herói sem tirar nem pôr: os alemães bêbados, ele joga na água!
– E você nem isso fez – retrucou Bersiéniev e se dirigiu para casa com Insárov.
A aurora já despontava no céu quando os dois amigos voltaram para suas acomodações. O sol ainda não havia se levantado, mas o friozinho já gracejava, o sereno grisalho cobria a relva e as primeiras cotovias ressoavam lá no alto, no penumbroso abismo celeste, de onde, como um olho solitário, mirava, graúda, a última estrela.

XVI

Elena, logo depois de conhecer Insárov, começou (pela quinta ou sexta vez) um diário. Eis alguns fragmentos dele:
De junho: ... *Andrei Petróvitch me traz livros, mas não consigo lê-los. De confessar-lhe isso, sinto vergonha; devolver os livros, mentir, dizer que li – não quero. Parece-me que isso vai aborrecê-lo. Tudo em mim ele observa. Ele, ao que parece, está muito ligado a mim. É uma pessoa muito boa, o Andrei Petróvitch.*

... O que eu quero? Por que sinto tanto peso assim no coração, tanta languidez? Por que olho com inveja para os pássaros que passam voando? Parece que eu voaria com eles, voaria – para onde não sei, apenas para longe, para longe daqui. E não seria esse desejo um pecado? Tenho aqui mãe, pai, família. Por acaso não os amo? Não, não os amo tanto quanto gostaria de amar. Tenho medo de dizer isso, mas é a verdade. Talvez eu seja uma grande pecadora; talvez por isso sinta tanta tristeza, por isso não tenha paz. Sinto uma mão em cima de mim e que me esmaga. É como se eu estivesse na prisão e já já as paredes fossem desabar sobre mim. Mas por que será que os outros não sentem isso? Quem vou amar se estou fria com os meus? Pelo visto, o paizinho está certo: ele me repreende por eu

amar apenas cachorros e gatos. Preciso pensar sobre isso. Eu rezo pouco; preciso rezar... Mas parece que eu saberia amar!

... Ainda fico tímida com o senhor Insárov. Não sei por quê; não sou tão jovenzinha, e ele é tão simples e bom. Às vezes, ele tem o rosto muito sério. Ele, pelo visto, não tem tempo para nós. Isso eu sinto, e é como se me envergonhasse de roubar o tempo dele. Andrei Petróvitch é outra coisa. Com ele, posso tagarelar o dia todo até. Mas ele também não para de me falar sobre Insárov. E que detalhes terríveis! Eu o vi hoje à noite com um punhal na mão. E é como se me dissesse: "Mato você, e depois me mato". Que bobagem!

... Oh, se alguém me dissesse: é isto o que você deve fazer! Ser bondosa é pouco; fazer o bem... sim; é o principal na vida. Mas como fazer o bem? Oh, se eu pudesse ser senhora de mim! Não entendo por que penso no senhor Insárov tantas vezes. Quando ele chega e fica sentado e escuta com atenção, e ele mesmo nem se esforça, não se aflige, olho para ele e sinto prazer... mas só; já quando ele vai embora, fico lembrando suas palavras e me irrito comigo mesma, até fico agitada... eu mesma não sei por quê. (Ele fala mal o francês, e não se envergonha, eu gosto disso.) Eu, todavia, sempre penso muito nos novos conhecidos. Conversando com ele, de repente, lembrei-me de nosso copeiro Vassíli, que tirou da isbá em chamas um velho sem pernas e por pouco não morreu ele mesmo. Papai disse que ele era um homem valente, e mamãezinha lhe deu cinco rublos, enquanto eu quis me curvar a seus pés. E ele tinha um rosto simples, até tolo, e depois se tornou um bêbado.

... Hoje eu dei uma moeda a uma mendiga, e ela me disse: por que você está tão triste? E eu nem suspeitava de meu aspecto triste. Acho que isso acontece porque estou sozinha, sempre sozinha, com todo meu bem e com todo meu mal. Não há para quem estender a mão. De quem se aproxima de mim, não preciso; e quem eu quereria... me passa ao largo.

... Não sei o que há comigo hoje; minha cabeça está confusa, estou prestes a cair de joelhos e pedir e implorar por misericórdia. Não sei quem nem como, mas é como se estivesse me matando, e eu grito e me revolto por dentro; choro e não consigo ficar calada... Meu Deus! Meu Deus! Refreie esses meus ímpetos! Só o Senhor pode fazer isso, todo o resto é impotente: nem minhas insignificantes esmolas, nem os afazeres, nada, nada pode me ajudar. Eu queria servir de criada em qualquer lugar, ora: me sentiria mais aliviada.

A VÉSPERA

Para que a juventude, por que eu vivo, por que tenho alma, para que tudo isso?
... Insárov, senhor Insárov (ora, eu não sei como escrever) continua a ocupar meus pensamentos. Eu gostaria de saber o que ele tem em sua alma? Ele parece ser tão aberto, tão acessível, mas eu não consigo ver nada. Às vezes, ele me fita com uns olhos perscrutadores... ou seria apenas uma fantasia minha? Paul me provoca o tempo todo... estou zangada com Paul. O que ele quer? Está apaixonado por mim... mas eu não preciso de seu amor. Ele está apaixonado por Zoia também. Estou sendo injusta com ele; ontem, ele me disse que não sei ser injusta pela metade... é verdade. Isso é muito ruim.
Ah, eu sinto, uma pessoa precisa de uma desgraça, da pobreza, de uma doença, senão fica presunçosa.
... Para que Andrei Petróvitch foi me contar hoje sobre esses dois búlgaros! É como se ele tivesse alguma intenção ao me contar isso. E o que tenho eu a ver com o senhor Insárov? Estou zangada com Andrei Petróvitch.
... Pego a pena e não sei como começar. Como hoje, no jardim, ele começou inesperadamente a conversar comigo! Como foi gentil e ingênuo! Como tudo se deu tão rápido! Como se fôssemos velhos, velhos amigos e só agora nos reconhecêssemos. Como, até esse momento, pude não entendê--lo? Como agora ele me é próximo! E eis o que é surpreendente: eu agora fiquei muito mais calma. Acho engraçado: ontem, estava zangada com Andrei Petróvitch, com ele, e até mesmo o chamei de senhor Insárov, e hoje... Eis, finalmente, uma pessoa verdadeira; eis alguém em que se pode confiar. Esse não mente; é a primeira pessoa que encontro que não mente: todos os outros mentem, tudo mente. Andrei Petróvitch, querido, bom, por que estou ofendendo o senhor? Não! Andrei Petróvitch talvez seja mais ilustrado que ele, talvez até mais inteligente... Mas não sei: diante dele, fica tão pequeno. Quando aquele fala sobre sua pátria, ele cresce, cresce, seu rosto fica mais bonito, e a voz é como o aço, e, então, parece que não há no mundo pessoa para a qual ele baixaria o olhar. E ele não só fala... fez e fará. Vou lhe colocar algumas perguntas... Como ele, de repente, virou-se e sorriu para mim!... Só irmãos sorriem assim. Ah, como estou contente! Quando ele nos visitou pela primeira vez, eu nunca imaginaria que nós nos aproximaríamos tão rápido. E, agora, eu até gosto que haja ficado indiferente daquela primeira vez... indiferente! Será que estou indiferente agora?

... *Faz tempo que não sentia uma paz interior assim. Está tudo tão quieto em mim, tão quieto. Nada tenho para anotar. Eu o vejo sempre, e isso é tudo. O que mais há para anotar?*

... Paul só fica trancado; Andrei Petróvitch tem vindo com menos frequência... coitado! Eu acho que ele... Porém, isso não pode ser. Eu gosto de conversar com Andrei Petróvitch: ele nunca diz nenhuma palavra sobre si, mas sempre sobre algo prático, útil. Não é como Chúbin. Chúbin se enfeita como uma borboleta e admira sua vestimenta; e isso as borboletas não fazem. Porém, tanto Chúbin quanto Andrei Petróvitch... eu sei o que quero dizer.

... Ele gosta de vir nos visitar, eu vejo isso. Mas por quê? O que ele viu em mim? É verdade, nossos gostos são parecidos: tanto ele quanto eu, nós dois, não gostamos de poesia, não somos conhecedores da arte. Mas ele é tão melhor do que eu! Ele está tranquilo, e eu nessa ansiedade eterna; ele tem um caminho, um objetivo... e eu, para onde estou indo? Onde está meu ninho? Ele está tranquilo, mas seus pensamentos estão longe. Chegará uma hora em que nos abandonará para sempre, voltará para os seus, para lá, além-mar. Fazer o quê? Que Deus lhe ajude! Ainda assim, ficarei feliz que o conheci enquanto esteve aqui.

Por que ele não é russo? Não, ele não poderia ser russo.

E a mamãe também o ama; ela diz: um homem humilde. Bondosa mamãe! Ela não o entende. Paul fica calado: ele adivinhou que suas alusões não me agradam, mas tem ciúmes dele. Garoto mau! Que direito ele tem? Por acaso eu, em algum momento...

Tudo isso são bobagens! Por que isso tudo me vem à cabeça?

... Mas é estranho, todavia, que eu, até agora, até meus vinte anos, não tenha amado ninguém! Eu acho que o D. (vou chamá-lo de D., eu gosto deste nome: Dmítri) tem uma alma cristalina, pois se entregou inteiro a sua causa, a seu sonho. Por que ele deveria se preocupar? Quem se entrega por inteiro... inteiro... inteiro... é quem não tem nada a perder, quem já não responde por nada. Não sou eu *que quero: é* aquilo *que quer. A propósito, ele e eu gostamos das mesmas flores. Hoje colhi uma rosa. Uma pétala caiu, ele a tomou... Dei-lhe a rosa inteira.*

Há algum tempo, tenho tido sonhos estranhos. O que isso quereria dizer?

... D. vem sempre nos visitar. Ontem, ele ficou aqui até tarde. Ele quer me ensinar o búlgaro. Sinto-me tão bem com ele, como em casa. Melhor que em casa.

Os dias passam voando... E eu me sinto feliz e, por alguma razão, aterrorizada, e quero agradecer a Deus, e as lágrimas estão sempre por perto. Oh, que dias quentes e radiantes!

... Continuo me sentindo leve e apenas às vezes, às vezes, um pouco triste. Estou feliz. Será que sou feliz?

... Por muito tempo não me esquecerei da viagem de ontem. Que impressões estranhas, novas, terríveis! Quando ele agarrou de repente aquele gigante e o arremessou na água como uma bolinha, eu não me assustei... mas ele me assustou. E depois... que rosto sinistro, quase cruel! Como ele disse: ele vai conseguir sair! Isso me transtornou. Quer dizer que eu não o entendia. E depois, quando todos riram, quando eu ri, que dor senti por ele. Ele ficou com vergonha, eu senti, ele ficou com vergonha de mim. Ele me disse isso depois, na carruagem, na escuridão, quando tentei enxergá-lo melhor e o temi. Sim, com ele não se pode brincar, e ele sabe como intervir. Mas por que essa raiva, esses lábios trêmulos, esse veneno nos olhos? Ou, talvez, seja impossível de outro jeito? Impossível ser um homem, um combatente, e se manter dócil, terno? A vida é um caso bruto, ele me disse há pouco tempo. Essa frase eu repeti a Andrei Petróvitch; ele não concordou com D. Qual deles tem razão? E como aquele dia tinha começado! Como foi bom caminhar a seu lado, ainda que em silêncio... Mas estou feliz com o que aconteceu. Pelo visto, tinha de ser assim.

... Outra vez, as preocupações... Não me sinto bem completamente.

... Fiquei todos esses dias sem anotar nada neste caderno porque não queria escrever. Eu sentia: que não importava o que escrevesse, não seria aquilo que carrego na alma... E o que carrego na alma? Tive com ele uma longa conversa, que me revelou muito. Ele me contou seus planos. (A propósito, agora sei por que ele tem a cicatriz no pescoço... Meu Deus! Quando penso que ele já foi condenado à morte, que escapou por pouco, que foi ferido...) Ele pressente a guerra e ela o alegra. Contudo, nunca vi D. tão triste. Com o que ele... ele!... pode se entristecer? Papai retornou da cidade, encontrou-nos juntos e nos olhou de um jeito estranho. Andrei Petróvitch veio; notei que ele está muito magro e pálido. Ele me repreendeu pois eu estaria tratando Chúbin com bastante frieza e desdém. Eu me esqueci completamente de Paul. *Quando o vir, tentarei redimir minha culpa. Agora não tenho tempo para ele... nem para ninguém no mundo. Andrei Petróvitch falava comigo com certo pesar. O que isso*

tudo quer dizer? Por que está tudo tão escuro à minha volta e em mim? Parece-me que à minha volta e em mim se passa algo indecifrável, para o que é necessário encontrar a palavra...
... Não dormi à noite, tenho dor de cabeça. Para que escrever? Hoje ele foi embora tão rápido, e eu queria conversar com ele... É como se estivesse me evitando. Sim, ele me evita.
... A palavra foi encontrada! Uma luz me iluminou! Deus! Tenha piedade de mim... Estou apaixonada!

XVII

Naquele mesmo dia, enquanto Elena escrevia essa última palavra fatal em seu diário, Insárov estava sentado no quarto de Bersiéniev, e Bersiéniev estava de pé diante dele com uma expressão de perplexidade no rosto. Insárov havia acabado de lhe anunciar sua intenção de se mudar para Moscou logo no dia seguinte.

– Tenha piedade! – exclamou Bersiéniev. – Agora vai começar a época mais bonita. O que o senhor vai fazer em Moscou? Que decisão mais repentina! Ou o senhor recebeu alguma notícia?

– Não recebi notícia alguma – retrucou Insárov –, mas, por razões minhas, é impossível permanecer aqui.

– Mas como é que pode...

– Andrei Petróvitch – disse Insárov –, por gentileza, não insista, estou lhe pedindo. Para mim mesmo é difícil me separar dos senhores, mas não há nada a fazer.

Bersiéniev o olhou fixamente.

– Eu sei – disse ele, por fim –, não dá para convencê-lo. Então, é um assunto resolvido?

– Totalmente resolvido – respondeu Insárov, levantou-se e retirou-se.

Bersiéniev caminhou pelo quarto, apanhou o chapéu e se dirigiu à casa dos Stákhov.

– O senhor tem alguma coisa para me contar? – perguntou Elena assim que ficaram a sós.

– Sim. Como adivinhou?
– Isso tanto faz. Diga, o que é?

Bersiéniev lhe transmitiu a decisão de Insárov.
Elena empalideceu.
– O que isso quer dizer? – pronunciou ela com dificuldade.
– A senhorita sabe – proferiu Bersiéniev – que Dmítri Nikanórovitch não gosta de dar conta de seus atos. Mas eu acho... Vamos nos sentar, Elena Nikoláievna, a senhorita não me parece totalmente bem de saúde... Eu acho que posso deduzir qual foi a verdadeira razão dessa partida repentina.
– Qual, qual foi a razão? – repetiu Elena, apertando a mão de Bersiéniev, com força e sem sequer notar, em sua própria mão, que gelara.
– Veja bem – começou Bersiéniev com um sorriso triste –, como eu poderia lhe explicar isso? Precisaria retornar àquela primavera, àquele tempo em que me aproximei mais de Insárov. Naquela época, me encontrei com ele na casa de um parente; esse parente tinha uma filha muito bonita. A mim me pareceu que a Insárov ela não era indiferente, e isso eu lhe disse. Ele riu e disse que eu estava enganado, que seu coração não fora atingido, mas que partiria imediatamente se algo parecido lhe ocorresse, pois ele não desejava, e essas foram suas próprias palavras, para satisfazer um sentimento pessoal, trair sua causa e seu dever. "Sou búlgaro", disse ele, "e não preciso do amor russo...".
– Mas... o quê, então... o senhor, agora – sussurrou Elena, virando involuntariamente a cabeça como alguém que espera por um golpe, mas ainda assim sem soltar a mão de Bersiéniev que agarrara.
– Eu acho – disse ele e baixou o tom da própria voz –, eu acho que agora se tornou realidade aquilo que outrora supus em vão.
– Ou seja... o senhor acha... não me torture! – deixou escapar de repente Elena.
– Eu acho – continuou apressadamente Bersiéniev – que Insárov agora se apaixonou por uma moça russa e, de acordo com sua promessa, resolveu fugir.
Elena apertou a mão dele com mais força ainda, e a cabeça baixou ainda mais, como se desejasse esconder de um olhar alheio o rubor da vergonha que inundara com uma chama repentina todo o seu rosto e o seu pescoço.

– Andrei Petróvitch, o senhor é bondoso como um anjo – continuou ela –, mas ele virá para dizer adeus, não virá?
– Sim, suponho que ele virá certamente, porque não vai querer partir...
– Diga-lhe, diga...
Mas eis que a pobre moça não se conteve: as lágrimas jorraram de seus olhos, e ela saiu correndo do quarto.
"Então é assim que ela o ama", pensava Bersiéniev enquanto retornava lentamente para casa. "Eu não esperava por isso; não esperava que já fosse tão forte. Sou bondoso, diz ela", continuou ele com suas reflexões... "Quem poderia dizer em virtude de quais sentimentos e motivações contei tudo isso a Elena? Não foi por bondade, não por bondade. É tudo o maldito desejo de averiguar se o punhal está, de fato, cravado na ferida? Eu deveria estar contente, eles se amam e eu os ajudei... 'O futuro mediador entre a ciência e o público russo', é assim que Chúbin me chama; pelo visto, é minha sina ser um mediador. Mas e se eu tiver me enganado? Não, eu não me enganei..."
Andrei Petróvitch estava amargurado, e o Raumer não lhe entrava na cabeça.
No dia seguinte, à uma e pouco, Insárov apareceu na casa dos Stákhov. Como se fosse de propósito, naquela hora, na sala de Anna Vassílievna estava sentada uma visita, a vizinha, esposa do arcipreste, uma mulher muito boa e respeitável, mas que teve uma pequena desavença com a polícia porque inventou, bem na hora mais quente do dia, de se banhar no lago perto da estrada, pela qual costumava passar a família de um general importante. A presença de uma pessoa estranha, de início, até agradou Elena, que ficou sem uma gota de sangue no rosto assim que ouviu os passos de Insárov; mas seu coração gelou só de pensar que ele poderia se despedir sem ter com ela a sós. Já ele parecia confuso e evitava seu olhar. "Será que ele vai se despedir agora?", pensava Elena. Com efeito, Insárov quis se dirigir a Anna Vassílievna; Elena se levantou às pressas e o chamou para o canto, na janela. A esposa do arcipreste ficou surpresa e tentou se virar para trás; mas havia apertado tanto o espartilho que este rangia a cada movimento. Permaneceu imóvel.

– Ouça – disse às pressas Elena –, eu sei por que o senhor veio; Andrei Petróvitch me comunicou sua decisão, mas eu lhe peço, lhe imploro, para não se despedir hoje, mas voltar aqui amanhã mais cedo, por volta das onze horas. Preciso trocar com o senhor duas palavras.

Insárov abaixou em silêncio a cabeça.

– Não vou detê-lo... O senhor me promete?

Insárov se curvou novamente, mas não disse nada.

– Liénotchka, venha aqui – disse Anna Vassílievna –, veja que graça de *réticule*[67] que a senhora tem.

– Fui eu mesma que bordei – observou a esposa do arcipreste.

Elena se afastou da janela.

Insárov permaneceu com os Stákhov não mais que um quarto de hora. Elena o observava furtivamente. Sem sair do lugar, ele se apoiava numa e noutra perna, ainda sem saber onde esconder os olhos, e partiu de um modo um tanto estranho, repentino, como se tivesse desaparecido.

Aquele dia passou vagoroso para Elena; e mais vagarosa ainda se estendeu a longa, longa noite. Ora Elena ficava sentada na cama, abraçando os joelhos e apoiando sobre eles a cabeça, ora se aproximava da janela, encostando a testa quente no vidro frio, e pensava, pensava, até a exaustão pensava apenas um e mesmo pensamento. Ou seu coração petrificara ou sumira de dentro do peito; ela não o sentia, mas, em sua cabeça, as veias pulsavam pesadas e o cabelo ardia e os lábios secaram. "Ele virá... Ele não se despediu de mamãe... Ele não vai me iludir... Será que o que Andrei Petróvitch disse é verdade? Não pode ser... Ele não prometeu com palavras que viria... Será que me despedi dele para sempre?" Eram tais os pensamentos que não a abandonavam... e de fato não a abandonavam: não iam e vinham, agitavam-se dentro dela sem parar, como uma bruma. "Ele me ama!" – acendia-se de repente em todo o seu ser, e ela cravava os olhos na escuridão; um sorriso secreto, jamais visto por alguém, fazia abrir seus lábios... mas ela logo sacudia a cabeça, elevava até a nuca

---

[67] Acessório da moda feminina do século XIX que consistia em uma pequena bolsa de mão com bordados e alça de seda.

os dedos dobrados, e de novo, como uma bruma, agitavam-se dentro dela os mesmos pensamentos. Antes do amanhecer, despiu-se e deitou-se, mas o sono não vinha. O fogo dos primeiros raios de sol veio bater em seu quarto... "Oh, se ele me ama!", exclamou ela de repente e, sem se envergonhar da luz que a iluminava, abriu-se em um abraço...

Levantou-se, vestiu-se e desceu. Na casa, ninguém havia acordado ainda. Foi ao jardim; mas, no jardim, estava tão silencioso, verde e fresco, os pássaros chilreavam tão confiantes, as flores espreitavam com tanta alegria, que ela ficou espantada. "Oh!", pensava ela. "Se for verdade, não há uma só folhinha de grama mais feliz que eu, mas será que é verdade?" Ela retornou a seu quarto e, para matar o tempo, pôs-se a trocar de vestido. Mas tudo caía e escorregava de suas mãos, e ela ainda estava sentada semivestida diante do espelho do toucador quando lhe chamaram para o chá. Ela desceu; a mãe notou sua palidez, mas disse apenas: "Como você está interessante hoje", e, olhando-a de cima a baixo, acrescentou: "Esse vestido lhe cai muito bem: use sempre que quiser agradar alguém". Elena não respondeu nada e sentou-se em um canto. Entrementes, o relógio bateu as nove horas; até as onze, ainda faltavam duas. Elena pegou um livro, depois a costura, depois o livro de novo; depois, deu a si mesma sua palavra de que passaria cem vezes pela aleia e cem vezes passou; depois, por muito tempo, ficou observando Anna Vassílievna a jogar paciência... então, olhou para o relógio: ainda não eram nem dez horas. Chúbin entrou na sala. Ela tentou entabular uma conversa e se desculpou com ele sem que ela mesma soubesse por quê... Não é que cada uma de suas palavras lhe custasse esforço, mas despertava nela uma certa perplexidade. Chúbin se curvou em sua direção. Ela esperava uma zombaria, levantou os olhos e viu diante de si um rosto triste e amigável... Sorriu para esse rosto. Chúbin também lhe sorriu, em silêncio, e saiu de fininho. Ela quis detê-lo, mas não se lembrou a tempo de como chamá-lo. Finalmente, bateu onze horas. Pôs-se a esperar, esperar, esperar e ficou toda ouvidos. Já não podia fazer mais nada; havia parado até de pensar. Seu coração se avivara e começara a bater forte, mais forte, e, coisa estranha!, era como se o tempo tivesse começado a correr mais rápido. Na opinião de Elena, passara-se um quarto de hora, passara-se meia hora, passaram-se mais alguns minutos e, de repente, ela estremeceu: o relógio bateu não doze, mas uma hora. "Ele não virá, vai partir sem se despedir..." Tal pensamento, junto com o sangue, subiu-lhe à cabeça. Ela sentiu que sua respiração ficara presa, que estava prestes a se desfazer em prantos... Correu para o quarto e despencou na cama com o rosto sobre os braços dobrados.

Por meia hora, ficou ali imóvel; entre seus dedos, sobre o travesseiro, escorriam as lágrimas. De repente, ergueu-se um pouco e se sentou; nela, algo estranho se passava: seu rosto se alterara, os olhos úmidos secaram sozinhos e começaram a brilhar, as sobrancelhas se cerraram, os lábios se apertaram. Passou-se mais meia hora. Elena, uma última vez, aguçou os ouvidos: aquela voz conhecida não chegaria até ela? Levantou-se, vestiu o chapéu, as luvas, jogou uma mantilha sobre os ombros e, esgueirando-se para fora da casa sem ser notada, foi com passos lépidos pelo caminho que conduzia à residência de Bersiéniev.

XVIII

Elena caminhava cabisbaixa e com os olhos fixos à frente. Não tinha medo de nada, não se atinava de nada; queria ver Insárov mais uma vez. Caminhava sem notar que o sol há tempos desaparecera, encoberto por nuvens pretas e pesadas, que o vento rugia impetuoso nas árvores e esvoaçava seu vestido, que uma coluna de poeira de repente se levantara e voava pelo caminho... Uma chuva de gotas graúdas começou a cair, e isso ela também não percebeu; mas caía cada vez mais rápido, cada vez mais forte, fulgurou um relâmpago, o trovão retumbou. Elena parou, olhou ao redor... Para sua felicidade, não muito longe daquele lugar onde foi pega pela tempestade havia uma antiga capelinha abandonada sobre um poço em ruínas. Ela correu em sua direção e se abrigou sob o alpendre baixo. A chuva desabou em um aguaceiro; o céu estava encoberto por todos os lados. Com um desespero mudo, Elena olhava a trama cerrada das gotas que caíam velozes. Sua última esperança de ver Insárov desaparecera. Uma velhinha mendiga entrou na capela, sacudiu-se e disse, curvando-se: "Da chuva, mãezinha", e, grunhindo e suspirando, sentou-se na beirada perto do poço. Elena colocou a mão no bolso: a velhinha percebeu esse movimento e seu rosto, enrugado e amarelo, mas outrora bonito, avivou-se. "Obrigada, querida benfeitora", começou ela. No bolso de Elena não se encontrava a carteira, mas a velhinha já havia estendido a mão...

– Não tenho dinheiro, vovozinha – disse Elena –, mas pegue isso, vai lhe servir para alguma coisa.

E lhe entregou seu lenço.

– Oh, minha linda – pronunciou a mendiga –, para que vai me servir seu lencinho? Só se eu der para a netinha, quando ela se casar. Que o Senhor lhe abençoe por sua bondade!

O estrondo de um trovão retumbou.

– Meu senhor Jesus Cristo! – murmurou a mendiga e se persignou três vezes. – Mas parece que eu já vi você – acrescentou ela depois de algum tempo. – Não foi você que me deu aquela esmola, em nome de Cristo?

Elena mirou a velha com mais atenção e a reconheceu.

– Sim, vovozinha – respondeu ela. – E você ainda me perguntou por que eu estava tão triste.

– Sim, pombinha, sim. Foi por isso que eu a reconheci. E agora parece que você também está aflita. Até seu lencinho está molhado, deve ser das lágrimas. Oh, vocês, jovenzinhos, todos vocês têm uma tristeza, uma grande desgraça!

– Mas qual tristeza, vovozinha?

– Qual? Ah, minha jovem senhorita, não faça manha comigo, uma velha. Eu sei o que está afligindo você: sua dor não é de órfã. Pois eu também, meu bem, já passei por essas provações. Sim. E vou lhe dizer, por sua bondade, o seguinte: você encontrou um homem bom, não um cabeça de vento, então você segure bem firme esse um; segure firme até a morte. Se é para ser, então será, se não é para ser é porque, pelo visto, Deus quis assim. Sim. Por que você está surpresa comigo? Eu sou como uma bruxa. Quer que eu leve embora junto com seu lencinho toda sua desgraça. Eu levo, e pronto. Olhe só, a chuva ficou ralinha;

espere aqui mais um pouco, que eu já vou. Não é a primeira vez que ela me molha. Lembre-se, minha pombinha: entra tristeza, sai tristeza e desaparece no ar. Senhor, tenha misericórdia! A mendiga levantou-se da beirada, saiu da capelinha e, arrastando-se, tomou seu caminho. Elena, espantada, seguiu seus passos com o olhar. "O que isso quer dizer?", sussurrou ela involuntariamente.

A chuvinha caía mais e mais miúda, o sol brilhou por um instante. Elena já estava prestes a deixar seu refúgio... De repente, a dez passos da capela, avistou Insárov. Envolto em uma capa, seguia pelo mesmo caminho de onde viera Elena; parecia estar se apressando para casa.

Ela se apoiou no corrimão envelhecido do terraço, quis chamá-lo, mas sua voz a traiu... Insárov já estava seguindo em frente sem levantar a cabeça...

– Dmítri Nikanórovitch! – disse ela, por fim.

Insárov parou de repente e olhou à sua volta... Em um primeiro momento, não reconheceu Elena, mas logo se aproximou dela.

– A senhorita! A senhorita está aqui! – exclamou ele.

Ela recuou em silêncio para dentro da capela. Insárov seguiu Elena.

– A senhorita está aqui? – repetiu ele.

Ela permaneceu calada e apenas o fitava com um olhar longo e terno. Ele baixou os olhos.

– O senhor está voltando de nossa casa? – perguntou-lhe ela.

– Não... não da sua.

– Não? – repetiu Elena e tentou sorrir. – É assim que cumpre suas promessas? Fiquei esperando pelo senhor desde a manhã.

– Ontem, lembre-se, Elena Nikoláievna, não lhe prometi nada.

Elena mais uma vez mal sorriu, e então passou a mão no rosto. Tanto seu rosto quanto sua mão estavam muito pálidos.

– Então o senhor estava querendo partir sem se despedir de nós?

– Sim – disse Insárov de maneira áspera e abafada.

– Como? Depois de nosso encontro, depois dessas conversas, depois de tudo... Quer dizer que se eu não encontrasse o senhor aqui, por acaso... (a voz de Elena sibilou, e ela se calou por um instante)... o senhor teria partido e nem apertaria minha mão pela última vez, e o senhor não se arrependeria?

Insárov virou a cabeça.

– Elena Nikoláievna, por favor, não fale assim. Já estou triste sem isso. Acredite, minha decisão me custou grandes esforços. Se a senhorita soubesse...

– Eu não quero saber – interrompeu Elena com medo – por que o senhor está partindo... Pelo visto, há de ser assim. Pelo visto, devemos nos separar. O senhor não iria querer dar esse desgosto a seus amigos sem motivos. Mas, por acaso, é assim que os amigos se separam? Pois o senhor e eu somos amigos, não somos?

– Não – disse Insárov.

– Como...? – murmurou Elena. Suas bochechas se cobriram de um rubor leve.

– Eu vou embora justamente porque não somos amigos. Não me force a dizer aquilo que não quero dizer, que não vou dizer.

– Antes, o senhor era sincero comigo – disse Elena, com um leve ar de reprovação. – Lembra?

– Antes, eu podia ser sincero, antes, eu não tinha nada a esconder; mas agora...

– Mas agora? – perguntou Elena.

– Mas agora... mas agora, devo me retirar. Adeus.

Se, nesse instante, Insárov levantasse os olhos para Elena, teria notado que o rosto dela se iluminava cada vez mais, ao passo que ele mesmo ia franzindo o cenho e obscurecendo; mas, obstinado, continuava olhando para o chão.

– Então, adeus, Dmítri Nikanórovitch – começou ela. – Mas, ao menos, já que nos encontramos, me dê agora sua mão.

Insárov ameaçou estender a mão.

– Não, nem isso eu consigo – disse ele e virou de novo a cabeça.

– Não consegue?

– Não consigo. Adeus.

E se dirigiu para a saída da capela.

– Espere mais um pouco – disse Elena. – É como se o senhor tivesse medo de mim. Mas eu sou mais corajosa que o senhor –

acrescentou ela com um leve e súbito tremor por todo o corpo. – Eu posso lhe dizer... quer?... por que o senhor me encontrou aqui? Por acaso o senhor sabe para onde eu estava indo?
Insárov olhou espantado para Elena.
– Eu estava indo a sua casa.
– A minha casa? Elena cobriu o rosto.
– O senhor quis me levar a dizer que eu o amo – sussurrou ela – e eis que... eu disse.
– Elena! – exaltou-se Insárov. Ela acolheu as mãos dele, lançou-lhe um olhar e caiu em seu peito. Ele a abraçou com firmeza e ficou calado. Não precisava dizer que a amava. Só por sua exclamação, só pela transformação instantânea do homem todo, só pelo levantar e baixar daquele peito no qual ela se aconchegou com tanta confiança, pelo modo como as pontas dos dedos dele tocavam os cabelos dela, Elena pôde entender que era amada. Ele estava calado e ela não precisava de palavras. "Ele está aqui, ele ama... para que mais?" O silêncio do deleite, o silêncio do cais plácido, do destino alcançado, aquele silêncio celestial que até à própria morte dá sentido e beleza a inundou toda com uma onda divina. Ela nada desejava, pois tudo possuía. "Oh, meu irmão, meu amigo, meu querido...!", sussurravam seus lábios, e ela mesma já não sabia que coração, se o dele, se o dela, batia e derretia com tamanha doçura em seu peito.

E ele estava imóvel, envolvia com seus abraços fortes essa vida jovem que se entregara a ele, sentia no peito esse fardo novo, infinitamente precioso; uma sensação de enternecimento, uma sensação de gratidão inexorável, reduziu a pó sua alma dura, e lágrimas nunca antes experimentadas brotaram em seus olhos...

E ela não chorava; apenas repetia: "Oh, meu amigo, oh, meu irmão!".

– Então, você irá comigo a qualquer lugar? – ele lhe dizia um quarto de hora depois, ainda a envolvendo e a segurando em seus abraços.

– A qualquer lugar, até aos confins da terra. Onde você estiver, lá eu estarei.

– E você não está se enganando, sabe que seus pais jamais concordarão com nosso casamento?
– Eu não estou me enganando; eu sei disso.
– Você sabe que sou pobre, quase um mendigo?
– Eu sei.
– Que eu não sou russo, que meu destino não é viver na Rússia, que você terá que cortar todos os seus laços com a pátria, com os próximos?
– Eu sei, eu sei.
– Você sabe também que me dediquei a um dever difícil, ingrato, que eu... que nós teremos de enfrentar não apenas os perigos, mas também privações, humilhação, talvez?
– Eu sei, eu sei de tudo... Eu o amo.
– Que você terá de deixar para trás todos os seus costumes, que lá, sozinha, entre estranhos, talvez seja obrigada a trabalhar...
Ela deitou a mão nos lábios dele.
– Eu amo você, meu querido.
Ele começou a beijar ardentemente sua mão fina e rosada. Elena não a afastava dos lábios dele e, com uma alegria infantil, com uma curiosidade risonha, olhava como ele cobria de beijos ora a mão, ora os dedos...
De repente, ela corou e escondeu o rosto no peito dele.
Ele levantou a cabeça dela de modo carinhoso e lhe fitou atentamente os olhos.
– Então, saúdo-lhe – disse ele –, minha esposa diante das pessoas e de Deus!

XIX

Uma hora depois, Elena, com o chapéu em uma das mãos e a mantilha na outra, entrava silenciosamente na sala da *datcha*. Seus cabelos estavam levemente esvoaçados, e em cada bochecha se via uma pequena mancha rosada; o sorriso não queria deixar seus lábios, os olhos se fechavam e, semicerrados, também sorriam. Ela mal conseguia completar os passos, tamanha a fadiga, e esse cansaço lhe agradava: de modo geral, tudo lhe agradava. Tudo lhe parecia querido e terno. Uvar

A VÉSPERA

Ivánovitch estava sentado abaixo da janela; ela se aproximou, colocou-lhe a mão no ombro, esticou-se um pouco e riu um tanto sem querer:
– O que foi? – perguntou ele, surpreendendo-se. Ela não sabia o que dizer. Queria beijar Uvar Ivánovitch.
– Caiu de costas...! – murmurou ela, finalmente. Mas Uvar Ivánovitch nem a sobrancelha moveu e continuou a olhar surpreendido para Elena. Ela deixou cair em cima dele a mantilha e o chapéu.
– Querido Uvar Ivánovitch – disse ela –, quero dormir, estou cansada – e, rindo de novo, desabou na poltrona próxima a ele.
– Hum! – grasnou Uvar Ivánovitch e brincou com os dedos. – Isso precisava, sim...
Já Elena olhava em volta de si e pensava: "Logo terei de me despedir de tudo isso... e que estranho: não há em mim nem medo nem dúvida nem arrependimento... Não, tenho pena de mamãe!". Depois, surgiu de novo diante dela a capelinha, a voz dele de novo ressoou, ela sentiu os braços dele em torno de si. Seu coração se agitou com alegria, mas fraco: a languidez da felicidade repousava também sobre ele. Lembrou-se da velha mendiga. "É verdade, ela levou minha desgraça embora. Oh, como estou feliz! Como não mereço! Como foi rápido!" Se ela houvesse se permitido um bocadinho de liberdade, escorreriam-lhe lágrimas doces e intermináveis. Ela as segurava apenas porque ria. Qualquer que fosse a posição em que ficasse, parecia-lhe que não havia uma melhor e mais cômoda: era como se a estivessem ninando. Todos os seus movimentos eram vagarosos e suaves; onde teria ido parar seu jeito apressado e desajeitado? Zoia entrou: Elena decidiu que nunca havia visto um rostinho mais encantador; entrou Anna Vassílievna: Elena sentiu uma pontada, mas com que ternura abraçou sua bondosa mãe e beijou-lhe a testa perto dos cabelos já quase grisalhos! Depois, dirigiu-se a seu quartinho: como lá tudo lhe sorria! Com que sensação de triunfo tímido e resignação ela se sentou em sua caminha, naquela mesma caminha onde três horas antes passara momentos tão amargos! "E eu, naquela hora, já sabia que ele me ama", pensou ela, "e mesmo antes... Ah, não! não! É pecado.

105

'Você é minha esposa'..." – sussurrou ela cobrindo o rosto com as mãos, e então caiu de joelhos.

Com a chegada da noite, ficou mais pensativa. A tristeza se apoderou dela quando pensou que não veria Insárov tão logo. Ele não podia, sem levantar suspeitas, permanecer com Bersiéniev e, portanto, eis o que Elena e ele decidiram: Insárov voltaria a Moscou e viria visitá-los umas duas vezes antes do outono; por sua vez, ela prometeu escrever-lhe cartas e, se fosse possível, arranjar um encontro em algum lugar próximo a Kúntsevo. Na hora do chá, ela desceu até a sala e ali encontrou todos os de casa e Chúbin, que a olhou de modo penetrante tão logo ela surgiu; ela quis entabular conversa com ele de forma amigável, como antigamente, mas ficou com medo de sua perspicácia, ficou com medo dela mesma. Tinha a impressão de que não fora por acaso que ele a havia deixado em paz por mais de duas semanas. Bersiéniev logo chegou e transmitiu a Anna Vassílievna lembranças por parte de Insárov, junto com as desculpas por ter voltado a Moscou sem lhe demonstrar seu respeito. O nome de Insárov foi, pela primeira vez, pronunciado diante de Elena; ela sentiu que enrubescera; entendeu ao mesmo tempo que deveria expressar pesar sobre a partida repentina de um conhecido tão bom, mas não conseguia obrigar-se a fingir e continuou sentada imóvel e calada, enquanto Anna Vassílievna suspirava e lamentava. Elena tentou manter-se perto de Bersiéniev; dele não tinha medo, ainda que conhecesse parte do segredo dela; sob suas asas, protegia-se de Chúbin, que continuava a lançar-lhe olhares, ora zombeteiros ora atentos. Também Bersiéniev, ao longo da noite, foi tomado pela perplexidade: ele esperava encontrar Elena mais triste. Para felicidade dela, entre ele e Chúbin se travara uma discussão sobre arte; ela se afastou e, como que em sonho, ouvia suas vozes. Aos poucos, não só eles como todo o quarto, tudo que a rodeava, parecia uma espécie de sonho... tudo: o samovar sobre a mesa, o colete curtinho de Uvar Ivánovitch, as unhas lisas de Zoia, o retrato a óleo do grão--príncipe Konstantin Pávlovitch na parede, tudo esvanecia, tudo se cobria de névoa, tudo deixava de existir. Pena era tudo o que ela sentia por todos eles. "Vivem para quê?", pensava ela.

– Você está com sono, Liénotchka? – perguntou-lhe a mãe.

Ela não ouviu a pergunta.

— Uma alusão meio justa, você diz...? — Tais palavras, pronunciadas por Chúbin de modo abrupto, chamaram de repente a atenção de Elena. — Tenha piedade — continuou ele —, é aí que reside todo o sabor. Uma alusão justa desperta o desânimo... Isso não é o modo cristão; a injusta deixa uma pessoa indiferente... Isso é uma tolice, já a meio justa a faz sentir aborrecimento e impaciência. Por exemplo, se eu disser que Elena Nikoláievna está apaixonada por um de nós, que tipo de alusão seria essa, hein?

— Ah, *monsieur Paul* — disse Elena —, eu gostaria de lhe mostrar meu aborrecimento, mas, de fato, não posso. Estou muito cansada.

— Por que você não se deita? — perguntou Anna Vassílievna, que sempre cochilava à tardinha ela mesma e, por isso, gostava de mandar os outros dormirem. — Despeça-se de mim e vá com Deus. Andrei Petróvitch a desculpará.

Elena beijou a mãe, fez uma reverência a todos e partiu. Chúbin a acompanhou até a porta.

— Elena Nikoláievna — sussurrou ele no umbral —, a senhorita pisoteia *monsieur Paul*, caminha impiedosamente sobre ele, mas *monsieur Paul* a abençoa, e também seus pezinhos, e também os sapatos que cobrem seus pezinhos e as solas de seus sapatos.

Elena deu de ombros, relutantemente estendeu-lhe a mão — não aquela que Insárov beijara — e, ao retornar a seu quarto, despiu-se imediatamente, deitou e dormiu. Ela dormiu um sono profundo e tranquilo... Nem as crianças costumam dormir assim: dorme assim apenas uma criança convalescente, quando a mãe fica sentada ao pé do berço, olhando para ela e ouvindo sua respiração.

XX

— Venha a meu quarto um minutinho — disse Chúbin a Bersiéniev assim que este se despediu de Anna Vassílievna —, tenho algo para lhe mostrar.

Bersiéniev se dirigiu a seu quarto nos fundos. Ficou impressionado com a quantidade de estudos, estátuas e bustos envoltos em panos úmidos e espalhados por todos os cantos do quarto.

– Pois bem, pelo que estou vendo, você trabalha a sério – observou ele a Chúbin.
– Alguma coisa eu tenho de fazer – respondeu o amigo. – Quando não se tem sorte em uma coisa, é preciso tentar uma outra. Aliás, eu, como um corso, ocupo-me mais da *vendetta* que da pura arte. *Trema, Bisanzia*[68]!
– Não entendo você – disse Bersiéniev.
– Espere só. O senhor faça-me o favor de admirar, meu caro amigo e benfeitor, minha vingança de número 1.
Chúbin descobriu uma figura, e Bersiéniev viu um magnífico busto perfeitamente semelhante a Insárov. Os traços do rosto foram captados por Chúbin com precisão, até os mais ínfimos detalhes, e a expressão que ele lhes dera era boa: honesta, nobre e audaz.
Bersiéniev ficou arrebatado.
– Mas é simplesmente fascinante! – exclamou ele. – Parabéns. À altura de uma exposição! Por que você chama essa obra esplêndida de vingança?
– Ora, porque, *sir*, eu pretendo oferecer esta, como você dignou-se a expressar-se, obra esplêndida a Elena Nikoláievna no dia do nome de seu santo[69]. Entende a alegoria? Não somos cegos, estamos vendo o que se passa à nossa volta, mas somos *gentlemen*, meu caro senhor, e nos vingamos como *gentlemen*. E eis – acrescentou Chúbin, descobrindo outra figurinha – como o artista, de acordo com as mais novas estéticas, goza do direito de encarnar toda espécie de abominações[70], elevando-as à pérola

---

[68] A exclamação correta é: "*Trema, Bisanzio!*", palavras de Alamir, da ópera *Belisario*, do compositor italiano Domenico Gaetano Maria Donizetti (1797-1848), ambientada no Império Bizantino dos tempos de Justiniano.

[69] Na tradição ortodoxa russa, referência ao dia do aniversário, que muitas vezes corresponde ao dia do santo cujo nome é dado à pessoa no batismo.

[70] Referência aos representantes do pensamento estético alemão hegeliano Karl Rosenkrantz (1805-1879), Arnold Ruge (1802-1880) e Friedrich Theodor Vischer (1807-1887), que desenvolveram em sua obra a ideia do feio. Apoiavam-se nas elaborações do escritor alemão Jean Paul (pseudônimo de Johann Paul Friedrich Richter, 1763-1825). A ideia do feio teve desenvolvimento marcante também na literatura francesa (Victor Hugo, Charles Baudelaire, entre outros).

A VÉSPERA

da criação, nós, ao elevar essa pérola de número 2, nos vingamos já não como *gentlemen*, mas simplesmente *en canaille*[71].
Com destreza, tirou o pano e, aos olhos de Bersiéniev, surgiu uma estátua do mesmo Insárov à moda de Dantan. Era impossível pensar em algo mais maldoso e irônico. O jovem búlgaro estava representado como um carneiro que se erguia sobre as patas traseiras e tinha os chifres inclinados em posição de ataque. O ar de importância obtusa, o fervor, a teimosia, a falta de jeito, a limitação foram impressos na fisionomia do "senhor das ovelhas de fino velo" e, entretanto, a semelhança era tão impressionante, tão indubitável, que Bersiéniev não conseguiu conter a gargalhada.
– Que tal? Engraçado? – perguntou Chúbin. – Reconhece o *iró*? Também vai aconselhar mandar para uma exposição? Isso, meu irmão, eu vou presentear a mim mesmo no dia de meu próprio santo... Vossa alta honraria, permita-me aprontar uma daquelas! – E Chúbin pulou três vezes, sapateando para trás.
Bersiéniev tirou o pano do chão e o jogou sobre a estátua.
– Oh, você, generoso – começou Chúbin –, quem na história é considerado particularmente generoso? Bem, tanto faz! E agora – continuou ele, descobrindo solene e tristemente a terceira e bastante volumosa massa de argila –, você verá algo que lhe provará a sabedoria resignada e a perspicácia de seu amigo. Você se convencerá de que ele, novamente como um verdadeiro artista, sente a necessidade e a utilidade do autoflagelo. Contemple!
O pano voou para cima e Bersiéniev viu duas cabeças colocadas lado a lado, como se estivessem fundidas. Ele não entendeu imediatamente do que se tratava, mas, ao olhar melhor, reconheceu em uma delas Ánnuchka e, na outra, o próprio Chúbin. No entanto, eram mais caricaturas que retratos. Ánnuchka estava representada como uma moça bonita e roliça, com uma testa baixa, olhos inchados e um nariz vivamente arrebitado. Seus lábios grossos sorriam insolentes; todo o seu rosto expressava sensualidade, despreocupação e audácia, não sem bonacheirice. A si mesmo, Chúbin representou como um *jouir*[72] ébrio, emaciado,

---
[71] Em francês, no original: "como um canalha".
[72] Em francês, transliterado para o cirílico: "hedonista".

com bochechas chupadas, tranças de cabelos raros pendendo impotentes, uma expressão de estupidez nos olhos apagados, o nariz pontiagudo de um defunto.

Bersiéniev virou-se em sinal de repulsa.

– Que casal, hein, irmão? – disse Chúbin. – Você não se dignaria a compor uma inscrição apropriada? Para as primeiras duas obras, já pensei em uma inscrição. Sob o busto, constará: "Um herói que pretende salvar sua pátria". Sob a estátua: "Cuidado, salsicheiros!". E sob esta obra... o que você acha? "O futuro do artista Pável Iákovlevitch Chúbin..." Bom?

– Pare com isso – retrucou Bersiéniev. – Valeu a pena gastar tempo com tamanha... – Ele não conseguiu encontrar imediatamente a palavra correta.

– Porcaria... você quer dizer? Não, irmão, me desculpe, se tem algo para ser mandado a uma exposição, vai ser desse grupo.

– Justamente, uma porcaria – repetiu Bersiéniev. – Mas que disparate é esse? Você não tem as premissas dessa degradação com a qual, até agora, infelizmente, nossos artistas estão tão generosamente dotados. Você simplesmente fez de si mesmo uma calúnia.

– Você acha?! – disse Chúbin sombriamente. – Se eu não as tenho e se estão sendo enxertadas em mim, será por culpa de... certa pessoa. Você sabe que – acrescentou ele franzindo as sobrancelhas de modo trágico – já tentei beber?

– Mentira?!

– Tentei, juro por Deus – disse Chúbin e, de repente, sorriu arreganhando os dentes e iluminou-se –, mas não tem gosto bom, irmão, não desliza pela goela, e a cabeça depois fica como um tambor. O próprio grande Luschíkhin, Kharlámpi Luschíkhin, primeiro beberrão de Moscou e, de acordo com outras fontes, de toda a Rússia, declarou que não levo jeito. A mim, segundo suas palavras, a garrafa não diz nada.

Bersiéniev ameaçou descer a mão no grupo, mas Chúbin o deteve.

– Chega, irmão, não precisa estraçalhar tudo; que isso sirva de lição, como um espantalho.

Bersiéniev riu.

110

– Nesse caso, acho que vou poupar seu espantalho – disse ele –, e que viva a eterna e pura arte!
– Viva! – entoou Chúbin. – Com ela, o bom fica melhor, e o mau não é nada!

Os amigos apertaram firmemente as mãos e se separaram.

XXI

A primeira sensação de Elena quando acordou foi de um alegre espanto. "Será? Será?", perguntava a si mesma, e seu coração paralisava de felicidade. As lembranças a inundaram... e nelas Elena se afogou. Depois, o silêncio bem-aventurado, entusiasmado a iluminou. Mas, ao longo da manhã, aos poucos a preocupação tomou conta de Elena, e nos dias seguintes ela ficou lânguida e aborrecida. É verdade que agora sabia o queria, mas isso não a deixava mais leve. Aquele encontro inesquecível a expulsou para sempre da velha rotina: ela já não estava ali, estava longe, mas, entrementes, a seu redor, tudo se passava como de hábito, tudo continuava como de costume, como se nada tivesse mudado. A vida antiga continuava em movimento e continuava a contar com a participação e a colaboração de Elena. Tentou começar uma carta a Insárov, mas não conseguia: as palavras chegavam ao papel não se sabe se mortas, não se sabe se falsas. Ao diário ela pôs fim: sob a última linha desenhou um traço longo. Aquilo era passado, e ela, com todos os seus pensamentos, com todo o seu ser, partiu para o futuro. Ela sentia um peso. Estar sentada com a mãe, que não suspeitava de nada, ouvi-la, responder-lhe, falar com ela – parecia a Elena algo criminoso; sentia em si a presença de certa falsidade; revoltava-se, embora não tivesse por que se ruborizar; mais de uma vez se levantava em sua alma um desejo indomável de contar tudo, sem reservas, acontecesse o que acontecesse. "Por que", pensava ela, "Dmítri não me levou, naquele exato momento, daquela capela para onde queria? Ele não me disse que sou sua esposa diante de Deus? Por que estou aqui?" De repente, começou a esquivar-se de todo mundo, até de Uvar Ivánovitch, que, mais que nunca, estava perplexo e brincava com os dedos. Tudo a seu redor já não lhe parecia nem doce, nem terno, nem mesmo um sonho: era como se um pesadelo lhe esmagasse o peito tal como um fardo imóvel e mortífero; era como se a reprovasse, ressentisse e não quisesse saber dela... Era como se tudo dissesse: "Você, de qualquer maneira, é nossa". Até seus pobres animais de estimação, os pássaros e os bichos oprimidos, olhavam para ela (ao menos, era essa sua impressão) desconfiados e hostis. Sentia escrúpulos e vergonha de seus sentimentos. "Afinal, esta ainda é minha casa", pensava ela, "minha família, minha pátria...". "Não, não são mais nem sua pátria nem sua família", afirmava-lhe outra voz. O medo a dominou, e ela se irritava com sua própria covardia. A desgraça havia apenas começado, e ela já perdera a consciência... Mas era isso o que prometera?

Não foi tão logo que ela conseguiu dominar-se. Contudo, passou uma semana, então outra... Elena se acalmou um pouco e se acostumou com sua nova situação. Escreveu dois pequenos bilhetes a Insárov e os levou aos correios ela mesma. Por nada, em razão de vergonha e orgulho, poderia confiar em uma criada... Já começara a esperar o próprio... Mas, em vez dele, em uma bela manhã, chegou Nikolai Artiémievitch.

XXII

Ninguém na casa do tenente de guarda reformado Stákhov jamais o vira tão amargo e, ao mesmo tempo, tão presunçoso e importante como naquele dia. Ele entrou na sala de sobretudo e chapéu, entrou devagar, afastando bem as pernas e batendo com os saltos; aproximou-se do espelho e olhou-se longamente, balançando a cabeça e mordendo os lábios com uma gravidade tranquila. Anna Vassílievna o recebeu com uma preocupação aparente e uma alegria secreta (ela nunca o recebera de outra forma que não essa); nem o chapéu ele tirou, não a cumprimentou e, calado, permitiu que Elena beijasse sua luva de camurça. Anna Vassílievna começou a indagá-lo sobre o curso do tratamento – ele não lhe respondia nada; veio Uvar Ivánovitch, ele o olhou e disse: "Ora!". Ele, em geral, tratava Uvar Ivánovitch com frieza e condescendência, embora reconhecesse nele "vestígios do genuíno sangue dos Stákhov". É sabido que quase todas as

A VÉSPERA

famílias da nobreza russa estão convencidas da existência de particularidades excepcionais de uma estirpe que pertencem apenas a elas: mais de uma vez, tivemos a oportunidade de ouvir as conversas "entre os seus" sobre os "narizes" dos "Podsaláskin" e as nucas dos "Perepriéiev". Zoia entrou e se sentou diante de Nikolai Artiémievitch. Ele grasnou, desabou na poltrona, mandou que lhe trouxessem um café e, só então, tirou o chapéu. Trouxeram-lhe o café, ele tomou uma xícara e, depois de passar em revista cada um deles, proferiu entredentes: *"Sortez, s'il vous plaît"*. E, dirigindo-se à esposa, acrescentou: *"Et vous, madame, restes, je vous prie"*[73]. Todos saíram, menos Anna Vassílievna. Sua cabeça estremeceu de preocupação. A solenidade dos procedimentos de Nikolai Artiémievitch a afetara. Esperava por algo extraordinário.

– O que há!? – exclamou ela assim que a porta se fechou.

Nikolai Artiémievitch lançou um olhar indiferente na direção de Anna Vassílievna.

– Nada em especial, que modos são esses que tem a senhora de logo assumir a aparência de uma vítima? – começou ele, fazendo cair a cada palavra, sem nenhuma necessidade, os cantos dos lábios. – Eu apenas lhe queria prevenir que teremos para o almoço um novo convidado.

– Quem seria?

– Kurnatóvski, Egor Andriéevitch. A senhora não o conhece. Secretário-geral do Senado.

– Ele vai almoçar conosco hoje?

– Sim.

– E o senhor mandou que todos saíssem só para me dizer isso?

Nikolai Artiémievitch lançou novamente um olhar a Anna Vassílievna, mas, dessa vez, já irônico.

– Isso a surpreende? Espere e surpreenda-se mais.

Ele se calou. Anna Vassílievna também ficou em silêncio por um tempo.

– Eu gostaria... – começou ela.

---

[73] Em francês, no original: "Saiam, por favor" e "E a senhora, fique, peço-lhe", respectivamente.

113

— Eu sei que a senhora sempre me teve como uma pessoa "imoral" – começou de repente Nikolai Artiémievitch.
— Eu! – murmurou atônita Anna Vassílievna.
— E talvez a senhora esteja certa. Não quero negar que, de fato, dei-lhe, às vezes, motivos justos para descontentamento ("Cavalos cinza!", passou pela cabeça de Anna Vassílievna), embora a senhora mesma deva concordar que, dado o estado de sua constituição...
— Mas eu não estou lhe culpando nem um pouco, Nikolai Artiémievitch.
— *C'est possible*[74]. Em todo caso, não pretendo me justificar. O tempo me justificará. Contudo, considero meu dever assegurar-lhe que conheço minhas obrigações e sei zelar pelos... pelos benefícios da família... da família que me foi confiada.
"O que tudo isso quer dizer?", pensava Anna Vassílievna. (Ela não teria como saber que, no dia anterior, no canto dos divãs do clube inglês, levantou-se uma discussão sobre a incapacidade dos russos de pronunciar *speech*[75]. "Quem aqui sabe falar? Citem alguém!", exclamou um dos debatedores. "Poderia ser o Stákhov, por exemplo", respondeu outro e apontou para Nikolai Artiémievitch, que estava ali parado e quase piou de tão contente que havia ficado.)
— Por exemplo – continuou Nikolai Artiémievitch –, minha filha, Elena. A senhora não acha que já chegou a hora de ela, afinal, depositar as solas em senda firme...? Casar-se, quero dizer. Todas essas filosofices e filantropias vão bem, mas até certa medida, até certa idade. Chegou a hora de ela abandonar seus nevoeiros, sair da sociedade de todo tipo de artistas, escolares e montenegrinos quaisquer e ser como todo mundo.
— Como devo entender as palavras do senhor? – perguntou Anna Vassílievna.
— Ora, tenha o obséquio de me ouvir – respondeu Nikolai Artiémievitch com aquele mesmo torcer de lábios. – Digo-lhe diretamente, sem circunlocução: eu conheci, me aproximei desse

---

[74] Em francês, no original: "É possível".
[75] Em inglês transliterado para o cirílico, no original: "discurso".

jovem, o senhor Kurnatóvski, na esperança de tê-lo como meu genro. Atrevo-me a dizer que ao vê-lo a senhora não me acusará de predileção ou de precipitação no julgamento. (Nikolai Artiémievitch falava e admirava sua própria eloquência.) De ótima formação, é bacharel em direito, tem excelentes modos, trinta e três anos, é secretário-geral, conselheiro ministerial e tem um Stanislav no pescoço[76]. A senhora, espero, me fará justiça, pois não sou da estirpe daqueles *pères de comédie*[77] que deliram só com os cargos; mas a senhora mesma me disse que Elena Nikoláievna gosta de pessoas eficientes, positivas; Egor Andriéevitch, em sua área, é um dos primeiros; agora, por outro lado, minha filha tem um fraco pelos feitos generosos: fique sabendo que Egor Andriéevitch, assim que teve a possibilidade, a senhora me compreende, a possibilidade de viver sem privações com seu salário, logo declinou, em favor de seus irmãos, do montante anual que lhe designara o pai.

– E quem é o pai dele? – perguntou Anna Vassílievna.

– O pai dele? O pai dele é também um homem conhecido em seu gênero, da mais alta moralidade, *un vrai stoïcient*[78], parece que um major reformado, gerencia todas as propriedades do conde B...

– Ah! – murmurou Anna Vassílievna.

– Ah! O que é "ah!"? – emendou Nikolai Artiémievitch. – Por acaso a senhora também estaria contaminada por preconceitos?

– Mas eu não disse nada... – quis começar Anna Vassílievna.

– Não, a senhora disse: "ah!". Considerei necessário preveni-la sobre meu modo de pensar e ouso supor... ouso esperar que o senhor Kurnatóvski será recebido *à bras ouverts*[79]. Não é um montenegrino qualquer.

– Obviamente; só é preciso chamar o cozinheiro Vanka e pedir-lhe que acrescente um prato.

---

[76] Referência à Ordem de São Stanislav: menor condecoração para os funcionários públicos, vigorou no Império Russo de 1831 até a Revolução de 1917.

[77] Em francês, no original: "pais de comédia", referência aos papéis paternos estereotipados no teatro da época.

[78] Em francês, no original: "um verdadeiro estoico".

[79] Em francês, no original: "de braços abertos".

– A senhora compreende que esse não é um assunto meu –
disse Nikolai Artiémievitch, levantou-se, botou o chapéu e, assobiando (ouvira de alguém que só se podia assobiar em sua *datcha*
ou no picadeiro), saiu para passear no jardim. Chúbin olhou
para ele da janelinha de seu quarto e, em silêncio, mostrou-lhe
a língua.

Faltando dez minutos para as quatro, aproximou-se da entrada da *datcha* dos Stákhov um coche de aluguel, e dele desceu
um homem ainda jovem, bem-apessoado, vestido com simplicidade e requinte, que pediu para anunciar sua chegada. Era Egor
Andriéevitch Kurnatóvski.

Eis o que Elena escreveria no dia seguinte a Insárov:

*Dê-me os parabéns, querido Dmítri, tenho um noivo. Ele almoçou
conosco ontem; parece que papai o conheceu no clube inglês e o convidou.
Evidentemente, ontem ele não veio como noivo. Mas a bondosa mamãe,
à qual papai comunicou suas esperanças, sussurrou em meu ouvido de
que tipo de convidado se tratava. Ele se chama Egor Andriéevitch Kurnatóvski; serve como secretário-geral no Senado. Vou primeiro descrever-lhe
sua aparência. Tem a estatura baixa, é menor que você, de boa constituição; tem traços simétricos, cabelos curtos e usa costeletas grandes. Seus
olhos não são grandes (como os seus), são castanhos, ligeiros, os lábios
lisos, largos; nos olhos e nos lábios, um sorriso constante, algo oficial; é
como se nele ali estivesse de plantão. Ele se porta de modo muito simples,
fala com clareza e, para ele, tudo é claro: ele anda, ri, come como se fosse
um dever. "Como ela o estudou!", é o que talvez você esteja pensando
nesse minuto. Sim; para descrevê-lo a você. Aliás, e como poderia não
estudar meu noivo! Há nele algo de férreo... obtuso e vazio ao mesmo
tempo... e honesto; dizem que ele é muito honesto. Você também é férreo,
mas não igual a ele. À mesa, ele estava sentado perto de mim, e Chúbin
a nossa frente. No início, falavam de empreendimentos comerciais: dizem que ele entende disso e, por pouco, não abandonou seu serviço para
tomar em suas mãos uma grande fábrica. Faltou perspicácia! Depois,
Chúbin começou a falar sobre teatro; o senhor Kurnatóvski declarou – e
devo reconhecer – sem falsa modéstia que ele não entendia nada de arte.
Isso me lembrou de você... mas eu pensei: não, apesar de tudo, Dmítri
e eu não entendemos de arte de outra maneira. É como se ele quisesse
dizer: "eu não a entendo e ela nem é necessária, mas é aceitável em*

A VÉSPERA

um Estado bem organizado". Em relação a Petersburgo e a comme il faut[80], *todavia, ele é bastante indiferente: uma vez até chegou a chamar a si mesmo de proletário. Nós, diz ele, somos trabalhadores braçais. Eu pensei: se Dmítri dissesse isso, eu não teria gostado! Mas esse, que fale, que se gabe! Comigo, foi bem educado; mas me parecia o tempo inteiro que conversava comigo como um chefe muito, muito condescendente. Quando quer elogiar alguém, diz que esse alguém é uma pessoa regrada; é sua palavra preferida. Ele deve ser autoconfiante, trabalhador, capaz do autossacrifício (está vendo: sou imparcial), isso é, do sacrifício de seus próprios lucros, mas é um grande déspota. Ai de quem cair em suas mãos! À mesa, começaram a falar sobre propinas.*

– Entendo – disse ele – que, em muitos casos, aquele que aceita propina não é culpado; não podia agir de outra maneira. Mas, de todo modo, se for pego, é preciso esmagar.

Eu exclamei:
– Esmagar um inocente!
– Sim, por uma questão de princípios.
– Quais? – perguntou Chúbin.
Kurnatóvski, não sei se surpreendido, não sei se confuso, disse:
– Não há o que explicar aqui.

Papai, que parece venerá-lo, emendou que, claro, não havia nada a ser discutido, e, para meu desgosto, a conversa acabou. À noite, veio Bersiéniev e travou com ele uma discussão terrível. Nunca vi nosso bom Andrei Petróvitch tão alterado.

O senhor Kurnatóvski não negava de modo algum o benefício das ciências, das universidades etc., entretanto, entendi a indignação de Andrei Petróvitch. Aquele olha para tudo como se fosse uma espécie de ginástica. Depois que deixamos a mesa, Chúbin veio até mim e disse: "Aquele ali e aquele outro (ele não consegue pronunciar seu nome) são ambos pessoas práticas, mas veja que diferença; lá existe um ideal verdadeiro, vivo, dado pela vida; e aqui nem é um sentimento de dever, mas puramente uma honestidade serviçal e uma eficiência sem conteúdo". Chúbin é inteligente, e as palavras dele memorizei para você; mas, a meu ver, o que haveria em comum entre vocês? Você acredita, e ele não, porque é impossível acreditar apenas em si mesmo.

---

[80] Em francês, no original: "como se deve".

Ele partiu tarde, mas mamãe teve tempo de me comunicar que eu o agradei e que papai estava encantado... Será que ele disse que também sou regrada? Eu, por pouco, não respondi a mamãe que é uma pena, mas que já tenho um marido. Por que papai não gosta assim de você? Com mamãe, ainda daria para... Oh, meu querido! Eu lhe descrevi com tantos detalhes esse senhor para abafar minha saudade. Eu não vivo sem você, vejo-lhe, escuto-lhe o tempo todo... Estou esperando por você, mas não em nossa casa, como você gostaria... Imagine como seria difícil e embaraçoso para nós! Mas, sabe, onde lhe escrevi, naquele bosque... Oh, meu querido! Como eu te amo!

XXIII

Cerca de três semanas depois da primeira visita de Kurnatóvski, Anna Vassílievna, para a enorme alegria de Elena, transferiu-se para Moscou, para sua grande casa de madeira próxima à rua Pretchístenka, uma casa com colunas, liras brancas e grinaldas sobre cada janela, um mezanino, ala dos criados, um jardim na frente, um enorme pátio verde, com um poço e uma casinha de cachorro junto a ele. Anna Vassílievna nunca deixara a *datcha* tão cedo, mas, naquele ano, desde os primeiros dias frios do outono, *teve ataques* de abscesso dentário; Nikolai Artiémievitch, por seu turno, ao terminar seu tratamento, sentiu saudades da esposa; além disso, Avgustina Khristiánovna foi passar alguns dias na casa de sua prima em Révél[81]; chegou em Moscou uma família estrangeira que mostrava poses plásticas, *des poses plastiques*, cuja descrição no *Moskóvskie Viédomosti*[82] despertou uma grande curiosidade em Anna Vassílievna. Em resumo, a permanência mais delongada na *datcha* acabou por se mostrar inconveniente e, nas palavras de Nikolai Artiémievitch, incompatível com suas "prescrições".

As últimas duas semanas pareceram muito longas para Elena. Kurnatóvski veio duas vezes, aos domingos; nos outros dias, estava

---

[81] Nome dado à época, no Império Russo, para Tállinn, hoje capital da Estônia.
[82] *Notícias de Moscou.* Jornal do Império Russo pertencente à Universidade de Moscou; foi publicado de 1756 a 1917.

ocupado. Ele vinha, na verdade, por Elena, mas falava mais com Zoia, nas graças de quem caíra. "*Das ist ein Mann*[83]!", pensava ela consigo mesma, olhando para seu rosto moreno e másculo, ouvindo seus discursos autoconfiantes e condescendentes. Na opinião dela, ninguém tinha uma voz assim tão maravilhosa, ninguém sabia pronunciar tão perfeitamente: "eu tive a hon-r-a" ou "estou bastante satisfeito". Insárov não esteve na casa dos Stákhov, mas Elena o viu uma vez às escondidas em um pequeno bosque junto ao rio Moscou, onde havia marcado um encontro com ele. Eles mal tiveram tempo de trocar algumas palavras. Chúbin havia voltado para Moscou junto com Anna Vassílievna; Bersiéniev, alguns dias depois.

Insárov estava sentado em seu quarto e, pela terceira vez, relia as cartas que lhe foram trazidas da Bulgária aproveitando a "oportunidade"; através dos correios, tinham medo de enviá-las. Elas lhe deixaram muito alarmado. Os acontecimentos se desenvolviam muito rápido no Oriente; a ocupação dos principados pelo Exército russo agitava todas as mentes; a tempestade estava crescendo e já se ouvia a lufada de uma guerra próxima, iminente. À volta, iniciava-se um incêndio, e ninguém poderia prever para onde iria, onde pararia; as velhas mágoas, as antigas esperanças – tudo começou a se mexer. O coração de Insárov batia forte: as esperanças *dele* também estavam se realizando. "Mas não seria cedo demais? Não seria em vão?", pensava ele, apertando as mãos. "Ainda não estamos preparados. Mas que assim seja! Preciso ir."

Algo farfalhou ligeiramente por detrás da porta e ela se abriu subitamente; no quarto, entrou Elena.

Insárov tremeu, lançou-se em direção a ela, caiu de joelhos, abraçou sua cintura e, com firmeza, recostou-lhe a cabeça.

– Você não estava esperando por mim? – começou ela, mal recuperando o fôlego (subira a escada correndo). – Querido! Querido! – Ela lhe colocou ambas as mãos na cabeça e olhou em volta. – Então é aqui que você mora? Eu o encontrei rápido. A filha de seu senhorio me acompanhou. Nós nos transferimos anteontem. Quis lhe escrever, mas pensei que seria melhor vir

---

[83] Em alemão, no original: "Isso que é homem".

eu mesma. Eu vim por um quarto de hora. Levante-se, tranque a porta.
Ele se levantou, trancou lepidamente a porta, voltou-se a ela e pegou suas mãos. Não conseguia falar; a alegria o sufocava. Ela o fitava nos olhos com um sorriso... Neles, havia tanta felicidade... Ficou envergonhada.
— Espere — disse ela, tirando-lhe gentilmente as mãos —, deixe-me tirar o chapéu.
Desatou as fitas do chapéu, arrancou-o, tirou a mantilha dos ombros, ajeitou o cabelo e sentou-se em um pequeno e velho sofá. Insárov não se mexia e olhava para ela como que encantado.
— Vamos, sente-se — disse ela sem lhe voltar os olhos e apontando-lhe um lugar perto de si.
Insárov sentou-se, não no sofá, mas no chão, a seus pés.
— Tome, tire minhas luvas — disse ela com uma voz instável. Ela estava ficando com medo.
Primeiro, ele se pôs a desabotoar, depois a tirar uma luva, tirou-a até a metade e pousou avidamente os lábios na mão fina e delicada que se mostrava pálida sob ela. Ela estremeceu e quis afastá-lo com a outra mão, ele começou a beijar a outra mão. Elena puxou-a para si, ele jogou a cabeça para trás, ela lhe olhou no rosto, inclinou-se — e seus lábios se encontraram...
Um instante se passou... Ela se desvencilhou, levantou-se, sussurrou: "Não, não", e se aproximou depressa da escrivaninha.
— Afinal, aqui sou a dona da casa, comigo, você não deve ter segredos — disse ela tentando parecer despreocupada e se virando de costas para ele. — Quantos papéis! Que cartas são essas?
Insárov franziu as sobrancelhas.
— Essas cartas? — disse ele, levantando-se do chão. — Pode lê-las.
Elena as girou nas mãos.
— Há tantas delas, e são escritas em letra tão pequena, e eu devo partir agora mesmo... Deixe-as com Deus! Não são de minha rival...? Elas nem em russo estão — disse Elena, revirando as folhas finas.
Insárov se aproximou dela e tocou sua cintura. Ela se voltou de repente para ele, iluminou-se em um sorriso e se apoiou em seu ombro.

– Essas cartas são da Bulgária, Elena; os amigos estão me escrevendo, estão me chamando.
– Agora? Para lá?
– Sim... agora. Enquanto ainda é tempo, enquanto é possível partir.
Ela, de repente, jogou ambos os braços em torno do pescoço dele.
– Mas você vai me levar consigo?
Ele a apertou contra o coração.
– Oh, minha doce moça, minha heroína, como você pronunciou isso! Mas não seria um pecado, um disparate, eu, um sem-teto, solitário, arrastar você comigo... E para onde!
Ela tampou a boca dele.
– Chiu... ou eu ficarei brava e nunca virei visitar você. Não está tudo resolvido, tudo decidido entre nós? Não sou sua esposa? Pode uma esposa ficar separada do marido?
– As esposas não vão à guerra – disse ele com um sorriso um pouco triste.
– Sim, quando elas podem ficar. E eu, por acaso, posso ficar aqui?
– Elena, você é um anjo...! Mas pense, eu talvez precise sair de Moscou... daqui a duas semanas. Eu já não posso pensar nem nas aulas da universidade nem na conclusão dos trabalhos.
– E o que é que tem? – interrompeu Elena. – Você deve viajar logo? Pois se você quiser, eu agora mesmo, neste momento, neste instante, ficarei com você para sempre e não voltarei para casa, quer? Vamos agora, quer?
Insárov, com uma força redobrada, envolveu-a em seus braços.
– Então, que Deus me castigue – exclamou ele – se estiver fazendo alguma coisa ruim! A partir do dia de hoje, estamos unidos para sempre!
– E eu fico aqui? – perguntou Elena.
– Não, minha moça pura; não, meu tesouro. Você, hoje, voltará para casa, mas esteja pronta. Isso não é algo que se faça de uma vez; é preciso pensar cuidadosamente sobre tudo. É necessário ter dinheiro, passaporte...
– Dinheiro eu tenho – interrompeu Elena –, oitenta rublos.

– Bom, isso não é muito – notou Insárov –, mas, de qualquer maneira, vai servir.
– Mas posso conseguir mais, eu tomo emprestado, vou pedir para mamãe... Não, para ela não vou pedir... E ainda posso vender o relógio... Tenho brincos, dois braceletes... rendas.
– Não se trata de dinheiro, Elena; o passaporte, seu passaporte, como resolver isso?
– Sim, como resolver isso? É mesmo preciso ter um passaporte?
– É preciso.
Elena sorriu.
– Veio-me uma ideia à cabeça! Lembro-me de quando eu ainda era pequena... Nossa camareira fugiu. Ela foi pega, perdoaram-na e ela viveu muito tempo conosco... Mas, mesmo assim, a chamavam de Tatiana, a foragida. Naquela época, nunca pensei que eu, talvez, seria uma foragida como ela.
– Elena, como não tem vergonha?
– Por quê? Claro, é melhor viajar com passaporte. Mas se não for possível...
– Tudo isso nós vamos resolver depois, depois, espere – disse Insárov. – Deixe-me apenas averiguar, deixe-me pensar. Você e eu vamos conversar sobre tudo como se deve. E dinheiro eu também tenho.
Elena afastou com a mão o cabelo que caía sobre a testa dele.
– Oh, Dmítri! Como será alegre essa nossa viagem juntos!
– Sim – disse Insárov –, e lá, para onde estamos indo...
– Bem? – interrompeu Elena. – Por acaso, morrer juntos não seria também uma alegria? Não, para que morrer? Vamos viver, somos jovens. Quantos anos você tem? Vinte e seis?
– Vinte e seis.
– E eu tenho vinte. Ainda há muito tempo pela frente! Ah! Você quis fugir de mim? Você não precisava de um amor russo, búlgaro! Agora é que nós vamos ver como você vai se livrar de mim! Mas o que seria de nós se eu, então, não tivesse ido até você!
– Elena, você sabe o que estava me obrigando a me afastar.
– Eu sei: você se apaixonou e ficou com medo. Mas você não suspeitava de que também era amado?

A VÉSPERA

– Palavra de honra, Elena, não.
Ela rápida e inesperadamente o beijou.
– É por isso também que eu amo você. E, agora, adeus.
– Você não pode ficar mais? – perguntou Insárov.
– Não, meu querido. Você acha que foi fácil para mim sair sozinha? Meu quarto de hora já se passou faz tempo. – Ela vestiu a mantilha e o chapéu. – Mas venha nos visitar amanhã à noite. Não, depois de amanhã. Vai ser tenso, tedioso, mas, fazer o quê? Ao menos, vamos nos ver. Adeus. Deixe-me sair. – Ele a abraçou pela última vez. – Ai! Olhe, você quebrou minha corrente. Oh, meu desajeitado! Mas não foi nada. Melhor ainda, eu vou à rua Kuzniétski Most e a deixo no conserto. Se me perguntarem, digo que estive na Kuzniétski Most. – Ela colocou a mão na maçaneta da porta. – Aliás, me esqueci de dizer a você: nos próximos dias, o *monsieur*[84] Kurnatóvski vai, provavelmente, pedir minha mão. Mas vou lhe mostrar... o seguinte. – Ela encostou o polegar da mão esquerda espalmada na ponta do nariz e brincou com os outros dedos no ar.
– Adeus. Até logo. Agora eu sei o caminho... E você não perca tempo...
Elena entreabriu a porta, pôs-se a ouvir, voltou-se a Insárov, acenou a cabeça em sinal afirmativo e esgueirou-se do quarto.
Durante um minuto, Insárov ficou parado diante da porta que se fechava e também ficou ouvindo. No andar de baixo, bateu-se a porta que dava ao pátio. Ele se aproximou do sofá, sentou e cobriu os olhos com uma das mãos. Nunca lhe havia acontecido nada parecido. "O que fiz para merecer um amor assim?", pensava ele. "Não seria um sonho?"
Mas o aroma suave de resedá deixado por Elena em seu pobre quartinho escuro o lembrava de sua visita. Com ele, parecia ter restado no quarto também o som de sua voz jovem e o barulho dos passos leves, jovens, e o calor e o frescor de um corpo jovem virginal.

---

[84] Em russo, transliterado para o francês: "senhor".

XXIV

Insárov decidiu, ainda, esperar por notícias mais positivas, e começou a preparar-se para partir. A empreitada era muito difícil. Para ele, em especial, não havia nenhum obstáculo: era só pedir o passaporte. Mas e com Elena, como proceder? Conseguir um passaporte para ela por vias legais era impossível. Casar-se com ela em segredo e depois se apresentar aos pais... "Eles, então, vão nos deixar partir", pensava ele. "Mas e se não deixarem? De todo modo, partiremos. E se eles se queixarem... se... Não, é melhor tentar conseguir o passaporte de alguma maneira."

Decidiu aconselhar-se (evidentemente sem citar nomes) com um conhecido seu, um promotor ou aposentado ou demitido, um velho e experiente perito em todos os tipos de assuntos secretos. Esse homem respeitável não morava perto: Insárov teve de se arrastar atrás dele por uma hora inteira em um imprestável *vanka*[85] e, ainda por cima, não o encontrou em casa; no caminho de volta, ficou encharcado até os ossos graças a uma chuva que caíra repentina. No dia seguinte, Insárov, apesar de uma dor de cabeça bastante forte, foi, pela segunda vez, até o procurador aposentado. Este o ouviu com atenção, cheirando de vez em quando o rapé da tabaqueira decorada com a imagem de uma ninfa de seios fartos e olhando de soslaio para a visita com seus olhinhos astutos também da cor do tabaco; ouviu e pediu "maior definição na apresentação dos dados factuais"; e ao observar que Insárov relutava em entrar em detalhes (pois estava ali a contragosto), limitou-se ao conselho de armar-se, antes de tudo, com "recursos", e pediu para que viesse visitá-lo outra vez, "quando o senhor", acrescentou ele, cheirando o rapé sobre a tabaqueira aberta "tiver mais confiança e menos desconfiança" (ele pronunciava o "ó" aberto sempre). "Já o passaporte", continuou como se de si para si, "é obra de mãos humanas; o senhor, por exemplo, quando viaja: quem sabe se é a Maria Bredíkhina ou a Carolina Vogelmeyer?". Um sentimento de repulsa se agitou no interior

---

[85] Substantivo comum derivado de Vanka, diminutivo menosprezivo de Ivan, usado na linguagem coloquial para designar um cocheiro barato, cujos cavalo e coche são de má qualidade.

de Insárov, mas ele agradeceu ao procurador e prometeu dar uma passada um dia desses.

Na mesma tarde, foi visitar os Stákhov. Anna Vassílievna o recebeu com carinho, repreendeu-o por tê-los esquecido completamente e, achando-o pálido, indagou sobre sua saúde; Nikolai Artiémievitch não lhe dirigiu palavra alguma, apenas o olhou com uma curiosidade pensativa e desdenhosa; Chúbin o tratou com frieza; mas Elena o surpreendeu. Ela o estava esperando; colocou para ele aquele mesmo vestido que usava no dia do primeiro encontro deles na capela; mas ela o cumprimentou com tanta tranquilidade e estava tão amável e despreocupadamente alegre que, olhando para ela, ninguém pensaria que o destino da jovem já estava decidido e que apenas a consciência secreta de um amor feliz conferia vivacidade a suas feições, leveza e encanto a todos os seus movimentos. Ela servia o chá no lugar de Zoia, fazia brincadeiras, tagarelava; sabia que Chúbin a observava, que Insárov não saberia vestir uma máscara, não saberia fingir indiferença, e armou-se de antemão. Não se enganara: Chúbin não tirava os olhos dela e Insárov manteve-se muito calado e carrancudo no decorrer da noite toda. Elena se sentia tão feliz que quis provocá-lo.

– E então – perguntou-lhe de repente –, seu plano está se movendo?

Insárov ficou embaraçado.

– Que plano? – murmurou ele.

– Então, o senhor se esqueceu? – respondeu ela, rindo-lhe nos olhos: apenas ele podia entender o sentido desse riso feliz. – Sua coletânea búlgara para os russos?

– *Quelle bourde!* – pronunciou entredentes Nikolai Artiémievitch.

Zoia sentou-se ao piano. Em um gesto quase imperceptível, Elena deu de ombros e apontou a Insárov com os olhos o caminho da porta, como se o estivesse deixando ir para casa. Depois ela, com uma pausa, bateu na mesa duas vezes com a ponta do dedo e dirigiu-lhe o olhar. Ele havia entendido que estava marcando um encontro para dali a dois dias, e ela sorriu depressa quando viu que a havia entendido. Insárov se levantou e começou a despedir-se: não se sentia bem.

Apareceu Kurnatóvski. Nikolai Artiémievitch levantou-se em um salto, ergueu a mão direita acima da cabeça e pousou-a suavemente na palma do secretário-geral. Insárov ficou por mais alguns minutos para observar seu rival. Elena, às escondidas, balançou a cabeça com astúcia; o anfitrião não considerou necessário apresentar um ao outro, e Insárov partiu depois de trocar com Elena um último olhar. Chúbin pensou, pensou... e travou uma discussão furiosa com Kurnatóvski sobre uma questão jurídica da qual nada entendia.

Insárov não dormiu a noite toda e de manhã se sentiu mal; contudo, ocupou-se de ordenar seus papéis e escrever as cartas, mas sua cabeça estava pesada e como que emaranhada. Na hora do almoço, veio a febre: não conseguia comer nada. A febre aumentou rapidamente até de noite; foi atingido por uma sensação dolorosa em todos os membros e uma torturante dor de cabeça. Insárov deitou naquele mesmo sofazinho onde antes estivera sentada Elena; pensou: "Mereço esse castigo, para que fui ter com aquele velho patife", e tentou dormir... A doença, contudo, já o havia dominado. As veias começaram a pulsar-lhe com uma enorme força, o sangue estava em chamas, os pensamentos rodopiavam como pássaros. O entorpecimento lhe abatera. Estava deitado de costas como se estivesse esmagado, e, de repente, pareceu-lhe que alguém ria baixo e sussurrava sobre ele; abriu os olhos com esforço e a luz da vela derretida raspou-lhe os olhos como uma faca... Mas o que é isso? O velho procurador sobre ele, de roupão de seda grossa, cingido por um *foulard*, como o vira na véspera... "Carolina Vogelmeyer", murmura a boca desdentada. Quando Insárov olha, o velho se alarga, enche-se, cresce e já não é mais uma pessoa, mas uma árvore... Insárov teve de trepar em galhos íngremes. Agarrou-se, caiu de peito em uma pedra pontiaguda e Carolina Vogelmeyer, agachada feito uma comerciante, balbuciou: "*Pirojki, pirojki, pirojki*"[86] – e ali vertia sangue e os sabres brilharam insuportáveis... Elena...! E assim tudo desapareceu no caos escarlate.

---

[86] Pastel assado típico da culinária russa.

XXV

— Alguém chegou para visitá-lo, sabe-se lá quem, um serralheiro ou algo assim — disse na tarde seguinte para Bersiéniev seu criado, que se distinguia por tratar o senhor com rigor e ter uma mente de orientação cética. — Ele quer ver o senhor.
— Chame-o — disse Bersiéniev.
Entrou o "serralheiro". Bersiéniev reconheceu nele o alfaiate senhorio do apartamento onde morava Insárov.
— O que deseja? — perguntou ele.
— Vim a vossa mercê — começou o alfaiate, arrastando lentamente as pernas e agitando às vezes a mão direita com o canhão da manga preso entre os três últimos dedos. — Nosso inquilino, sabe-se lá, está bem doente.
— Insárov?
— Sim, senhor, nosso inquilino. Ainda ontem, sabe-se lá, de manhã, estava de pé, à noite, só pediu de beber, foi a patroa que lhe levou água, mas à noite começou a delirar, e nós podíamos ouvir através da divisória; e hoje de manhã já nem língua tinha, fica deitado feito uma pedra e está tão quente que meu Deus do céu! Eu pensei, sabe-se lá, é capaz de morrer a qualquer hora; tem de notificar, pensei, o quartel. Porque ele está sozinho; então, a patroa me disse: "Vai ver aquele inquilino que alugava o quarto na *datcha* para o nosso: talvez ele diga alguma coisa ou venha ele mesmo". Então vim ver vossa mercê, porque nós não podemos, digamos...

Bersiéniev agarrou o boné, enfiou na mão do alfaiate uma moeda de um rublo e, sem perder tempo, galopou com ele rumo ao apartamento de Insárov.

Ele o encontrou deitado no sofá desfalecido, vestido. Seu rosto estava terrivelmente transformado. Bersiéniev logo ordenou ao senhorio e à patroa que o despissem e o levassem para a cama, enquanto ele mesmo correu atrás de um médico e o trouxe. O médico receitou de uma vez sanguessugas, mosca-espanhola, calomelano e mandou fazer uma sangria.

— Ele corre perigo? — perguntou Bersiéniev.
— Sim, muito — respondeu o médico. — Ele tem uma inflamação muito grave nos pulmões; uma peripneumonia em pleno

desenvolvimento e talvez o cérebro também esteja afetado, e é um sujeito jovem. Suas próprias forças se dirigem, agora, contra si mesmo. Demoraram para me chamar, entretanto, faremos tudo o que a ciência demanda.

O próprio médico era ainda jovem e acreditava na ciência. Bersiéniev ficou para passar a noite. O senhorio e a patroa se mostraram pessoas boas e até ágeis assim que surgiu alguém que começou a dizer-lhes *o que* era preciso fazer. Veio um enfermeiro, e se iniciaram as torturas medicinais.

Pela manhã, Insárov recobrou a consciência por alguns instantes, reconheceu Bersiéniev e perguntou: "Estou doente?", olhou à sua volta com a perplexidade obtusa e indolente de um doente difícil e de novo desfaleceu. Bersiéniev foi para casa, trocou de roupa, pegou alguns livros e voltou aos aposentos de Insárov. Decidira se estabelecer ali ao menos nos primeiros momentos. Cercou a cama de Insárov com biombos e arrumou para si um lugarzinho perto do sofá. O dia passou triste e lento. Bersiéniev se ausentou apenas para almoçar. Chegou a noite. Ele acendeu a vela do abajur e começou a leitura. Tudo em volta estava em silêncio. No quarto dos senhorios, atrás da divisória, ouvia-se ora um murmúrio contido, ora um bocejo, ora um suspiro... Um deles ali espirrou e foi repreendido em sussurros. Atrás dos biombos, ouvia-se uma respiração pesada e instável, às vezes interrompida por um gemido curto, e a triste agitação da cabeça no travesseiro... Estranhos pensamentos apoderaram-se de Bersiéniev. Encontrava-se no quarto de uma pessoa cuja vida estava por um fio, uma pessoa que, isso ele sabia, era amada por Elena... Lembrou-se daquela noite em que Chúbin o alcançara e anunciara que ela o amava, a ele, Bersiéniev! Mas agora... "O que devo fazer agora?", perguntava a si mesmo. "Dar notícias a Elena sobre a doença dele? Esperar? Essa notícia é mais triste que aquela que lhe comuniquei da outra vez: é estranho como o destino sempre me coloca como um terceiro entre os dois!" Decidiu que era melhor esperar. Seu olhar recaiu sobre a mesa coberta por pilhas de papéis... "Será que ele cumprirá seus planos?", pensou Bersiéniev. "Será que tudo vai desaparecer?" E ele sentia pena de uma vida jovem se extinguindo e jurou a si mesmo que a salvaria...

A noite não foi boa. O paciente delirou muito. Várias vezes, Bersiéniev levantou-se de seu sofá, aproximou-se na ponta dos pés da cama e ouviu com tristeza seu balbuciar sem sentido. Apenas uma vez, Insárov pronunciou com uma clareza repentina: "Não quero, não quero, ela não deve...".

Bersiéniev estremeceu e olhou para Insárov: seu rosto, sofredor e mórbido ao mesmo tempo, estava imóvel, as mãos jaziam impotentes... "Eu não quero", repetiu ele de maneira quase inaudível.

O médico veio de manhã, balançou a cabeça e receitou novos remédios.

– Ainda está longe da crise – disse ele, botando o chapéu.

– E depois da crise? – perguntou Bersiéniev.

– Depois da crise? Como resultado, temos duas possibilidades: *aut Caesar, aut nihil*[87].

O médico partiu. Bersiéniev caminhou um pouco pela rua: precisava de ar puro. Voltou e pegou o livro. Raumer, já acabara de ler fazia tempo: estava agora estudando Grote[88].

De repente, a porta rangeu suavemente e no quarto apareceu a cabecinha da filha do senhorio, coberta, como de costume, por um lenço pesado.

– Aqui está – disse ela a meia-voz – aquela senhorita que outro dia me deu uma moeda de dez copeques...

A cabecinha da filha do senhorio desapareceu de repente e, em seu lugar, surgiu Elena. Bersiéniev levantou em um salto, como se tivesse tomado uma picada; mas Elena não se moveu, não soltou uma exclamação... Parecia que havia entendido tudo em um instante. Uma palidez terrível cobriu seu rosto, aproximou-se dos biombos, olhou atrás deles, abriu os braços e gelou de espanto. Mais um pouco, e ela se lançaria a Insárov, mas Bersiéniev a deteve:

– O que a senhorita está fazendo? – disse com um sussurro trêmulo. – A senhorita pode matá-lo!

---

[87] Em latim, no original: "Ou César ou nada".
[88] Referência ao historiador clássico inglês George Grote (1794-1871), expoente do radicalismo liberal.

Ela cambaleou. Ele a levou até o sofá e a acomodou. Ela lhe fitou o rosto, depois percorreu-o com o olhar, depois fixou os olhos no chão.
— Está morrendo? — perguntou com tanta frieza e tranquilidade que Bersiéniev se espantou.
— Por Deus, Elena Nikoláievna — começou ele —, o que a senhorita está dizendo? Ele está doente, é verdade, e corre bastante perigo, mas nós o salvaremos, isso eu lhe garanto.
— Está desacordado? — perguntou ela, como da primeira vez.
— Sim, agora está inconsciente... Isso sempre acontece no início dessas doenças, mas não quer dizer nada, nada, asseguro--lhe. Beba um pouco de água.
Elena lhe dirigiu o olhar e ele percebeu que ela não havia ouvido suas respostas.
— Se ele morrer — disse ela com a mesma voz —, morro também.
Insárov, nesse instante, gemeu levemente; ela estremeceu, agarrou sua própria cabeça, depois começou a desatar os laços do chapéu.
— O que é que a senhorita está fazendo? — perguntou-lhe Bersiéniev.
Ela não respondia.
— O que a senhorita está fazendo? — repetiu ele.
— Eu vou ficar aqui.
— Como... por quanto tempo?
— Não sei, talvez por um dia, uma noite, para sempre... não sei.
— Por Deus, Elena Nikoláievna, volte a si. Eu, é claro, de modo algum esperava vê-la aqui; mas, ainda assim... pressuponho que a senhorita esteja aqui por um curto período de tempo. Lembre-se de que em casa podem dar falta da senhorita...
— E o que tem?
— Vão lhe procurar... Vão lhe encontrar...
— E o que tem?
— Elena Nikoláievna! A senhorita está vendo... Ele não pode protegê-la agora.
Ela baixou a cabeça como se estivesse refletindo, levou o lenço aos lábios, e soluços convulsivos, com uma força estonteante, de repente eclodiram de seu peito... Ela se jogou com o rosto no

sofá, tentou abafá-los, mas todo o seu corpo se levantava e se debatia, como um passarinho que tivesse acabado de ser capturado.
— Elena Nikoláievna... por Deus... — repetia Bersiéniev sobre ela.
— Ah! O que foi? — soou de súbito a voz de Insárov.
Elena se endireitou, e Bersiéniev ficou petrificado... Depois de um tempo, aproximou-se da cama... A cabeça de Insárov ainda jazia impotente sobre o travesseiro; os olhos estavam fechados.
— Está delirando? — sussurrou Elena.
— É o que parece — respondeu Bersiéniev —, mas isso também não é nada; isso também sempre acontece assim, especialmente, se...
— Quando adoeceu? — interrompeu Elena.
— Antes de ontem; estou aqui desde o dia de ontem. Confie em mim, Elena Nikoláievna. Não sairei de perto dele; todos os meios serão empregados. Se for preciso, chamaremos uma junta médica.
— Ele vai morrer sem mim — exclamou ela, torcendo as mãos.
— Eu lhe dou minha palavra de informá-la diariamente sobre o andamento de sua doença, e se houver um perigo real...
— Jure que mandará me buscarem, não importa se for dia ou se for noite. Mande um bilhete diretamente a mim... Agora, nada mais me importa. Está me ouvindo? O senhor promete fazer isso?
— Prometo, diante de Deus.
— Jura?
— Eu juro.
Ela agarrou sua mão de repente e, antes que ele tivesse tempo de retirá-la, pousou-lhe os lábios.
— Elena Nikoláievna... mas o que é isso... — murmurou ele.
— Não... não... não precisa... — pronunciou Insárov de maneira ininteligível e suspirou pesado.
Elena se aproximou dos biombos, apertou o lenço nos dentes e ainda por muito tempo ficou olhando para o doente. As lágrimas silenciosas escorriam por suas bochechas.
— Elena Nikoláievna — disse Bersiéniev —, ele pode voltar a si, reconhecê-la; só Deus sabe se isso seria bom. Além disso, estou esperando o médico agora mesmo...

Elena pegou o chapéu do sofá, vestiu-o e se deteve. Seus olhos vagavam com tristeza pelo quarto. Parecia estar se lembrando...
– Eu não posso partir – sussurrou, finalmente.
Bersiéniev apertou sua mão.
– Junte suas forças – disse ele –, acalme-se; a senhorita o está deixando sob meus cuidados. Hoje mesmo, à noite, passo em sua casa.
Elena olhou para ele e exclamou: "Oh, meu bom amigo!", e desfez-se em prantos, lançando-se afora.
Bersiéniev se apoiou na porta. Um sentimento de desolação e amargura, não desprovido de certo consolo estranho, apertou--lhe o coração. "Meu bom amigo!", pensou ele e deu de ombros.
– Quem está aqui? – ouviu-se a voz de Insárov.
Bersiéniev se aproximou.
– Eu estou aqui, Dmítri Nikanórovitch. O que senhor deseja? Como está se sentindo?
– Sozinho? – perguntou o doente.
– Sozinho.
– E ela?
– Ela quem? – pronunciou quase com susto Bersiéniev. Insárov ficou em silêncio.
– Resedá – sussurrou ele, e seus olhos se cerraram novamente.

XXVI

Durante oito dias inteiros, Insárov esteve entre a vida e a morte. O médico vinha o tempo todo, interessado, como jovem que era, por um doente difícil. Chúbin ouviu sobre a situação perigosa de Insárov e o visitou; vieram seus conterrâneos, os búlgaros; entre eles, Bersiéniev reconheceu ambas as figuras estranhas que haviam lhe causado espanto quando visitaram de maneira inesperada a *datcha*. Todos se dispuseram à mais sincera participação, alguns se ofereceram para render Bersiéniev junto à cama do doente; mas ele não assentiu, lembrando-se da promessa feita a Elena. Ele a via todos os dias e às escondidas lhe transmitia – às vezes em palavra, às vezes em um bilhetinho – todos os detalhes do curso da doença. Com que aperto no coração ela o esperava, como ela o ouvia e o indagava! Ela tinha, o tempo todo, ímpetos de visitar Insárov, mas Bersiéniev implorava para que não o fizesse: Insárov raramente ficava sozinho. No primeiro dia, quando soube de sua doença, por pouco não adoeceu ela mesma; assim que voltou, trancou-se em seu quarto; mas a chamaram para o almoço e ela foi para a sala de jantar com tal expressão no rosto que Anna Vassílievna se assustou e quis de qualquer jeito pô-la na cama. Elena, contudo, conseguiu dominar-se. "Se ele morrer", repetia ela, "eu também perecerei". Esse pensamento a acalmou e lhe deu forças para parecer indiferente. Além disso, ninguém a incomodava demais: Anna Vassílievna estava preocupada com seus abscessos; Chúbin trabalhava freneticamente; Zoia se entregou à melancolia e queria ler *Werther*; Nikolai Artiémievitch estava muito descontente com as visitas frequentes do "escolar", ainda mais porque suas "prescrições" a respeito de Kurnatóvski avançavam com dificuldade: o prático secretário-geral estava perplexo e preferia esperar. Elena nem agradecera Bersiéniev: há serviços pelos quais é terrível e embaraçoso agradecer. Apenas uma vez, durante o quarto encontro com ele (Insárov passara muito mal à noite, e o doutor sugeriu uma junta médica), ela o lembrou sobre seu juramento. "Bem, nesse caso, vamos", disse-lhe ele. Ela se levantou e quis vestir-se. "Não", disse ele, "esperemos mais, até amanhã". À noite, Insárov começou a melhorar.

Oito dias durou essa tortura. Elena parecia tranquila, mas não conseguia comer nada nem dormia à noite. Uma dor cansada dominava seus membros; algum tipo de fumaça quente e seca parecia preencher sua cabeça. "Nossa senhorita está derretendo feito uma vela", dizia sobre ela a camareira.

Por fim, no nono dia, deu-se uma quebra. Elena estava sentada na sala perto de Anna Vassílievna e, sem entender ela mesmo o que fazia, lia-lhe o *Moskóvskie Viédomosti*; Bersiéniev entrou. Elena o olhou (quão rápido, tímido, perspicaz e ansioso era o primeiro olhar que lhe lançava toda vez!) e logo adivinhou que lhe trouxera uma boa notícia. Ele estava sorrindo; balançou-lhe levemente a cabeça: ela se levantou para recebê-lo.

– Ele voltou a si, está a salvo, daqui a uma semana estará completamente curado – sussurrou-lhe.

Elena estendeu as mãos, como se desviasse de um golpe, e não disse nada, apenas seus lábios tremeram e o rubor se espalhou por todo seu rosto. Bersiéniev começou a conversar com Anna Vassílievna, enquanto Elena se retirou para seu quarto, caiu de joelhos e pôs-se a rezar, a agradecer a Deus... As lágrimas leves e alegres rolaram de seus olhos. De repente, ela sentiu um extremo cansaço, colocou a cabeça no travesseiro, sussurrou: "Pobre Andrei Petróvitch", e imediatamente caiu no sono, com os cílios e as bochechas úmidos. Já fazia muito tempo que ela não dormia nem chorava.

XXVII

As palavras de Bersiéniev só se realizaram em partes: o perigo havia passado, mas a recuperação das forças de Insárov foi lenta, e o médico mencionava um abalo profundo e geral de todo o organismo. Apesar de tudo, o doente deixou a cama e começou a caminhar pelo quarto; Bersiéniev voltou a seu apartamento; mas, todos os dias, passava para uma visita a seu amigo, ainda fraco, e, todos os dias, continuava a dar notícias a Elena sobre seu estado de saúde. Insárov não se atrevia a escrever-lhe e, apenas indiretamente, nas conversas com Bersiéniev, aludia a ela; já Bersiéniev, com uma indiferença fingida, contava-lhe sobre suas visitas aos Stákhov, tentando, todavia, dar-lhe a entender que Elena estivera muito aflita, mas agora já havia se acalmado. Elena também não escrevia a Insárov; tinha outra coisa em mente.

De uma feita – Bersiéniev acabara de comunicar-lhe com um semblante feliz que o médico já havia permitido a Insárov comer uma almôndega e que era bem provável que saísse em breve –, ela ficou pensativa, baixou os olhos...

– Adivinhe o que quero lhe contar – disse ela.

Bersiéniev ficou embaraçado. Ele a entendera.

– Provavelmente – respondeu ele, olhando para o lado – a senhorita quer me contar que deseja vê-lo.

Elena enrubesceu e disse de modo quase inaudível:

– Sim.

– E por que não? Acho que isso não seria difícil para a senhorita. – "Arre", pensou ele, "que sentimento abjeto tenho no coração!".

– O senhor quer dizer que eu já ia antes... – disse Elena. – Mas eu tenho medo... agora ele, como o senhor diz, raramente fica sozinho.

– Nisso não é difícil ajudar – retrucou Bersiéniev sem lhe dirigir o olhar. – É evidente que eu não posso preveni-lo; mas me dê um bilhete. Quem pode proibi-la de escrever-lhe como a um bom conhecido em cuja vida se tem interesse? Não há nada de reprovável nisso. Marque com ele... ou seja, diga-lhe quando vai...

– Estou com vergonha – sussurrou Elena.

– Dê-me o bilhete, eu o levo.

– Isso não é necessário, eu gostaria de pedir-lhe... Não se zangue comigo, Andrei Petróvitch... não vá visitá-lo amanhã.

Bersiéniev mordeu o lábio.

– Ah! Sim, entendo, muito bem, muito bem. – E, depois de acrescentar duas ou três palavras, retirou-se depressa.

"Tanto melhor, tanto melhor", pensava ele, apressando-se para casa. "Eu não fiquei sabendo de nada de novo, mas é melhor assim. Qual seria o prazer em me agarrar à borda de um ninho alheio? Não me arrependo de nada, fiz o que a consciência mandou, mas agora chega. Deixe os dois! Não à toa meu pai costumava dizer: 'Você e eu, meu irmão, não somos sibaritas nem aristocratas, nem queridinhos do destino ou da natureza, nem sequer mártires; somos trabalhadores, trabalhadores e trabalhadores. Vista, então, seu avental de couro, trabalhador, e se dirija a sua máquina, a sua oficina escura! E que o sol brilhe para os outros! Mesmo nossa vida erma tem seu orgulho e sua felicidade!'".

Na manhã seguinte, Insárov recebeu pelos correios da cidade um breve bilhetinho: *"Espere por mim"*, escreveu Elena, *"peça para não receber ninguém. A. P. não irá"*.

XXVIII

Insárov leu o bilhete de Elena e logo começou a colocar seu quartinho em ordem; pediu à senhoria que levasse embora os frascos de remédio, tirou o roupão e vestiu a sobrecasaca. A fraqueza e a alegria faziam sua cabeça girar e seu coração bater. Não se aguentou em suas próprias pernas: desabou no sofá e se pôs a olhar o relógio. "Agora falta um quarto para o meio-dia", disse para si, "ela jamais virá antes do meio-dia, vou pensar em alguma outra coisa durante esse quarto de hora, senão não vou aguentar. Antes do meio-dia, ela jamais...".

A porta se escancarou; em um leve vestido de seda, toda pálida e toda viçosa, jovem e feliz, entrou Elena e, com uma fraca exclamação de alegria, caiu em seu peito.

– Você está vivo, você é meu – repetia ela, abraçando-o e acariciando sua cabeça. Ele paralisou por inteiro, sufocado por essa proximidade, por esses toques, por essa felicidade.

Ela se sentou perto dele, aconchegou-se e começou a fitar-lhe com aquele olhar risonho e carinhoso que apenas os olhos femininos apaixonados podem emanar.

Seu rosto de súbito se entristeceu.

– Como você está magro, meu pobre Dmítri – disse ela, passando-lhe a mão na bochecha –, e essa barba!

– Você também está magra, minha pobre Elena – respondeu ele, capturando com seus lábios os dedos dela.

Ela agitou seus cachos com alegria.

– Isso não é nada. Você vai ver como vamos melhorar! A tempestade despencou, como naquele dia em que nos encontramos na capela, despencou e passou. Agora estaremos vivos!

Ele lhe respondeu apenas com um sorriso.

– Ah, que dias, Dmítri, que dias cruéis! Como é que as pessoas sobrevivem a seus amados? Eu, de antemão, sabia tudo que Andrei Petróvitch tinha a dizer-me, verdade: minha vida desabava e se levantava com a sua. Saudações, meu Dmítri!

Ele não sabia o que lhe dizer. Queria se lançar aos pés dela.

– Percebi mais uma coisa – continuou ela, jogando para trás o cabelo dele –, observei muitas coisas durante todo esse tempo, nas horas vagas; quando uma pessoa está muito, muito infeliz... com que atenção estúpida, tola, acompanha tudo o que acontece a sua volta! Às vezes, eu, de fato, ficava admirando uma mosca enquanto em minha alma havia tanto frio e terror! Mas isso tudo passou, passou, não é verdade? Tudo estará iluminado daqui para a frente, não é verdade?

– Daqui para a frente, para mim, só haverá você – respondeu Insárov –. Para mim, será iluminado.

– E para mim, então! Será que você se lembra, outrora, de quando estive com você, não da última vez... não, não da última vez – repetiu ela com um estremecer involuntário –, mas quando falava com você, eu, não sei por quê, mencionei a morte; e então eu nem suspeitava que ela estava nos espreitando. Mas agora você está curado, não é?

– Estou muito bem e quase curado.

– Você está curado, você não morreu! Oh, como estou feliz! Instalou-se um breve silêncio.

– Elena? – perguntou Insárov.

– O que foi, meu querido?

– Diga-me, não lhe ocorreu que essa doença nos foi enviada como um castigo?

Elena olhou para ele com seriedade.

– Isso me ocorreu, Dmítri. Mas pensei: por que eu seria castigada? Que dever transgredi, contra o que pequei? Talvez minha consciência não seja como a dos outros, mas ela estava calada; ou, talvez, sou culpada diante de você? Eu vou atrapalhar, deter você...

– Você não vai me deter, Elena, nós iremos juntos.

– Sim, Dmítri, nós iremos juntos, eu seguirei você... É esse meu dever. Eu amo você... não conheço outro dever.

– Oh, Elena! – disse Insárov. – Que correntes indestrutíveis cada palavra sua coloca em mim!

– Por que falar em correntes? – emendou ela. – Você e eu somos pessoas livres. Sim – continuou ela, olhando pensativa para o chão, enquanto ainda alisava com uma das mãos o cabelo dele –, nos últimos tempos, sofri muito por coisas sobre as quais jamais tive a menor ideia! Se alguém tivesse me predito que eu, uma senhorita, bem-educada, vou sair de casa sozinha, sob vários

pretextos inventados, e sair para onde? Para os aposentos de um jovem... que indignação eu teria sentido! Mas tudo isso se tornou realidade, e eu não sinto nenhuma indignação. Juro por Deus! – acrescentou ela e se voltou a Insárov.
Ele a olhava com tal expressão de adoração que ela desceu lentamente as mãos de seus cabelos até seus olhos.
– Dmítri! – retomou ela. – Você não sabe, mas eu vi você ali, nessa cama terrível, eu vi você nas garras da morte, inconsciente...
– Você me viu?
– Sim.
Ele fez silêncio.
– E Bersiéniev também estava aqui?
Ela assentiu com a cabeça. Insárov se inclinou em sua direção.
– Oh, Elena – sussurrou ele –, não me atrevo a olhar para você.
– Por quê? Andrei Petróvitch é tão gentil! Não fiquei com vergonha dele. E eu teria vergonha de quê? Sou capaz de contar para todo mundo que eu sou sua... E, em Andrei Petróvitch, confio como em um irmão.
– Ele me salvou! – exclamou Insárov. – É a pessoa mais nobre, mais gentil que existe!
– Sim... E será que você sabe que devo tudo a ele? Será que você sabe que ele foi o primeiro a me contar que você me amava? E se eu pudesse revelar tudo... Sim, ele é a pessoa mais gentil que existe!
Insárov olhou atentamente para Elena.
– Ele está apaixonado por você, não é mesmo?
Elena baixou os olhos.
– Ele me amava – disse ela a meia-voz.
Insárov apertou sua mão com firmeza.
– Ah, vocês, russos – disse ele –, têm corações de ouro! E ele, ele cuidou de mim, não dormiu por noites a fio... E você, você, meu anjo... Nenhuma reprimenda, nenhuma hesitação... E tudo isso por mim, por mim...
– Sim, sim, tudo por você, porque você é amado. Ah, Dmítri! Como é estranho! Acho que já lhe falei sobre isso, mas tanto faz, tenho prazer em repetir e você terá prazer em ouvir. Quando o vi pela primeira vez...

– Por que você tem lágrimas nos olhos? – interrompeu Insárov.
– Eu? Lágrimas? – Ela enxugou os olhos com um lenço – Oh, que tolo! Ele ainda não sabe que a felicidade também faz chorar. Como ia lhe dizendo: quando o vi pela primeira vez, não encontrei nada de especial em você, é verdade. Lembro-me de que no início Chúbin havia me agradado muito mais, embora eu nunca o tenha amado. Quanto a Andrei Petróvitch... oh! Houve mesmo um minuto em que pensei: será que é ele? Já você, nada; em compensação... depois... depois... você tomou meu coração com as duas mãos.
– Tenha piedade de mim... – disse Insárov. Ele quis se levantar, mas logo voltou para o sofá.
– O que foi? – perguntou Elena com preocupação.
– Nada... Ainda estou fraco... Essa felicidade ainda não cabe em minhas forças.
– Então, fique sentado tranquilamente. Não queira se mexer, não se agite – acrescentou ela, ameaçando-lhe com o dedo. – E por que foi tirar o roupão? Ainda está cedo para se fazer de janota! Fique sentado, que eu vou lhe contar historinhas. Escute e fique quietinho. Depois de sua doença, falar muito vai lhe fazer mal.

Ela começou a contar-lhe sobre Chúbin, sobre Kurnatóvski, sobre o que fizera nas últimas duas semanas, que, de acordo com os jornais, a guerra era inevitável e, portanto, assim que ele melhorasse completamente, era preciso, sem perder um minuto, encontrar os meios da partida. Contou tudo isso, sentada a seu lado, apoiando-se em seus ombros.

Ele a ouvia, ouvia, ora empalidecendo ora enrubescendo... várias vezes, quis interrompê-la. De repente, endireitou-se.
– Elena – disse-lhe ele em uma voz estranha e áspera –, deixe-me, vá embora.
– Como? – disse ela com espanto. – Você está se sentindo mal? – acrescentou com vivacidade.
– Não... estou bem... mas, por favor, me deixe.
– Não estou lhe entendendo. Você está me mandando embora? O que você está fazendo? – disse ela de repente: ele se abaixou

do sofá quase até o chão e pousou os lábios em seus pés. – Não faça isso, Dmítri... Dmítri...
Ele se ergueu um pouco.
– Então, me deixe! Veja, Elena, quando fiquei doente, não perdi a consciência de todo, eu sabia que estava à beira da morte; mesmo com febre, delirando, eu entendia, sentia vagamente, que a morte me rondava, que estava me despedindo da vida, de você, de tudo, estava me separando da esperança... E, de repente, esse renascimento, essa luz depois das trevas, você... você... perto de mim, comigo... Sua voz, sua respiração... Isso está além de minhas forças! Sinto que a amo apaixonadamente, ouço como você mesma se chama de minha, e eu não posso responder por nada... Vá embora!
– Dmítri – sussurrou Elena, e escondeu a cabeça no ombro dele. Só agora ela havia entendido.
– Elena – continuou ele –, eu lhe amo, e você sabe disso, sou capaz de dar minha vida por você... Por que veio até mim agora, quando estou fraco, quando não tenho domínio sobre mim, quando todo meu sangue está em chamas...? Você é minha, você diz, me ama...
– Dmítri – repetiu ela, ruborizou-se toda e aconchegou-se ainda mais junto dele.
– Elena, tenha piedade de mim... Vá embora, sinto que sou capaz de morrer... Não vou suportar esses ímpetos... Toda minha alma anseia por você... Pense, a morte por pouco não nos separou... e agora você aqui, em meus braços... Elena...
Ela estremeceu inteira.
– Então me tome... – sussurrou ela quase inaudivelmente.

XXIX

Nikolai Artiémievitch andava de um lado para o outro em seu escritório, franzindo o cenho. Chúbin estava sentado junto à janela e, de pernas cruzadas, fumava tranquilamente um charuto.
– Pare, por favor, de andar de um canto para o outro – disse ele, batendo as cinzas do charuto. – Eu fico aqui esperando que

o senhor fale comigo, estou acompanhando o senhor e meu pescoço já está doendo. Além disso, há algo tenso, melodramático, em seu jeito de andar.
— O senhor só quer fazer troça — respondeu Nikolai Artiémievitch. — O senhor não quer se colocar em meu lugar; o senhor não quer entender que me acostumei com essa mulher, que, afinal, estou apegado a ela e que sua ausência deve me atormentar. Eis que outubro já chegou à varanda, e o inverno está batendo à porta. O que ela teria para fazer em Révèl?
— Deve estar tricotando meias-calças... para ela mesma; ela mesma, não para o senhor.
— Pode rir, pode rir; e eu vou lhe dizer que não conheço outra mulher assim. Essa honestidade, essa abnegação...
— Ela apresentou a promissória para a cobrança? — perguntou Chúbin.
— Essa abnegação — repetiu levantando a voz Nikolai Artiémievitch —, isso é surpreendente. Dizem-me que há no mundo um milhão de outras mulheres; e eu digo: mostrem-me esse um milhão; mostrem-me esse um milhão, e eu falo: *ces femmes, qu'on me les montre*[89]. E ela não escreve, eis o que está me matando!
— O senhor é eloquente como Pitágoras — observou Chúbin —, mas sabe o que eu lhe aconselharia?
— O quê?
— Quando Avgustina Khristiánovna retornar... o senhor me entende?
— Sim; e o que há?
— Quando o senhor a vir... Está acompanhando o desenvolvimento de meu pensamento?
— Ora, sim, sim.
— Tente bater um pouco nela: o que vai sair disso?
Nikolai Artiémievitch virou-se em sinal de indignação.
— E eu achando que ele, de fato, me daria algum conselho que prestasse. Mas o que se poderia esperar dele? Um artista, um desregrado...

---

[89] Em francês, no original: "essas mulheres que me apresentam".

– Desregrado! Mas dizem que seu favorito, o senhor Kurnatóvski, um homem regrado, ganhou ontem do senhor cem rublos de prata. Isso não é delicado, o senhor há de concordar.
– Ora, e o que há? Disputávamos um jogo de azar. Claro, eu poderia esperar dele... No entanto, nesta casa, valorizam-no tão pouco...
– Eis o que ele pensou: "Dê no que der!" – emendou Chúbin. – "Se será ou não meu sogro, isso ainda está escondido na urna do destino, mas cem rublos fazem bem a uma pessoa que não aceita subornos."
– Sogro...! Que diabos de sogro sou eu? *Vous rêvez, mon cher*[90]. É claro que qualquer outra moça teria se alegrado com um noivo como esse. Veja o senhor mesmo: um homem enérgico, inteligente, tornou-se alguém por seus próprios méritos, em duas províncias carregou seu far...
– Na província de N..., passou a perna no governador – observou Chúbin.
– Isso é muito provável. Pelo visto, era também necessário. Um empresário, prático...
– E que joga muito bem as cartas – observou novamente Chúbin.
– Bem, sim, também joga bem as cartas. Mas Elena Nikoláievna... Será possível entendê-la? Desejo saber onde é que está esse homem que se encarregará de compreender bem o que ela quer. Ora está alegre, ora aborrecida; de repente, emagrece de um jeito que nem se tem vontade de dirigir-lhe o olhar, e depois recobra o peso sem qualquer motivo aparente...

Entrou um criado de aparência desagradável, com uma xícara de café, uma jarra de creme e torradas em uma bandeja.

– O pai gosta do noivo – continuou Nikolai Artiémievitch brandindo a torrada – e a filha nem se importa! Nos tempos antigos, patriarcais, é que era bom, mas nós, agora, mudamos tudo isso. *Nous avons changé tout ça*[91]. Agora uma senhorita conversa com quem bem entende, lê o que bem entende; passeia sozinha

---

[90] Em francês, no original: "O senhor está sonhando, meu caro".
[91] Em francês, no original: "Nós mudamos tudo isso".

por Moscou sem lacaio, sem criada, como em Paris; e tudo isso é aceitável. Outro dia, perguntei: "Onde está Elena Nikoláievna?". Responderam que se dignou a sair. Para onde? Não se sabe. E isso é o quê: a ordem?

– Pegue, então, sua xícara e deixe o homem ir embora – disse Chúbin. – Foi o senhor mesmo que disse que não precisa ser *devant les domestiques* – acrescentou ele em voz baixa.

O criado olhou para Chúbin por debaixo das sobrancelhas, enquanto Nikolai Artiémievitch pegou a xícara, colocou o creme e apunhalou umas dez torradas.

– Eu quis dizer – começou ele assim que o criado saiu – que eu não significo nada nesta casa. E isso é tudo. Porque, em nossos tempos, todos julgam pela aparência: uma pessoa é vazia e estúpida, mas se dá ares de importância: e a respeitam; a outra, talvez, possua talentos que poderiam... que poderiam trazer grandes benefícios, mas, por sua modéstia...

– O senhor é um homem de Estado, Nikólienka[92]? – perguntou Chúbin em voz fininha.

– Chega de palhaçada! – exclamou com irritação Nikolai Artiémievitch. – O senhor não se esqueça! Está aqui uma nova prova de que nesta casa não significo nada, nada!

– Anna Vassílievna oprime o senhor... coitadinho! – disse Chúbin, espreguiçando-se. – Eh, Nikolai Artiémievitch, para mim e para o senhor é um pecado! Seria melhor que o senhor preparasse algum presentinho a Anna Vassílievna. Está chegando o aniversário dela, e o senhor sabe como ela aprecia o mínimo sinal de atenção de sua parte.

– Sim, sim – respondeu apressadamente Nikolai Artiémievitch –, agradeço-lhe muito por ter-me lembrado. Como não, como não; sem falta. Ora, eu tenho uma coisinha: um pequeno *fermoir*[93], eu o comprei esses dias de Rozenshtrauch; apenas não sei se vai servir!

– Mas o senhor não o havia comprado para aquela outra, a habitante de Révél?

---

[92] Diminutivo carinhoso de Nikolai.
[93] Colar de pedras preciosas.

– Ou seja... eu... sim... eu pensei...
– Bem, nesse caso, com certeza, vai servir.
Chúbin se levantou da cadeira.
– Para onde nós iremos hoje à noite, Pável Iákovlevitch, hein? – perguntou-lhe Nikolai Artiémievitch, olhando-lhe nos olhos de maneira amável.
– Mas o senhor vai para o clube.
– Depois do clube... depois do clube.
Chúbin se espreguiçou novamente.
– Não, Nikolai Artiémievitch, amanhã preciso trabalhar. Fica para a próxima. – E saiu.

Nikolai Artiémievitch franziu a testa, caminhou umas duas vezes pelo quarto, tirou da escrivaninha uma caixinha de veludo com um "pequeno *fermoir*" e ficou por muito tempo examinando-o e lustrando-o com o *foulard*. Depois, sentou-se diante do espelho e pôs-se a pentear com esmero sua densa cabeleira negra, inclinando, com ar de importância no rosto, a cabeça ora para a direita ora para esquerda, pressionando a bochecha com a língua e sem tirar os olhos da risca do cabelo. Alguém tossiu atrás de si: ele olhou para trás e viu o criado que lhe trouxera o café.

– O que você quer? – perguntou-lhe.
– Nikolai Artiémievitch – disse o criado, não sem certa solenidade –, o senhor é nosso amo!
– Eu sei: e o que tem?
– Nikolai Artiémievitch, não se digne a se zangar comigo; mas eu, estando a serviço de vossa mercê desde pequeno, em virtude do zelo, quer dizer, servil, devo denunciar a vossa mercê...
– Mas o que foi?
O criado vacilou sem sair do lugar.
– O senhor se dignou a dizer – começou ele – que o senhor não se digna a saber para onde Elena Nikoláievna se digna a dirigir-se. Eu tomei conhecimento disso.
– O que você está inventando? Seu tolo!
– A vontade é toda do senhor, mas eu, três dias atrás, vi como ela se dignou a entrar em uma casa.
– Onde? O quê? Qual casa?

— Na travessa N..., perto da rua Povarskaia. Não é longe daqui. Eu até perguntei para o zelador, "viu, quem são os inquilinos que vocês têm aqui?".

Nikolai Artiémievitch começou a bater os pés no chão.

— Cale-se, vagabundo! Como você ousa...? Elena Nikoláievna, graças a sua bondade, cuida dos pobres, e você... Fora, seu tolo!

O criado, apavorado, quis correr até a porta.

— Pare! — exclamou Nikolai Artiémievitch. — O que o zelador lhe disse?

— Na... nada, nada, não. Disse es... estudante.

— Cale-se, vagabundo! Escute aqui, desgraçado, se você, nem que seja em seus sonhos, contar isso a alguém...

— Tenha piedade, senhor...

— Cale-se! Se você soltar nem que seja um pio... se alguém... se eu souber... Nem embaixo da terra você vai encontrar lugar para se esconder de mim! Está ouvindo? Vá embora!

O criado desapareceu.

"Senhor, meu Deus! O que significa isso?", pensou Nikolai Artiémievitch quando ficou sozinho. "O que foi que me disse esse estúpido? Hein? É preciso, contudo, descobrir que casa é essa e quem mora nela. Vou precisar ir eu mesmo. A que ponto chegamos, afinal?!... *Un laquais! Quelle humiliation*[94]!".

E, ao repetir em voz alta: "*Un laquais!*", Nikolai Artiémievitch trancou o *fermoir* na escrivaninha e foi ter com Anna Vassílievna. Ele a encontrou na cama com a bochecha amarrada. Mas a visão de seus sofrimentos apenas o irritou, e ele não tardou em levá-la às lágrimas.

XXX

Entrementes, a tempestade que se armara no Oriente desabou. A Turquia declarou guerra à Rússia; o prazo estabelecido para a desocupação dos principados havia se encerrado; já se aproximava o dia da Batalha de Sinope. As últimas cartas recebidas por Insárov insistiam em chamá-lo de volta à pátria. Sua

---

[94] Em francês, no original: "Um criado! Que humilhação!".

saúde ainda não se restabelecera; ele tossia, sentia fraqueza, leves ataques de febre, mas quase não ficava em casa. Sua alma havia sido incendiada; ele já não pensava na doença. Percorria Moscou sem parar, encontrava-se às escondidas com várias pessoas, escrevia noites a fio, desaparecia dias inteiros, anunciou ao senhorio que logo estaria de partida e lhe presenteou de antemão sua mobília simples. Elena, por sua vez, também se preparava para a partida. Em uma noite de tempo ruim, estava sentada em seu quarto e, cosendo lenços com uma melancolia involuntária, ouvia os uivos do vento. Sua camareira entrou e lhe disse que o paizinho estava no quarto da mãezinha e a chamava para lá... "A mãezinha está chorando", sussurrou a Elena, que estava de saída, "e o paizinho está furioso...".

Ela deu suavemente de ombros e entrou no quarto de Anna Vassílievna. A benevolente esposa de Nikolai Artiémievitch estava semideitada em uma poltrona reclinável e cheirava um lenço com água de colônia; o próprio estava perto da lareira todo abotoado, uma gravata alta e dura e uma gola fortemente engomada, lembrando vagamente com sua postura um orador do parlamento. Com um movimento de mãos típico de um orador, apontou a cadeira para sua filha e, quando ela, sem entender seu movimento, olhou-o com um ar de interrogação, proferiu com dignidade, mas sem voltar a cabeça: "Peço-lhe que a senhorita se sente". (Nikolai Artiémievitch sempre tratava com *formalidade* a esposa, mas a filha só em casos extraordinários.)

Elena se sentou.

Anna Vassílievna limpou lacrimosa o nariz. Nikolai Artiémievitch pousou a mão direita na fresta da sobrecasaca.

– Eu mandei chamá-la, Elena Nikoláievna – começou ele depois de um longo silêncio –, com o objetivo de lhe pedir explicações, ou melhor, de lhe exigir explicações. Estou descontente com a senhorita; não, isso é muito pouco; vossa conduta me aflige, me insulta, a mim e a vossa mãe... vossa mãe, que a senhorita está vendo aqui.

Nikolai Artiémievitch empregava apenas as notas graves de sua voz. Elena olhou para ele em silêncio, depois para Anna Vassílievna e ficou pálida.

— Houve um tempo – começou de novo Nikolai Artiémievitch – em que as filhas não se permitiam olhar com arrogância seus pais, em que o poder paterno fazia tremer os insubmissos. Esse tempo passou, infelizmente; ao menos, é o que muitos pensam; mas, acredite, ainda existem leis que não permitem... que não permitem... resumindo, ainda existem leis. Peço-lhe para prestar atenção nisso: as leis existem.
— Mas, paizinho... – quis começar Elena.
— Peço-lhe para não me interromper. Voltemos nossos pensamentos para o passado. Anna Vassílievna e eu cumprimos com nosso dever. Anna Vassílievna e eu não poupamos nada com sua educação, nem os gastos nem os cuidados. Que proveito a senhorita tirou de todos esses cuidados, desses gastos, já é outra questão; mas eu tinha o direito de pensar, Anna Vassílievna e eu tínhamos o direito de pensar que a senhorita ao menos preservaria como sagradas as regras da moralidade que *nous vous avons inculqués...* que nós incutimos na senhorita... na senhorita, como nossa única filha. Nós tínhamos o direito pensar que nem uma dessas novas "ideias" abalaria esse, por assim dizer, precioso santuário. E, então, o quê? Já nem estou falando da frivolidade inerente a vosso sexo, a vossa idade... mas quem poderia esperar que a senhorita se esqueceria a tal ponto...
— Papai – disse Elena –, eu sei o que o senhor está querendo dizer...
— Não, você não sabe o que estou querendo dizer! – gritou em falsete Nikolai Artiémievitch, traindo de repente tanto a majestade da postura parlamentar quanto a importância harmoniosa do discurso, além das notas graves. – Você não sabe, menina insolente!
— Pelo amor de Deus, *Nicolas* – murmurou Anna Vassílievna –, *ous me faites mourir*[95].
— Não me diga isso, que *je vous fais mourir*[96], Anna Vassílievna! A senhora nem pode imaginar o que vai ouvir agora... Prepare-se para o pior, estou prevenindo a senhora!

---

[95] Em francês, no original: "o senhor me mata".
[96] Em francês, no original: "eu vou matar a senhora".

Anna Vassílievna ficou toda estupefata.
— Não — continuou Nikolai Artiémievitch dirigindo-se a Elena —, você não sabe o que estou querendo dizer!
— Sou culpada diante dos senhores... — começou ela.
— Ah, finalmente!
— Sou culpada diante dos senhores — continuou Elena — por não ter confessado há muito tempo...
— Mas será que a senhorita sabe — interrompeu-a Nikolai Artiémievitch — que eu posso aniquilá-la com uma palavra?
Elena levantou os olhos para ele.
— Sim, senhorita, com uma palavra! Não fique me olhando.
— Ele cruzou os braços sobre o peito. — Permita-me perguntar-lhe se a senhorita conhece uma certa casa na travessa N..., próximo à rua Povarskaia? A senhorita visitou essa casa? (Ele bateu o pé.) Responda já, imprestável, e nem pense em mentir! As pessoas, as pessoas, os lacaios, senhorita, *des vils laquais*[97], viram como entrou lá, na casa de vosso...
Elena corou-se toda e seus olhos começaram a brilhar.
— Não tenho por que mentir — disse ela. — Sim, eu visitei essa casa.
— Perfeito! Está ouvindo, Anna Vassílievna? E a senhorita sabe, provavelmente, quem mora nessa casa?
— Sim, sei: meu marido...
Nikolai Artiémievitch arregalou os olhos.
— Vosso...
— Meu marido — repetiu Elena. — Estou casada com Dmítri Nikanórovtich Insárov.
— Você...? Casada...? — Mal conseguiu pronunciar Anna Vassílievna.
— Sim, mamãe... Perdoe-me... Há duas semanas, nós nos casamos em segredo.
Anna Vassílievna desabou na poltrona; Nikolai Artiémievitch recuou dois passos.
— Casada! Com esse maltrapilho, esse montenegrino! A filha de um fidalgo de quatro costados, Nikolai Stákhov, casou-se com

---

[97] Em francês, no original: "vis lacaios".

um mendigo, um *raznotchínets*[98]. Sem a bênção dos pais! E você acha que eu vou deixar isso assim? Que eu não vou prestar queixa? Que eu permitirei... que você... que... Você vai para um convento, e ele para as galés, para os trabalhos forçados! Anna Vassílievna, digne-se agora mesmo a dizer-lhe que a senhora a está deserdando.
– Nikolai Artiémievitch, pelo amor de Deus – gemeu Anna Vassílievna.
– E quando, de que modo isso se fez? Quem os casou? Onde? Como? Meu Deus! O que dirão agora todos os conhecidos, toda a sociedade! E você, fingida, desavergonhada, pode, depois de um ato desses, morar sob o teto paterno?! Você não teve medo... da ira celestial?
– Papai – disse Elena (ela estava tremendo inteira, dos pés à cabeça, mas sua voz continuava firme) –, o senhor é livre para fazer comigo o que desejar, mas me acusa em vão de falta de vergonha e fingimento. Eu não quis... fazer o senhor sofrer por antecipação, mas, por esses dias, eu iria lhe contar tudo eu mesma, porque, na semana que vem, meu marido e eu vamos partir.
– Vão partir? Para onde isso?
– Para a pátria dele, para a Bulgária.
– Para os turcos! – exclamou Anna Vassílievna, e perdeu as forças.
Elena se lançou sobre a mãe.
– Fora daqui! – bradou Nikolai Artiémievitch e agarrou a filha pela mão. – Fora daqui, indigna!
Mas, nesse instante, a porta do dormitório se abriu e surgiu uma cabeça pálida com olhos cintilantes; era a cabeça de Chúbin.
– Nikolai Artiémievitch! – gritou ele a plenos pulmões. – Avgustina Khristiánovna está aqui e chama pelo senhor!
Nikolai Artiémievitch virou-se furioso e mostrou o punho cerrado para Chúbin, deteve-se por um minuto e saiu depressa do quarto.
Elena caiu aos pés da mãe e abraçou seus joelhos.

* * *

---
[98] No Império Russo do século XIX, intelectual não oriundo da nobreza, mas proveniente do clero, da pequena burguesia, do funcionalismo público, do campesinato, incluindo os estrangeiros, entre outros.

Uvar Ivánovitch estava deitado em sua cama. Sua camisa sem gola, com uma abotoadura graúda, abraçava seu pescoço roliço e se espalhava em dobras vastas e livres por seu peito quase feminino, deixando à mostra uma grande cruz de cipreste e um relicário com incenso. Uma manta leve cobria seus membros largos. A vela ardia opaca na mesinha de cabeceira, perto da caneca de *kvas*[99], e junto aos pés de Uvar Ivánovitch, na cama, estava sentado Chúbin, um tanto tristonho.

– Sim – disse pensativo –, ela está casada e prestes a partir. Vosso querido sobrinho armou um escândalo e berrou tanto que a casa inteira ouviu; trancou-se, em segredo, no dormitório, mas os lacaios, os criados, as camareiras e até os cocheiros ouviram tudo! Ainda agora ele está subindo pelas paredes, por pouco não saiu no braço comigo, está obcecado pela maldição paterna como o urso pelo cepo; porém, a força não está com ele. Anna Vassílievna está acabada, mas a está torturando muito mais a partida da filha do que seu casamento.

Uvar Ivánovitch brincou com os dedos.

– Uma mãe – disse ele –, então... é por isso.

– Vosso sobrinho – continuou Chúbin – está ameaçando prestar queixas para o metropolita, para o governador-geral e para o ministro, mas tudo vai terminar com a partida dela. Quem iria querer arruinar a vida da própria filha!? Vai cantar de galo, depois vai meter o rabo entre as pernas.

– Direitos... não os têm – observou Uvar Ivánovitch e deu um gole da caneca.

– Sim, sim. E que nuvem de julgamentos, falatórios, fofocas não vai se levantar sobre Moscou!? Ela não teve medo deles... Aliás, ela está acima deles. Ela vai partir... e para onde? Dá medo até de pensar! Para que lonjuras, que confins do mundo! O que ela espera encontrar lá? Eu a vejo como se estivesse à noite, em uma nevasca, com um frio de trinta graus negativos, partindo de uma hospedaria. Está se separando da pátria, da família, mas eu a entendo. Quem ela está deixando aqui? Quem ela viu? Os Kurnatóvski, os Bersiéniev, gente de nossa laia; e esses ainda são

---

[99] Refresco típico da Rússia, fermentado a partir do pão de centeio.

os melhores. Ter pena de quê? Uma coisa é ruim: dizem que seu marido... Que diabo, a língua até se recusa a pronunciar essa palavra... Dizem que Insárov está tossindo sangue; isso é ruim. Eu o vi esses dias, o rosto está de um jeito tal que daria agora mesmo para esculpir um Brutus a partir dele... O senhor sabe quem foi Brutus, Uvar Ivánovitch?
– Saber o quê? Um homem.
– Justamente: "Ele foi um homem"[100]. Sim, um rosto notável, mas doente, muito doente.
– Para lutar... tanto faz – disse Uvar Ivánovitch.
– Para lutar, tanto faz, na mosca; o senhor, hoje, digna-se a expressar-se com total justeza, mas, para viver, não tem "tanto faz". O que ela vai querer é viver com ele.
– Coisas da juventude – respondeu Uvar Ivánovitch.
– Sim, coisas da juventude, da glória, da ousadia. Morte, vida, luta, queda, triunfo, amor, liberdade, pátria... Bom, bom. Que Deus dê a todos! Não é o mesmo que estar em um pântano afundando até o pescoço e tentar fingir que tanto faz, quando, em essência, realmente tanto faz. E ali, as cordas estão retesadas, ou ressoem para o mundo, ou se rompam!
Chúbin largou a cabeça sobre o peito.
– Sim – disse ele depois de um longo silêncio. – Insárov está à altura dela. Aliás, que bobagem! Ninguém está à altura dela. Insárov... Insárov... Para que essa falsa resignação? Ora, suponhamos que seja um homem bom, que saiba se defender, embora, até o momento, tenha feito o mesmo que nós, pecadores; e será que somos mesmo essa completa porcaria? Ora, e eu, Uvar Ivánovitch, será que sou uma porcaria? Será que Deus teria mesmo me privado de tudo? Nenhuma qualidade, nenhum talento me deu? Quem sabe se o nome de Pável Chúbin não será, com o tempo, talvez, um nome glorioso? Eis um groche[101] de cobre aqui em vossa mesa. Quem sabe se, algum dia, daqui a cem anos,

---

[100] Citação da fala de Marco Antonio sobre Brutus: "*This was a man*", na tragédia de William Shakespeare *Júlio César* (ato V, cena V).
[101] Termo genérico para moeda de pouco valor; na época em se passa o romance, valia meio copeque.

esse cobre não estará, talvez, na estátua de Pável Chúbin, erguida em sua honra pelas gratas gerações futuras? Uvar Ivánovitch se apoiou no cotovelo e fitou o artista que se inflamara.

— A canção vai longe — disse ele, finalmente, com o costumeiro brincar de dedos — falando sobre os outros, e você... então... sobre si mesmo.

— Oh, grande filósofo da terra russa! — exclamou Chúbin. — Cada palavra sua é puro ouro, não é a mim, mas ao senhor, que se deve erguer uma estátua, e eu mesmo me encarregarei disso. Bem assim como o senhor está deitado agora, nessa mesma pose, sobre a qual não se sabe o que tem mais: preguiça ou força? É bem assim que vou moldá-lo. Com uma justa reprimenda, atingiu meu egoísmo e meu amor-próprio! Sim! Sim! Chega de falar de mim, de me gabar. Entre nós, ainda não há ninguém, não há pessoas aonde quer que se olhe. Todos são ou peixes pequenos, ou roedores, ou Hamletzinhos, ou autoflageladores; ou trevas e confins subterrâneos, ou passam por cima dos outros, ou são cães que ladram mas não mordem ou apenas baquetas para tambor! E ainda há uns que são assim: estudaram a si mesmos até a mais vergonhosa sutileza, conferem o tempo todo o pulso de cada sensação sua, e relatam a si mesmos: eu sinto isso, eu penso aquilo. Uma ocupação muito útil, eficiente! Não, se, entre nós, houvesse pessoas que prestassem, essa moça, essa alma sensível, não estaria partindo daqui, não estaria escapando como um peixe para a água! Mas o que seria isso, Uvar Ivánovitch? Quando é que há de chegar nossa hora? Quando é que há de nascer pessoas aqui?

— Dê tempo — respondeu Uvar Ivánovitch —, hão de vir.

— Hão de vir? Solo! Oh, força da terra negra! Você disse: "hão de vir"? Olhe que eu vou anotar essas suas palavras. Mas por que é que o senhor está apagando a vela?

— Estou com sono, adeus.

XXXI

Chúbin estava dizendo a verdade. A notícia inesperada do casamento de Elena por pouco não matara Anna Vassílievna.

Ela caiu de cama. Nikolai Artiémievitch exigira-lhe que a filha não lhe aparecesse diante dos olhos; parecia estar feliz com a oportunidade de mostrar-se no pleno significado de dono da casa, na plena força de chefe de família: ele o tempo todo vociferava e trovejava em cima das pessoas, repetindo de hora em hora: "Eu vou lhes provar quem sou, vou lhes mostrar, esperem só!". Enquanto ele estava em casa, Anna Vassílievna não via Elena e se contentava com a presença de Zoia, que lhe servia com muito zelo, e ao mesmo tempo pensava consigo mesma: "*Diesen Insaroff vorziehen... und wem?*[102]". Mas tão logo Nikolai Artiémievitch partia (o que acontecia com bastante frequência: Avgustina Khristiánovna de fato havia retornado), Elena vinha ter com sua mãe, e esta, por muito tempo, calada, com lágrimas nos olhos, ficava olhando para ela. Essa reprovação muda penetrava no coração de Elena mais que qualquer outra; então, sentia não arrependimento, mas uma profunda e infinita piedade, semelhante a um arrependimento.

– Mamãe, querida mamãe! – repetia-lhe ela, beijando-lhe as mãos. – O que eu podia fazer, então? Não tenho culpa de ter me apaixonado por ele, não podia agir de outra forma. Culpe o destino: foi ele que me aproximou de um homem que não agrada o papai e que está me levando para longe dos senhores.

– Oh! – interrompia Anna Vassílievna. – Nem me fale disso. Quando me lembro de que você quer partir, meu coração desmorona!

– Querida mamãe – respondia Elena –, ao menos console-se pensando que talvez fosse pior: eu poderia ter morrido.

– Mesmo assim, não tenho mais esperança de vê-la. Ou você vai terminar a vida lá, em algum lugar, numa cabana (Anna Vassílievna imaginava a Bulgária como algo próximo das tundras siberianas), ou eu não vou aguentar a separação...

– Não diga isso, bondosa mamãe, ainda nos veremos, se Deus quiser. Além do mais, na Bulgária também há cidades como as daqui.

---

[102] Em alemão, no original: "Preferir esse Insárov... e a quem?".

– Há cidades coisa nenhuma! Lá está em guerra agora; lá, agora, eu acho, aonde quer que você vá, ficam dando tiros de canhões... É logo que você pretende viajar?

– É logo... a não ser que papai... Ele quer prestar queixa, ameaça nos separar.

Anna Vassílievna levantou os olhos para o céu.

– Não, Liénotchka, ele não vai prestar queixas. Eu mesma por nada concordaria com esse casamento, antes preferiria morrer; mas a algo feito não se volta atrás, e eu não vou deixar que desonrem minha filha.

Assim se passaram alguns dias. Anna Vassílievna juntou forças, por fim, e, certa noite, trancou-se com o marido no quarto. Tudo na casa aquietou-se e recolheu-se. A princípio, não se escutava nada; depois, começou a bramir a voz de Nikolai Artiémievitch, depois se travou uma discussão, levantaram-se gritos, pareceu que se ouviram até gemidos... Chúbin, junto com as camareiras e Zoia, já se preparava para de novo ir em resgate; mas o barulho no dormitório começou a arrefecer, transformou-se em uma conversa... e se acabou. Apenas de vez em quando soavam fracos soluços, mas mesmo eles cessaram. Tintilaram-se as chaves, ouviu-se o ranger da escrivaninha sendo aberta... A porta se abriu, e surgiu Nikolai Artiémievitch. Olhou severamente para todos que encontrou e foi ao clube; já Anna Vassílievna mandou chamar Elena, abraçou-a com força e, desfazendo-se em lágrimas amargas, disse:

– Está tudo arranjado, ele não vai criar histórias e nada lhe impede agora de partir... de nos abandonar.

– Os senhores permitirão que Dmítri venha agradecê-los? – perguntou Elena a sua mãe, assim que ela se acalmou um pouco.

– Espere, minha alma, não consigo olhar para aquele que vai nos separar... Teremos tempo antes da partida.

– Antes da partida – repetiu com tristeza Elena.

Nikolai Artiémievitch concordou em "não criar histórias"; mas Anna Vassílievna não contou a sua filha qual foi o preço que colocou em seu consentimento. Ela não lhe contou que prometera pagar todas as dívidas dele e, ainda, entregara-lhe em mãos mil rublos em prata. Além disso, anunciou terminantemente a Anna

Vassílievna que não desejava encontrar-se com Insárov, o qual continuava a chamar de montenegrino; e, ao chegar ao clube, começou a falar sem qualquer necessidade com seu parceiro, um general da engenharia reformado, sobre o casamento de Elena.

– Os senhores ouviram – dizia ele com um falso desdém – que minha filha, devido a tanta leitura, casou-se com um estudante? O general olhou para ele por cima dos óculos, murmurou:

– Hum! – e lhe perguntou: – Qual vai ser sua aposta?

XXXII

E assim se aproximava o dia da partida. Novembro já estava quase no fim, os últimos prazos já estavam expirando. Insárov já havia um tempo terminara todos os seus preparativos e ardia nele o desejo de escapar de Moscou o mais rápido possível. O médico também o apressava:

– O senhor precisa de um clima ameno – dizia-lhe –, aqui o senhor não vai se recuperar.

A ansiedade também atormentava Elena; afligia-lhe a palidez de Insárov, sua magreza. Muitas vezes, assustava-se sem querer ao ver como estavam transformadas suas feições. A situação na casa paterna havia se tornado insuportável. A mãe se lamuriava sobre ela como sobre uma falecida, e o pai a tratava com uma frieza desdenhosa: a proximidade da separação também o martirizava em segredo, mas considerava seu dever, o dever de um pai ultrajado, esconder seus sentimentos, sua fraqueza. Finalmente, Anna Vassílievna quis ver Insárov. Levaram-no até ela às escondidas, pela entrada dos fundos. Quando ele entrou no quarto, ela, por muito tempo, não conseguiu iniciar a conversa, não tinha sequer coragem de olhar em sua direção: ele se sentou perto de sua poltrona e, com um decoro tranquilo, esperou por sua primeira palavra. Elena se sentou ali mesmo e segurava na sua a mão de sua mãe. Anna Vassílievna, finalmente, levantou os olhos e disse: "Que Deus o julgue, Dmítri Nikanórovitch..." – e se deteve: as recriminações haviam se congelado em seus lábios.

– Ora, o senhor está doente – exclamou ela. – Elena, veja, ele está doente!

– Eu andei indisposto, Anna Vassílievna – respondeu Insárov – e mesmo agora ainda não estou recuperado por completo; mas espero que os ares de minha pátria me reconstituam definitivamente.
– Sim... a Bulgária! – balbuciou Anna Vassílievna e pensou: "Meu Deus, um búlgaro, um moribundo, com essa voz de barril, olhos de cova, pele e osso como um esqueleto, o casaco como se viesse de ombros alheios, amarelo como uma margarida... E ela é esposa dele, ela o ama... Isso só pode ser um pesadelo...".
Mas ela logo caiu em si. – Dmítri Nikanórovitch – disse ela –, o senhor deve... deve partir, sem falta?
– Sem falta, Anna Vassílievna.
Anna Vassílievna olhou para ele.
– Oh, Dmítri Nikanórovitch, queira Deus que o senhor não passe pelo que estou passando... Mas me prometa protegê-la, amá-la... Necessidades vocês não vão passar enquanto eu estiver viva!
As lágrimas abafaram sua voz. Ela abriu os braços, e tanto Elena quanto Insárov aconchegaram-se nela.

* * *

O fatídico dia havia, por fim, chegado. Foi combinado que Elena se despediria dos pais em casa e sairia para a viagem das instalações de Insárov. A partida estava marcada para as doze horas. Faltando um quarto de hora, chegou Bersiéniev. Ele acreditava que encontraria Insárov com seus compatriotas, que iriam querer despedir-se dele; mas todos já haviam ido antes; entre eles, os dois indivíduos misteriosos que o leitor já conhece (serviram de testemunhas no casamento de Insárov). O alfaiate recebeu o "bom senhor" com uma reverência; ele, não se sabe se de tristeza, ou talvez de alegria por ter herdado os móveis, acabou bebendo demais; a esposa logo o levou embora. No quarto, tudo já estava arrumado; uma mala, atada por uma corda, estava em pé sobre o chão. Bersiéniev ficou pensativo: muitas lembranças passaram em sua alma.

O relógio já havia batido as doze horas fazia tempo, e o cocheiro já havia trazido os cavalos, mas o "casal" ainda não havia aparecido. Finalmente, ouviram-se passos apressados na escada, e Elena entrou na companhia de Insárov e Chúbin. Os olhos de Elena estavam vermelhos: deixara sua mãe de cama, desfalecida; a despedida fora muito pesada. Elena já não via Bersiéniev havia mais de semana: nos últimos tempos, vinha frequentando pouco os Stákhov. Ela não esperava encontrá-lo e exclamou: "O senhor! Sou muito grata!", e se atirou em seu pescoço; Insárov também o abraçou. Fez-se um torturante silêncio. O que poderiam dizer essas três pessoas, o que sentiam esses três corações? Chúbin percebeu a necessidade de um som vivo, de uma palavra que acabasse com a tortura.

– Está reunido de novo nosso *trio* – começou ele –, pela última vez! Rendamo-nos aos mandamentos do destino, guardemos do passado as boas lembranças... e vamos com Deus para a nova vida! "Com Deus, em uma longa jornada[103]" – cantou e se deteve. De repente, sentiu vergonha e embaraço. É pecado cantar ali onde jaz um defunto; e naquele momento, naquele quarto, estava morrendo o passado que ele mencionara, o passado das pessoas que estavam reunidas ali. Estava morrendo para o renascimento de uma nova vida, digamos assim... mas, de todo modo, estava morrendo.

– Bem, Elena – começou Insárov, voltando-se para a esposa –, parece-lhe que está tudo pronto? Tudo pago, empacotado. Só falta descer esta mala. Senhorio!

O senhorio entrou no quarto com a mulher e a filha. Ouviu, balançando ligeiramente, a ordem de Insárov, jogou a mala em suas costas e correu ligeiro escada abaixo, batendo com as botas.

– Agora, de acordo com o costume russo, é preciso sentar – observou Insárov.

Todos se sentaram: Bersiéniev se acomodou no velho sofazinho; Elena sentou-se perto dele; a patroa e sua filha agacharam-se na soleira. Todos estavam calados; todos carregavam um sorriso tenso, e ninguém sabia por que estava sorrindo; cada um deles queria dizer algo como despedida, e cada um (exceto, evidentemente, a patroa e sua filha: estas apenas arregalavam os olhos),

---

[103] Primeiro verso do "Canto fúnebre de Iakinf Maglanóvitch" (*Canções dos eslavos ocidentais*, VII), de Aleksandr Púchkin.

cada um deles sentia que em momentos assim era permitido dizer apenas banalidades, que qualquer palavra significativa ou inteligente ou, simplesmente, sincera seria algo inapropriado, quase falso. Insárov foi o primeiro a levantar-se e começou a persignar-se... "Adeus, nosso quartinho!", exclamou ele. Soaram beijos, beijos da separação, sonoros, mas frios, os desejos reticentes da despedida, as promessas de escrever, as últimas e semiabafadas palavras de adeus...

Elena, desfeita em lágrimas, já estava se sentando na carruagem; Insárov cobria cuidadosamente os pés dela com o tapete; Chúbin, Bersiéniev, o senhorio, sua esposa, sua filha com o inevitável lenço na cabeça, o zelador, um artesão estranho de roupão listrado, estavam todos de pé junto ao alpendre, quando, de repente, entrou voando no pátio um rico trenó puxado por um trotador fogoso, e desse trenó, sacudindo a neve das golas do capote, saltou Nikolai Artiémievitch.

– Vim a tempo, graças a Deus – exclamou ele e correu em direção à carruagem. – Aqui está, Elena, nossa última bênção paterna – disse ele, inclinando-se sob o toldo e, depois de tirar do bolso da sobrecasaca um ícone costurado em uma bolsinha de veludo, colocou-o em seu pescoço. Ela se desfez em prantos e pôs-se a beijar suas mãos, enquanto o cocheiro tirou da frente do trenó uma meia garrafa de champanhe e três taças.

– Bem! – disse Nikolai Artiémievitch, cujas lágrimas não paravam de cair sobre a gola de castor de seu capote. – É preciso se despedir... e desejar...

E pôs-se a despejar o champanhe; suas mãos tremiam, a espuma subia pelas bordas e caía sobre a neve. Ele pegou uma taça e entregou as duas outras a Elena e Insárov, que já tivera tempo de se acomodar ao lado dela.

– Que Deus lhes dê... – começou Nikolai Artiémievitch, mas não conseguiu terminar, e bebeu o vinho; eles também beberam. – Agora seria a vez dos senhores – acrescentou ele, dirigindo-se a Chúbin e Bersiéniev, mas, nesse momento, o cocheiro tocou os cavalos. Nikolai Artiémievitch correu ao lado da carruagem.

– Escute, escreva para nós – dizia ele, como uma voz entrecortada. Elena colocou a cabeça para fora e disse:

— Adeus, papai, Andrei Petróvitch, Pável Iákovlevitch, adeus, todo mundo, adeus, Rússia! – E recostou-se. O cocheiro levantou o chicote e assobiou; a carruagem, rangendo suas lâminas sobre a neve, pegou à direita do portão... e desapareceu.

XXXIII

Era um dia claro de abril. Pela grande lagoa que separa Veneza da estreita faixa de areia trazida pelo mar, o Lido, deslizava uma gôndola de proa pontiaguda, balançando em compasso a cada impulso do gondoleiro que se inclinava sobre o remo. Sob seu teto baixo, em macias almofadas de couro, estavam sentados Elena e Insárov.

As feições do rosto de Elena não haviam mudado muito desde o dia de sua partida de Moscou, mas sua expressão estava diferente: estava mais resoluta e rígida, e os olhos miravam com mais audácia. Todo o seu corpo florescera, e os cabelos pareciam cair mais frondosos e espessos por sobre a testa branca e as bochechas viçosas. Apenas em seus lábios, quando não sorria, notava-se, por uma dobra quase imperceptível, a presença de uma preocupação secreta e constante. A expressão do rosto de Insárov, pelo contrário, permanecia a mesma, mas suas feições haviam mudado cruelmente. Emagrecera, envelhecera, empalidecera, curvara-se; tossia quase sem parar, com uma tosse curta e seca, e seus olhos encovados refletiam um brilho estranho. No caminho a partir da Rússia, Insárov caiu doente e passou quase dois meses de cama em Viena – apenas no fim de março chegou com a esposa a Veneza: de lá, tinha esperanças de conseguir alcançar, por Zara[104], a Sérvia, a Bulgária; outros caminhos estavam fechados para ele. A guerra estava fervilhando no Danúbio; a Inglaterra e a França já haviam declarado guerra contra a Rússia, todas as terras eslavas se agitavam e se preparavam para uma revolta.

A gôndola atracou na margem interior do Lido. Elena e Insárov caminharam por um estreito caminho de areia ladeado por

---

[104] Nome italiano que então designava a cidade de Zadar, atualmente na Croácia.

árvores pequeninas e mirradas (todos os anos são plantadas, morrem todos os anos), em direção à margem exterior do Lido, ao mar. Caminhavam pela costa. O Adriático rolava diante deles suas ondas turvas e azuis; espumavam, sibilavam, erguiam-se e, quando recuavam, deixavam na areia pequenas conchas e retalhos de plantas marinhas.

– Que lugar triste! – observou Elena. – Receio que aqui seja frio demais para você; mas posso adivinhar por que quis vir para cá.

– Frio! – retrucou Insárov com um sorriso rápido, mas amargo. – Que bom soldado serei, se tiver medo do frio. Eu vim para cá, vou lhe contar para quê. Olho para este mar e me parece que aqui estou mais perto de minha pátria. Afinal, ela está lá – acrescentou Insárov, estendo o braço para o leste. – Até o vento sopra dali.

– Será que esse vento trará aquele navio pelo qual você está esperando? – disse Elena. – Veja, há uma vela branca ali, não seria ele?

Insárov olhou para o horizonte marinho, para onde lhe apontava Elena.

– Rendić prometeu arranjar tudo em uma semana – observou ele. – Parece que se pode confiar nele... Você ouviu, Elena – acrescentou ele com um ânimo repentino –, dizem que os pobres pescadores dálmatas sacrificaram suas chumbadas, sabe, aqueles pesos que fazem as redes descerem até o fundo, para fazer balas! Dinheiro eles não tinham, sobrevivem somente da pesca; mas eles, com alegria, ofertaram seu último bem e agora estão passando fome. Que povo!

– *Aufgepasst*[105]! – gritou em suas costas uma voz altiva. Soou o trote surdo dos cascos de um cavalo, e um oficial austríaco, com uma túnica cinza curta e um quepe verde, ultrapassou-lhes galopando... E eles mal tiveram tempo de se afastar.

Insárov o seguiu com um olhar sombrio.

– Ele não tem culpa – disse Elena –, você sabe, eles aqui não têm outro lugar para treinar os cavalos.

---

[105] Em alemão, no original: "Cuidado!".

A VÉSPERA

– Ele não tem culpa – disse Insárov –, mas agitou meu sangue com seu grito, seu bigode, seu quepe, toda a sua aparência. Vamos voltar.

– Vamos voltar, Dmítri. Além disso, aqui realmente está ventando. Você não se cuidou depois de sua doença em Moscou e pagou por isso em Viena. Agora precisa ser mais cauteloso.

Insárov não disse nada, apenas o mesmo sorriso amargo de antes deslizou em seus lábios.

– Quer? – continuou Elena. – Vamos passear pelo Canal Grande. Olhe, desde que chegamos aqui, não pudemos conhecer bem Veneza. E à noite vamos ao teatro: tenho duas entradas para o camarote. Dizem que está em cartaz uma nova ópera. Se quiser, dedicamos o dia de hoje um ao outro, esqueceremos a política, a guerra, tudo, e vamos saber de apenas uma coisa: que nós vivemos, respiramos e pensamos juntos, que estamos unidos para sempre... Quer?

– Você quer isso, Elena – respondeu Insárov –, portanto, eu também quero.

– Eu sabia – observou Elena com um sorriso. – Vamos, vamos.

Eles voltaram para a gôndola, sentaram-se e pediram para ser levados sem pressa pelo Canal Grande.

Quem não viu Veneza em abril dificilmente conhece todo o encanto inefável dessa cidade mágica. A mansidão e a suavidade da primavera caem bem a Veneza como um sol brilhante de verão à magnífica Gênova, como o ouro e a púrpura do outono à grandiosa anciã – Roma. Semelhante à primavera, a beleza de Veneza toca e desperta desejos; elanguesce e provoca o coração inexperiente com a promessa de uma felicidade próxima, que não é indecifrável, mas é misteriosa. Tudo nela é claro, compreensível, e tudo se cobre de uma névoa sonolenta, de um silêncio apaixonado: tudo nela é silencioso, e tudo é bem-vindo; tudo nela é feminino, a começar pelo próprio nome: não é por acaso que somente a ela se dá o nome de *Bela*. As imensidões dos palácios, das igrejas, leves e fascinantes como o sonho harmonioso de um jovem deus; há algo de fantástico, algo estranho e encantador no brilho verde-acizentado e nos tons sedosos da onda muda dos canais, no silencioso deslizar das gôndolas, na ausência dos brutos sons urbanos, das batidas, dos estalidos e alaridos brutos. "Veneza está morrendo, Veneza está vazia", dizem-lhe seus moradores; mas, talvez, esse último encanto, o encanto de secar em pleno florescer e triunfo da beleza seja o que lhe estava faltando. Quem não a viu não a conhece: nem Canaletto nem Guardi[106] (sem falar dos pintores mais novos) são capazes de transmitir essa ternura prateada do ar, esses horizontes fugidios e próximos, essa divina consonância dos contornos mais refinados e das cores se derretendo. Aquele que já viveu, que já foi quebrado pela vida, não deve visitar Veneza: ela lhe será amarga como a lembrança dos sonhos não realizados dos primeiros dias; mas ela será doce àquele em que ainda fervem as forças, àquele que se sente afortunado; que traga sua felicidade para baixo de seus céus encantados, e, por mais radiante que ela seja, Veneza a cobrirá ainda mais com seu brilho dourado e inextinguível.

A gôndola na qual estavam sentados Insárov e Elena passou vagarosamente pela Riva dei Schiavoni[107], pelo Palácio Ducal, pela *piazzetta* de São Marcos e entrou no Canal Grande. Dos dois lados, estendiam-se palácios de mármore, que pareciam flutuar em silêncio, quase não dando tempo de serem abarcados com o olhar e compreendidos em toda a sua beleza. Elena se sentia profundamente feliz; no azul de seu céu, havia apenas uma nuvenzinha escura, e mesmo ela estava se afastando: naquele dia, Insárov se sentia bem melhor. Eles chegaram até o íngreme arco do Rialto e voltaram. Elena temia que o frio das igrejas fizesse mal a Insárov; mas ela se lembrou da Accademia delle Belle Arti e pediu ao gondoleiro que os levasse para lá. Percorreram rapidamente todas as salas daquele pequeno museu. Não sendo conhecedores nem diletantes, não paravam diante de cada quadro, não se forçavam: uma alegria leve pousou subitamente sobre eles. De repente, tudo lhes pareceu muito engraçado (as crianças conhecem bem essa

---

[106] Giovanni Antonio Canal (1697-1768), conhecido como Canaletto, e Francesco Guardi (1712-1793), expoentes da escola veneziana de pintura no século XVIII.

[107] Na realidade, Riva degli Schiavoni – literalmente, "orla dos eslavos", em referência às embarcações que chegavam da Dalmácia e de outras regiões próximas com população eslava.

sensação). Para o grande escândalo de três visitantes ingleses, Elena gargalhava até as lágrimas sob o São Marcos de Tintoretto, que pulava do céu feito um sapo n'água para salvar um escravo sendo torturado; por sua vez, Insárov ficou encantado com as costas e as panturrilhas daquele homem vigoroso em um clâmide verde que se destaca no primeiro plano da *Assunção* de Tiziano[108] e ergue as mãos em direção à Madona; já a própria Madona – uma mulher maravilhosa, forte, que se dirige calma e majestosamente ao seio do Deus-pai – impressionou tanto Insárov quanto Elena; agradou-lhes também um quadro sóbrio e sacro do velho Cima da Conegliano. Ao sair da Accademia, voltaram mais uma vez os olhares para os ingleses que vinham no encalço, com dentes longos e fendidos como os de lebres e costeletas pendentes... e riram; viram seu gondoleiro com jaqueta e pantalonas curtas... e riram; viram a vendedora com um coque nos cabelos grisalhos bem no alto da cabeça... e riram mais ainda; olharam, finalmente, um para o rosto do outro... e caíram na gargalhada, e tão logo se sentaram na gôndola, apertaram com muita, muita firmeza as mãos um do outro. Chegaram ao hotel, correram até o quarto e pediram para servir o almoço. A alegria não os abandonava mesmo à mesa. Serviam um ao outro, bebiam à saúde dos amigos de Moscou, aplaudiram o *cameriere*[109] pelo prato de peixe saboroso e o tempo todo exigiam dele *frutti di mare* vivos; o *cameriere* ficava acanhado e arrastava as pernas e, ao deixá-los, balançou a cabeça e até sussurrou com um suspiro: *poveretti*! (pobrezinhos!). Depois do jantar, foram ao teatro.

No teatro, estavam apresentando uma ópera de Verdi, bastante vulgar, para falar a verdade, mas que já tivera tempo de percorrer todos os palcos europeus, uma ópera que nós, russos, conhecemos muito bem: *La Traviata*. A temporada em Veneza já havia acabado, e nenhum cantor se elevava acima do nível da mediocridade; cada um gritava o quanto lhe permitissem

---

[108] Referência à pintura *A assunção da Virgem*, de Tiziano Vecellio (1488-1576). Turguêniev, ao descrever de memória, confunde-se com o traje do homem, que é não uma clâmide verde, e sim uma túnica alaranjada.

[109] Em italiano, no original: "camareiro".

suas forças. O papel de Violetta era interpretado por uma atriz sem reputação e, a julgar pela frieza do público para com ela, era pouco querida, mas não privada de talento. Era uma moça jovem, não muito bonita, de olhos negros, uma voz não muito regular e já quebrada. Estava vestida de modo tão colorido e ruim que chegava a ser ingênuo: uma rede vermelha cobria seu cabelo, o vestido de cetim azul desbotado pressionava seu peito, as luvas suecas grossas subiam até os cotovelos pontiagudos; e como ela, filha de algum pastor de Bérgamo, poderia saber como se vestem as camélias parisienses?! Nem se portar no palco ela sabia; mas em sua interpretação havia muita verdade e uma simplicidade ingênua, e ela cantava com uma paixão especial pela expressão e pelo ritmo, a qual somente os italianos dominam. Elena e Insárov estavam sentados juntos, em um camarote escuro, bem próximo ao palco; o humor brincalhão que os arrebatara na Accademia delle Belle Arti ainda não havia passado. Quando o pai do jovem infeliz que havia caído nas redes da sedutora surgiu no palco de fraque cor de ervilha e peruca branca desgrenhada, abriu a boca de um jeito torto e, ele mesmo constrangido de antemão, soltou um triste *tremolo* baixo, eles, por pouco, não explodiram em riso... Mas a interpretação de Violetta teve efeito sobre eles.

– Essa pobre moça quase não recebe aplausos – disse Elena –, mas eu a prefiro mil vezes a uma celebridade secundária autoconfiante, que faria palhaçadas e caretas e apostaria tudo no efeito. Essa é como se não estivesse para brincadeiras: veja, ela nem nota o público.

Insárov se apoiou na beirada do camarote e olhou atentamente para Violetta.

– Sim – disse ele –, ela não está brincando: a morte está no ar.

Elena ficou em silêncio.

Começou o terceiro ato. A cortina se levantou... Elena estremeceu ao ver a cama, as cortinas fechadas, os frascos com remédio, a lâmpada coberta... Lembrou-se de um passado próximo... "E o futuro? E o presente?", passou por sua cabeça. Como se de propósito, em resposta à tosse fingida da atriz, soou no camarote a tosse abafada e verdadeira de Insárov... Ela lhe lançou um olhar furtivo e logo atribuiu-se feições de serenidade e calma; Insárov a entendeu e começou ele mesmo a sorrir e até entoou um pouco a melodia. Mas logo ele ficou em silêncio. A interpretação de Violetta se tornava cada vez melhor, cada vez mais livre. Livrara-se de tudo o que era supérfluo, desnecessário e *havia encontrado a si mesma*: uma felicidade rara, a mais sublime para um artista! Ela, de repente, ultrapassou aquela linha impossível de ser definida, mas atrás da qual mora a beleza. O público avivou-se, surpreendeu-se. A moça feia de voz quebrada começou a tomá-lo em suas mãos, dominá-lo. Mesmo a voz da cantora já não soava quebrada: aquecera-se e fortalecera-se. Apareceu "Alfredo"; a exclamação alegre de Violetta por pouco não levantou aquela tempestade cujo nome é *fanatismo* e diante da qual todos os nossos uivos setentrionais não são nada... Um instante – e o público novamente congelou. Iniciou-se um dueto, a melhor cena da ópera, na qual o compositor logrou expressar todas as lástimas da juventude insanamente desperdiçada, o último combate do amor desesperado e impotente. Fascinada, tomada pelo enlevo da compaixão comum, com as lágrimas de alegria de uma artista e um sofrimento verdadeiro nos olhos, a cantora se entregou à onda que a elevava, seu rosto se transformou, e, diante do aterrorizante fantasma da morte que se aproximara de repente, com tal ímpeto de súplica que alcança o céu, as palavras lhe eclodiram: "*lasciami vivere... morir si giovane!*"[110] (Deixe-me viver... morrer tão jovem!), e todo o teatro, satisfeito, crepitou em aplausos furiosos e gritos entusiasmados.

Elena congelou toda. Começou, em silêncio, a buscar a mão de Insárov, encontrou-a e apertou-a com força. Ele respondeu a seu aperto; mas nem ela olhou para ele nem ele para ela. Esse aperto não era parecido àquele com o qual, algumas horas antes, haviam cumprimentado um ao outro na gôndola.

Navegaram para seu hotel novamente pelo Canal Grande. A noite já havia chegado, uma noite clara e suave. Os mesmos

---

[110] Aqui, mais uma vez, Turguêniev confunde-se: o verso presente no libreto de Verdi é "*Ah, gran Dio!... morir si giovane*".

palácios se estendiam a seu encontro, mas eles pareciam diferentes. Aqueles que eram iluminados pela lua brilhavam em tons dourados, e nessa alvura pareciam sumir os detalhes das decorações e os contornos das janelas e das varandas, que se destacavam com mais nitidez naqueles prédios cobertos pela névoa leve e uniforme da sombra. As gôndolas, com suas luzinhas vermelhas, pareciam correr de modo mais inaudível e rápido ainda; suas cristas de aço brilhavam misteriosas, os remos subiam e desciam misteriosos por sobre os peixinhos prateados das correntes revoltas; aqui e ali, os gondoleiros soltavam exclamações breves e abafadas (hoje não cantam mais), outros sons quase não se ouviam. O hotel onde estavam morando Insárov e Elena ficava na Riva dei Schiavoni; mas, antes de chegar ao destino, desceram da gôndola e deram algumas voltas ao redor da praça de São Marcos, sob os arcos, onde diante dos pequeninos cafés se aglomeravam multidões de ociosos. Caminhar com um ser querido em uma cidade estranha, entre estranhos, possui uma graça especial: tudo parece maravilhoso e significativo, deseja-se a todos o bem, a paz e aquela mesma felicidade da qual se está repleto. Mas Elena já não podia se entregar sem preocupações à sensação de sua felicidade: seu coração, abalado pelas recentes impressões, não conseguia se acalmar; já Insárov, ao passar em frente ao Palácio Ducal, apontou em silêncio para as bocas dos canhões austríacos que espreitavam por debaixo dos arcos inferiores e enterrou o chapéu na altura das sobrancelhas. Além do mais, ele se sentia cansado – e, depois de olhar pela última vez a igreja de São Marcos, suas cúpulas, em cujo chumbo azulado os raios da lua acendiam manchas de uma luz fosfórica, voltaram lentamente para casa.

As janelas de seu quartinho davam para uma lagoa ampla que se estendia da Riva dei Schiavoni até Giudecca. Quase em frente ao hotel, erguia-se a torre pontiaguda de São Jorge; à direita, brilhava alta no ar a bola dourada de Dogana, e, decorada como uma noiva, erguia-se a mais bela das igrejas, a Redentore, de Palladio[111]; à esquerda, pratejavam os mastros e as vergas dos

---

[111] Igreja do Santíssimo Redentor, projetada pelo arquiteto vêneto Andrea Palladio (1508-1580).

navios, os tubos dos barcos a vapor; aqui e ali pendia como uma asa ferida uma vela recolhida pela metade, e as flâmulas mal se moviam. Insárov se sentou diante da janela, mas Elena não o deixou admirar a vista por muito tempo; de repente, fora tomado pela febre e por uma fraqueza devoradora. Ela o colocou na cama e, quando ele caiu no sono, voltou em silêncio para a janela. Oh, quão silenciosa e terna era a noite, com que mansidão cândida exalava o ar azul, como todo sofrimento, toda desgraça, deveria se aquietar e repousar diante desse céu claro, desses raios santos e inocentes! "Oh, Deus!", pensava Elena. "Para que a morte, para que a separação, a doença, as lágrimas? Ou para que essa beleza, essa doce sensação de esperança, para que a consciência tranquilizadora de um refúgio duradouro, de uma proteção imutável, de auspícios imortais? Mas o que significa esse céu sorridente que abençoa, essa terra feliz que descansa? Será que tudo isso existe apenas dentro de nós, e fora, só frio e silêncio eternos? Será que estamos sozinhos... sozinhos... e lá, em todo lugar, em todos esses abismos e profundezas inalcançáveis, tudo, tudo nos é alheio? Por que, então, esse anseio e alegria da súplica?" (*Morir si giovane*, ressoava em sua alma...) "Será que é impossível alcançar um milagre, desviar, salvar...? Oh, Deus! Será que é impossível acreditar em um milagre?" Ela apoiou a cabeça nos punhos cerrados.

"Foi suficiente?", sussurrou. "Será que já foi suficiente?! Fui feliz não apenas por minutos, não por horas, não por dias inteiros... não, por semanas inteiras a fio. E com que direito?" Sentiu-se apavorada de sua felicidade. "E se isso for proibido?", pensou. "E se não for dado de graça? Afinal, era o céu... e nós somos pessoas pobres, pecadoras... *Morir si giovane*... Oh, fantasma sombrio, retire-se! Não é só para mim que a vida dele é necessária!"

"Mas e se isso for um castigo", pensou ela novamente, "se nós devemos agora fazer o pagamento integral por nossa culpa? Minha consciência estava tranquila, ela também está tranquila agora, mas seria isso prova de inocência? Oh, Deus, será que somos tão criminosos assim?! Será que o Senhor, que criou essa noite, esse céu, vai querer nos castigar por nos amarmos? E se for assim, se ele é culpado, se eu sou culpada", acrescentou ela com um ímpeto involuntário, "então, deixe-o, oh, Deus, deixe-nos, ao

menos, morrer uma morte honesta e gloriosa – lá, nos campos de sua terra natal, e não aqui, neste quarto abafado".
"E a desgraça de uma pobre mãe solitária?", indagou a si mesma, e ela mesma ficou embaraçada e não encontrou respostas a sua questão. Elena não sabia que a felicidade de cada pessoa está baseada na infelicidade de outra, que até mesmo sua vantagem e seu conforto exigem, como uma estátua a um pedestal, a desvantagem e o desconforto das outras.
"Rendić!", murmurou Insárov no meio do sono.
Elena se aproximou na ponta dos pés, inclinou-se sobre ele e enxugou o suor de seu rosto. Ele se agitou um pouco no travesseiro e se aquietou.
Ela se aproximou novamente da janela. De novo, os pensamentos tomaram conta de si. Começou a convencer-se e assegurar-se de que não havia motivos para ter medo. Até sentiu vergonha de sua fraqueza. "Por acaso haveria perigo? Por acaso ele não está melhor?", sussurrou ela. "Afinal, se não houvesse hoje ido ao teatro, tudo isso nem passaria por minha cabeça." Nesse instante, ela viu no alto, sobre a água, uma gaivota branca; provavelmente, assustara-se com um pescador e voava em silêncio um voo irregular, como se à procura de um lugar onde pousar. "Agora, se ela voar até aqui", pensou Elena, "será um bom sinal...". A gaivota girou no lugar, dobrou as asas e, como se tivesse sido ferida, caiu com um grito queixoso em algum lugar distante, atrás de um navio escuro. Elena estremeceu, mas depois sentiu vergonha de ter estremecido e, sem se despir, deitou na cama ao lado de Insárov, que respirava de maneira pesada e ritmada.

XXXIV

Insárov acordou tarde, com uma dor de cabeça surda e uma sensação, como se expressou ele, de repugnante fraqueza em todo o corpo. Contudo, levantou-se.
– Rendić não veio? – Foi sua primeira pergunta.
– Ainda não – respondeu Elena e lhe entregou o último número do *Osservatore Triestino*, que falava muito sobre a guerra,

as terras eslavas, os principados[112]. Insárov começou a ler; e ela se ocupou de preparar seu café... Alguém bateu à porta. "Rendić", pensaram ambos, mas o visitante disse em russo: "Posso entrar?". Elena e Insárov trocaram olhares de espanto e, sem esperar pela resposta, entrou no quarto um homem vestido *à la* janota, um rosto pequeno e aguçado, e olhinhos vivos. Estava todo radiante, como se acabasse de ganhar uma enorme quantidade de dinheiro ou de ouvir a mais agradável notícia. Insárov se levantou só um pouco da cadeira.

– O senhor não me conhece – disse o desconhecido, aproximando-se dele de um jeito atrevido e fazendo uma reverência gentil a Elena. – Lupoiárov, lembra-se, encontramo-nos em Moscou na casa dos E...i?

– Sim, na casa dos E...i – disse Insárov.

– Como não! Como não! Peço-lhe apresentar-me a vossa esposa. Senhora, sempre nutri um profundo respeito por Dmítri Vassílievitch... (ele se corrigiu) Nikanor Vassílievitch, e estou muito feliz que, por fim, tenho a honra de conhecê-la. Imagine – continuou ele, dirigindo-se a Insárov –, apenas ontem fiquei sabendo que os senhores estão aqui. Eu também estou hospedado nesse hotel. Que cidade é esta, essa Veneza... poesia, e só! Uma coisa é terrível: malditos austríacos a cada passo! Ah, esses austríacos! A propósito, não sei se os senhores ouviram, no Danúbio deu-se uma batalha decisiva: trezentos oficiais turcos foram abatidos, Silistra foi tomada e a Sérvia já declarou independência. É verdade que o senhor, como patriota, deveria estar muito animado, não? Em mim mesmo, ferve o sangue eslavo! Entretanto, aconselho-lhe a ter mais cuidado; tenho certeza de que estão nos vigiando. A espionagem é terrível aqui! Ontem, uma pessoa suspeita se aproximou de mim e perguntou se eu era russo. Eu lhe disse que era dinamarquês... Só que o senhor não parece estar bem de saúde, meu caríssimo Nikanor Vassílievitch. O senhor precisa se tratar; senhora, é seu dever cuidar de seu marido. Ontem, corri como um louco por palácios e igrejas... Já estiveram no Palácio Ducal,

---

[112] Principados do Danúbio, termo usado à época para se referir à Moldávia e à Valáquia, tomados do Império Otomano pelo Império Russo durante a Guerra da Crimeia.

não é mesmo? Que riqueza por todos os lados! Principalmente, aquela sala grande e o lugar de Marino Faliero; está bem diante de meus olhos, "*Decapitati pro criminibus*"[113]. Estive também nas famosas prisões: foi ali que minha alma se revoltou; eu, o senhor talvez se lembre, sempre gostei de me ocupar das questões sociais e sempre me rebelei contra a aristocracia... É para ali que eu gostaria de levar os defensores da aristocracia: para essas prisões; Byron disse com razão: "*I stood in Venice on the bridge of sighs*"[114]; aliás, ele também era um aristocrata. Sempre fui a favor do progresso. Toda a jovem geração está a favor do progresso. E os anglo-franceses, então? Vejamos se farão grande coisa: Boustrapá e Palmerston[115]. Os senhores estão sabendo, Palmerston se tornou primeiro-ministro. Não, digam o que quiserem, mas o punho russo não é de brincadeira. Esse Boustrapá é um canalha terrível! Se desejarem, empresto-lhes *Les Châtiments*, de Victor Hugo, é surpreendente! "*L'avenir, le gendarme de Dieu*"[116], é dito com um pouco de ousadia demais, mas que força, que força! O príncipe Viázemski disse bem: "A Europa repete: Bach-Kadik-Lar, sem tirar os olhos de Sinope"[117]. Eu amo a poesia. Tenho também o último livrinho

---

[113] Referência à Sala do Conselho-Maior do Palácio Ducal, em cujas paredes estão representados os doges de Veneza. Marino Faliero, executado em 17 de abril de 1355 por tentar concentrar em si o poder mediante um golpe de Estado, teve seu retrato substituído pela pintura de um pano negro com os dizeres em latim: "*Hic est locus Marini Faletro decapitati pro criminibus*" ("Este é o local de Marino Faliero, decapitado por crimes").

[114] Em inglês, no original: "Eu estava em Veneza na ponte dos suspiros".

[115] Respectivamente: apelido do imperador da França Napoleão III, constituído pelas sílabas iniciais dos nomes das cidades em que tentara levantar revoltas antes de enfim chegar ao poder (Boulogne-sur-mer, Estrasburgo e Paris), transliterado do francês para o cirílico (no original: Бустрапа/*Bustrapá*); título do lorde Henry John Temple, visconde Palmerston, ministro do Interior do Reino Unido entre 1852 e 1855, quando se tornou primeiro-ministro, e um dos principais incentivadores da Turquia na entrada em guerra contra a Rússia.

[116] Em francês, no original: "O futuro, gendarme de Deus!", trecho de verso de *Os castigos*, livro IV, XIII. Escritos por Victor Hugo no exílio, os poemas que compõem a obra são uma crítica feroz a Napoleão III.

[117] Citação de um poema sem título do poeta russo Piotr Viázemski, escrito em 1853. Refere-se à batalha de Başgedikler, ocorrida naquele ano, quando os russos derrotaram os turcos no Cáucaso.

de Proudhon[118], tenho tudo. Não sei vocês, mas estou feliz com a guerra; só espero que não me chamem para casa, daqui pretendo ir a Florença, a Roma: já que à França não é possível, penso em ir à Espanha. Dizem que lá as mulheres são surpreendentes, só que tem pobreza e muitos insetos. Passaria pela Califórnia, nós, russos, somos capazes de qualquer coisa, mas dei minha palavra a um editor de estudar em detalhes a questão do comércio no mar Mediterrâneo. Os senhores hão de dizer que é um assunto desinteressante, específico, mas nós precisamos, precisamos de especialistas, já filosofamos o suficiente, agora é preciso prática, prática... Mas o senhor não está nada bem de saúde, Nikanor Vassílievitch, talvez eu lhe esteja cansando, mas, de todo modo, ainda ficarei um pouco com os senhores...

E ainda por muito tempo Lupoiárov tagarelou dessa maneira e, ao partir, prometeu que os visitaria novamente.

Extenuado pela visita inesperada, Insárov se deitou no sofá.

– Aí está – disse ele com amargura, virando-se para Elena –, aí está a jovem geração de vocês! Um pode até se dar ares de importância e até se gabar, mas não passa de um assobiador igual a esse senhor.

Elena não fez objeções ao marido: naquele momento, estava muito mais preocupada com a fraqueza de Insárov que com a situação de toda a jovem geração da Rússia... Ela se sentou ao lado dele, pegou o bordado. Ele fechou os olhos e ficou deitado imóvel, todo pálido e magro. Elena fitou seu perfil, que havia se delineado nitidamente, seus braços estendidos, e um medo súbito apertou-lhe o coração.

– Dmítri... – começou ela...

Ele se sacudiu.

– O que foi? Rendić chegou?

– Ainda não... mas o que você acha? Você está com febre, não está muito bem de saúde, não seria melhor chamar um médico?

---

[118] Referência à obra *La Révolution sociale démontrée par le coup d'État du 2 décembre* [A revolução social demonstrada pelo golpe de Estado de 2 de dezembro], de Pierre-Joseph Proudhon, lançada em 1852, que comenta o golpe de Luís Napoleão no ano anterior.

– Esse tagarela a assustou. Não é preciso. Descanso um pouquinho, e tudo ficará bem. Depois do almoço, vamos de novo... a algum lugar.

Duas horas se passaram... Insárov ficou o tempo deitado, mas não pôde pegar no sono, apesar de não ter aberto os olhos. Elena não se separou dele; deixou cair o bordado nos joelhos e não se movia.

– Por que você não está dormindo? – perguntou ela, finalmente.

– Espere um pouco. – Ele pegou a mão dela e a colocou sob sua cabeça. – Isso... assim está bem. Acorde-me tão logo Rendić chegar. Se ele disser que o navio está pronto, partimos imediatamente... É preciso arrumar tudo.

– Arrumar é rápido – respondeu Elena.

– Toda a conversa fiada desse homem sobre a Sérvia – disse, um pouco depois, Insárov. – Tudo isso, ele deve ter inventado. Mas é preciso, é preciso partir. Não podemos perder tempo... Esteja pronta.

Ele adormeceu, e tudo na sala se aquietou.

Elena apoiou a cabeça no encosto de uma cadeira e ficou durante muito tempo olhando pela janela. O tempo virou, levantou-se um vento forte. Grandes nuvens brancas voavam rápidas pelo céu, um mastro fino balançava ao longe, a flâmula comprida, com uma cruz vermelha, esvoaçava, caía, esvoaçava de novo. O pêndulo do relógio antigo batia grave, com um chiado triste. Elena fechou os olhos. Dormira mal a noite toda e, aos poucos, também caiu no sono.

Teve um sonho estranho. Parecia-lhe que estava em um barco no lago de Tsarítsyno com pessoas desconhecidas. Estas estão sentadas, caladas e imóveis, ninguém rema; o barco se move sozinho. Elena não está assustada, mas entediada: gostaria de saber quem são essas pessoas e por que está com eles. Ela olha e o lago se expande, as margens somem – e já não é mais um lago, mas um mar agitado: as enormes ondas azuis silenciosas balançam o barco, majestosas; algo trovejante e terrível levanta-se do fundo; os companheiros desconhecidos de repente se levantam, gritam, agitam os braços... Elena reconhece seus rostos: seu pai está

A VÉSPERA

entre eles. Mas um torvelinho branco passa voando por sobre as ondas... e tudo começa a girar, tudo se confunde... Elena olha em volta: tudo ao redor continua branco; mas é neve, neve, neve sem fim. E ela já não está no barco, está viajando como quando partiu de Moscou, de carruagem; ela não está sozinha: a seu lado, há uma pequena criatura envolta em uma velha capa. Elena olha com atenção: é Kátia, sua pobre amiga. Elena sente medo. "Mas ela não havia morrido?", pensa.
– Kátia, para onde nós estamos indo?
Kátia não responde e se enrola mais ainda em sua capinha; ela sente frio. Elena também está gelada; lança um olhar ao longo da estrada: vê-se ao longe uma cidade através da poeira de neve. Altas torres brancas com cúpulas prateadas... "Kátia, Kátia, é Moscou?" Não, pensa Elena, é o Mosteiro Soloviétski: há ali muitas, muitas celas pequenas e apertadas, como em uma colmeia; ali é sufocante, apertado – é ali que Dmítri está trancado. Devo libertá-lo... De repente, um abismo cinzento, escancarado, abriu-se diante dela. A carruagem desaba. Kátia ri. "Elena, Elena!", ouve-se do abismo uma voz.
"Elena!", soou claramente em seus ouvidos. Ela levantou a cabeça rapidamente, olhou para trás e ficou atônita: Insárov, branco como a neve, a neve de seu sonho, sobreergueu-se até a metade do sofá e ficou olhando para ela com olhos grandes, claros, assustadores. Seus cabelos dissipavam-se na testa. Os lábios se separaram de um modo estranho. Um pavor, misturado com uma triste comoção, expressava-se em seu rosto subitamente transfigurado.
– Elena – pronunciou ele –, estou morrendo.
Com um grito, ela caiu de joelhos e apertou-se contra o peito dele.
– Tudo está acabado! – repetiu Insárov. – Estou morrendo... Adeus, minha pobre! Adeus, minha pátria! – E despencou de costas no sofá.
Elena saiu correndo do quarto, começou a chamar por ajuda, o *camariere* lançou-se atrás de um médico. Elena agarrou-se a Insárov.
Nesse instante, na soleira da porta, surgiu um homem de ombros largos, moreno, de sobrecasaca de lã grossa e um chapéu baixo de oleado. Deteve-se, perplexo.

— Rendić! — exclamou Elena. — É o senhor! Veja, pelo amor de Deus, ele está passando mal! O que há com ele? Meu Deus, meu Deus! Ontem ele saiu, agora mesmo ele estava falando comigo... Rendić não disse nada e apenas se afastou. Esgueirou-se rapidamente por ele uma figura pequenina de peruca e óculos: era o médico que morava no mesmo hotel. Ele se aproximou de Insárov.

— *Signora* — disse ele passados alguns instantes —, o senhor estrangeiro faleceu, *il signore forastiere è morto*, de aneurisma associado a doença pulmonar.

XXXV

No dia seguinte, no mesmo quarto, perto da janela, estava Rendić; diante dele, envolta em um xale, estava Elena. No quarto vizinho, no caixão, jazia Insárov. O rosto de Elena estava assustado e sem vida; na testa, entre as sobrancelhas, haviam surgido duas rugas: davam uma expressão tensa a seus olhos imóveis. Na janela havia uma carta aberta, de Anna Vassílievna. Chamava sua filha a Moscou, nem que fosse por um mês. Queixava-se de sua solidão, de Nikolai Artiémievitch, mandava saudações a Insárov, perguntava sobre sua saúde e lhe solicitava que permitisse à esposa viajar.

Rendić era um dálmata, um marinheiro que Insárov conhecera em sua viagem à pátria e que havia encontrado em Veneza. Era um homem severo, grosso, corajoso e dedicado à causa eslava. Desprezava os turcos e odiava os austríacos.

— Quanto tempo o senhor deve permanecer em Veneza? — perguntou-lhe Elena em italiano. E sua voz estava sem vida, assim como o rosto.

— Um dia, para carregar e não levantar suspeitas, e depois diretamente para Zara. Não levarei alegria a nossos conterrâneos. Eles já o estavam aguardando por muito tempo; tinham esperanças nele.

— Tinham esperanças nele — repetiu maquinalmente Elena.

— Quando a senhora o enterrará? — perguntou Rendić.

Elena não respondeu de imediato.

— Amanhã.

— Amanhã? Eu ficarei: quero jogar um punhado de terra em seu túmulo. E também preciso ajudar a senhora. Mas, para ele, seria melhor deitar em terra eslava.

Elena olhou para Rendić.

— Capitão — disse ela —, carregue-o junto comigo e nos leve para o outro lado do mar, para longe daqui. Seria possível?

Rendić ficou pensativo.

— Seria possível, apenas trabalhoso. Serão necessárias tratativas com as malditas autoridades locais. Mas suponhamos que nós ajeitemos tudo e o enterremos lá; como é que eu vou trazer a senhora de volta?

— Não será necessário me trazer de volta.

— Como? Onde é que a senhora vai ficar?

— Eu arranjo um lugar para mim; apenas nos leve, me leve.

Rendić coçou a nuca.

— A senhora é que sabe, mas isso tudo é muito trabalhoso. Vou fazer as tentativas, e a senhora me aguarde para daqui a duas horas.

Ele saiu. Elena foi ao quarto vizinho, encostou-se na parede e ficou como que petrificada por muito tempo. Depois, ajoelhou-se, mas não conseguia rezar. Em sua alma, não havia reprimendas; ela não ousava questionar Deus por que ele não o havia poupado, não teve piedade, não protegeu, por que castigou além da culpa, se é que havia culpa. Cada um de nós já é culpado por estar vivo e não há sequer um grande pensador, não há sequer um benfeitor da humanidade que, por força dos benefícios trazidos por ele, poderia guardar esperanças de que teria o direito de viver... Mas Elena não conseguia rezar: havia se petrificado.

Naquela mesma noite, um barco largo zarpou do hotel onde moravam os Insárov. No barco, estavam sentados Elena e Rendić, e, ao lado, havia um longo caixão coberto por um pano preto. Navegaram por cerca de uma hora e chegaram, por fim, a um pequeno navio de dois mastros, que estava ancorado bem na saída da baía. Elena e Rendić subiram no navio; os marinheiros trouxeram o caixão. Depois da meia-noite, levantou-se uma tempestade, mas, de manhã cedo, o navio já havia passado pelo Lido. Ao longo do dia, a tempestade eclodiu com uma força terrível, e os marinheiros experientes dos escritórios do Lloyd[119] balançavam as cabeças sem esperar nada de bom. O mar Adriático entre Veneza, Trieste e a costa da Dalmácia é extremamente perigoso.

Após umas três semanas da partida de Elena de Veneza, Anna Vassílievna recebeu em Moscou a seguinte carta:

Minha querida família, despeço-me para sempre de vocês. Nunca mais me verão. Ontem, Dmítri faleceu. Tudo está acabado para mim. Parto, hoje, com seu corpo, para Zara. Vou enterrá-lo, e o que será de mim, não sei! Mas, para mim, já não há outra pátria além da pátria de D. Lá se arma uma insurreição, estão se preparando para a guerra; vou me alistar como enfermeira; vou cuidar dos doentes, dos feridos. Não sei o que será de mim, mas, mesmo depois da morte de D., permanecerei fiel à sua memória, à causa de toda a sua vida. Aprendi o búlgaro e o sérvio. Provavelmente, não suportarei isso – tanto melhor. Fui empurrada para a beira do abismo e devo cair. O destino não nos uniu em vão: quem sabe, talvez eu o tenha matado; agora é sua vez de me atrair em seu encalço. Busquei a felicidade – e encontrarei, talvez, a morte. Pelo visto, tinha de ser assim; pelo visto, havia culpa... Mas a morte encobre e reconcilia tudo – não é verdade? Perdoem-me por todos os desgostos que lhes causei; estava além de meu alcance. E voltar para a Rússia... para quê? O que fazer na Rússia?

Aceitem meus últimos ósculos e bênçãos e não me condenem.

E.

* * *

Desde então, já haviam se passado cerca de cinco anos e mais nenhuma notícia chegara sobre Elena. Todas as cartas e consultas foram infrutíferas; em vão, o próprio Nikolai Artiémievitch, depois de a paz ter sido declarada, viajou a Veneza e Zara; em Veneza, descobriu tudo aquilo que o leitor já conhece, e em Zara ninguém pôde lhe dar informações precisas sobre Rendić e o navio que alugara. Circulavam rumores sombrios de que, ao que

---

[119] Empresa de navegação inglesa surgida no século XVII que fazia o registro de todos os navios e de todas as embarcações que circulavam no mundo.

A VÉSPERA

parecia, alguns anos antes, o mar, depois de uma forte tempestade, arremessara para a costa um caixão no qual encontraram o corpo de um homem... De acordo com outras informações mais confiáveis, esse caixão não fora arremessado pelo mar, mas levado e enterrado próximo à costa por uma dama estrangeira, vinda de Veneza. Alguns acrescentavam que essa dama foi vista depois em Herzegovina junto a um exército que naquela época estava sendo reunido; até sua roupa descreveram, preta da cabeça aos pés. De qualquer maneira, os rastros de Elena desapareceram para sempre e sem volta, e ninguém sabe se ainda está viva, se está escondida em algum lugar, ou se o pequeno jogo da vida já terminou, já terminou sua leve agitação e chegou a vez da morte. Acontece que uma pessoa, ao acordar, pergunta a si mesma com um susto involuntário: como assim já tenho trinta... quarenta... cinquenta anos? Como foi que a vida passou tão rápido? Como foi que a morte chegou tão perto? A morte é como um pescador que pega um peixe com sua rede, mas o deixa um pouco mais na água: o peixe ainda nada, mas já caiu na rede, e o pescador o tira dali quando quiser.

* * *

O que aconteceu com as outras personagens de nossa história?

Anna Vassílievna ainda está viva; envelheceu muito depois do golpe que a atingira, queixa-se menos, mas está bem mais triste. Nikolai Artiémievitch também envelheceu, ficou grisalho e separou-se de Avgustina Khristiánovna... Agora, ele amaldiçoa tudo o que é estrangeiro. Sua governanta, uma mulher bonita de uns trinta anos, das russas, anda sempre em vestidos de seda e anéis e brincos de ouro. Kurnatóvski, como um homem de temperamento e na qualidade de um moreno enérgico apreciador das loiras graciosas, casou-se com Zoia; ela lhe deve grande obediência e até parou de pensar em alemão. Bersiéniev está em Heidelberg; foi mandado ao exterior à custa do governo; visitou Berlim, Paris e não perde tempo à toa; dará um bom professor. Dois de seus artigos chamaram a atenção do público instruído:

"Algumas particularidades da legislação alemã antiga em matéria de punições judiciais" e "O significado do princípio urbano na questão da civilização". É somente uma pena que ambos os artigos estejam escritos em uma linguagem um pouco pesada e salpicados de palavras estrangeiras. Chúbin está em Roma; dedica-se completamente a sua arte e é considerado um dos mais notáveis e promissores jovens escultores. Os rigorosos puristas acham que não estudou os antigos o suficiente, que não tem "estilo", e o classificam como da escola francesa; ele recebe muitos pedidos de ingleses e americanos. Recentemente, fez muito barulho uma de suas bacantes; um conde russo, Bobóchkin, um conhecido ricaço, esteve prestes a arrematá-la por mil *scudi*, mas preferiu entregar três mil a outro escultor, francês *pur sang*[120], por um grupo que representava "A jovem camponesa que morre de amor no seio do Gênio da Primavera". Chúbin se corresponde às vezes com Uvar Ivánovitch, o único que em nada mudou.

Lembra-se, escreveu-lhe havia pouco, *que o senhor me disse naquela noite, quando foi descoberto o casamento da pobre Elena, quando eu estava sentado em sua cama e conversava com o senhor? Lembra-se de que eu perguntei, então, se haveria pessoas entre nós? E o senhor me respondeu: "Há de haver". Oh, força da terra negra! Eis que agora, eu, daqui, de minha "maravilhosa distância", mais uma vez lhe pergunto: "E, que tal, Uvar Ivánovitch, há de haver?".*

Uvar Ivánovitch brincou com os dedos e fixou ao longe seu misterioso olhar.

---

[120] Em francês, no original: "puro-sangue".

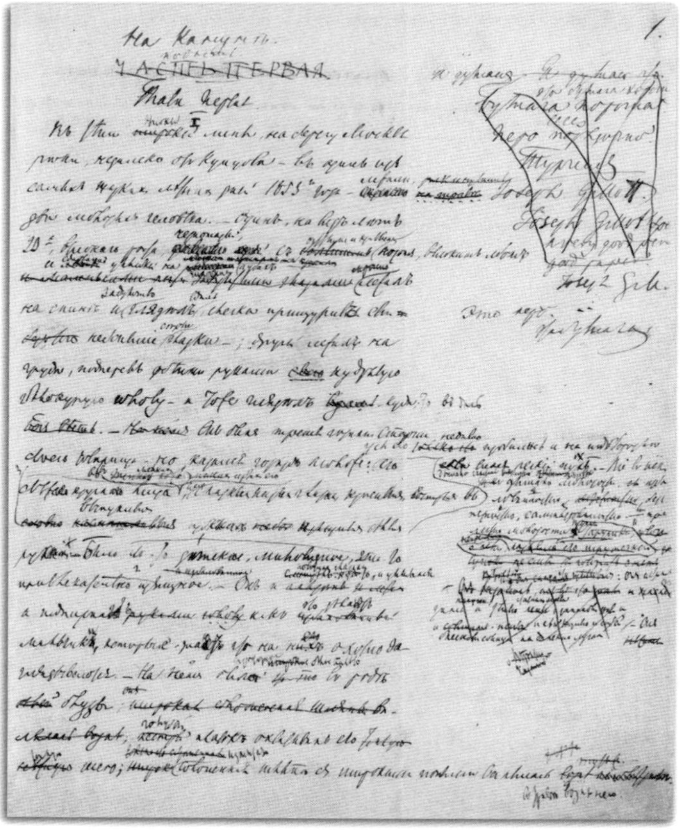

Manuscrito da página inicial de *A véspera*, c. 1859.

POSFÁCIO – *A VÉSPERA*, DE TURGUÊNIEV: ENTRE *ELENA* E *UM BÚLGARO*

*Paula Vaz de Almeida e
Ekaterina Vólkova Américo*

> *Quem, a qualquer feito, grita
> Por certo tem pouca valia
> Quem faz de verdade, silencia.
> A pessoa de valor só nos feitos se valoriza
> E pensa suas ideias vivas
> Mas não se vangloria.*[1]

Este trecho de uma fábula de Ivan Krylov (1769-1844), cuja mensagem sintetiza a moral contida em "Os dois barris", é bastante propício para se pensar no que diferencia os protagonistas Dmítri Insárov e Elena Stákhova das demais personagens jovens de *A véspera*, particularmente Pável Chúbin e Andrei Bersiéniev, mas também, em alguma medida, Zoia Mueller. Ao mesmo tempo, e de maneira semelhante ao que acontece na obra máxima de Turguêniev, *Pais e filhos*[2], o romance apresenta o conflito entre as distintas gerações da aristocracia russa de então. Os dois jovens amigos russos diferem de Nikolai Stákhov e Anna Stákhova, bem como de Uvar Stákhov – representantes da Rússia conservadora –; são, cada um a sua maneira, exemplares do tipo que

---

[1] Traduzido do original constante em Ivan Andriéievitch Krylov, "Две бочки" / "Dvê bótchki" [Os dois barris], em *Полное собрание сочинений / Pólnoie sobránie sotchiniénii* [Obras completas] (Moscou, Gos. izd-vo khudoj. lit., 1945-1946), v. 3, p. 130-1.

[2] Ed. bras.: trad. Rubens Figueiredo, São Paulo, Cosac Naify, 2015.

se convencionou classificar na literatura russa como "лишний человек" / *líchnyi tcheloviek*. Comumente traduzido para o português como *homem supérfluo*, talvez fosse mais apropriado falar em *pessoa supérflua*, uma vez que "Человек" / *tcheloviek*, em russo, refere-se ao substantivo *pessoa* em nosso idioma, ou, ainda, *ser humano*. Ocorre que, em idiomas como o português, o francês, o espanhol e o italiano, a palavra *homem* adquire o significado de *ser humano* tomado em seu aspecto morfológico, ou como tipo representativo de determinada região geográfica ou época[3]. Se em português a palavra *homem* é sinônimo de *ser humano*, com isso se circunscreve o vocábulo *mulher* como subcategoria de *homem*. Lembremos, por fim, que, apesar de sua posição subalterna, mulheres também integravam a nobreza russa, sendo elas mesmas exemplares da superficialidade em questão. Dessa maneira, a tradução mais corrente de *líchnyi tcheloviek* nos parece imprecisa e até excludente.

A *pessoa supérflua*, então, surge na literatura russa do século XIX para caracterizar um tipo social novo. Trata-se de uma juventude que entra em contato com algumas ideias em voga na Europa, seja por meio de viagens, seja pela literatura que chega ao país. Essas pessoas, no entanto, ao perceberem a situação de atraso da realidade russa e sua própria incapacidade de mudá-la e de vencer a autocracia e o autoritarismo a que se encontram submetidas, desenvolvem uma espécie de crise de consciência que culmina, não raras vezes, em ceticismo. Embora esse tipo já tivesse aparecido em obras literárias anteriores, será Turguêniev o autor da expressão, ao lhe conferir uma formulação mais bem--acabada no romance *O diário de um homem supérfluo*[4]. Trata-se, em essência, de uma posição social passiva, marcada pela divergência entre palavras e ações. O termo *niilismo*, por sua vez, já circulava na literatura filosófica e na crítica literária, mas só "viralizou" como definição de toda uma geração de jovens russos graças a *Pais e filhos*. Se o niilista Bazárov, a personagem principal de *Pais e filhos*, pode ser visto como a efetivação do ceticismo via niilismo,

---

[3] Ver *Dicionário Houaiss da Língua Portuguesa*.
[4] Ed. bras.: trad. Samuel Junqueira, São Paulo, Editora 34, 2018.

Insárov será, no conjunto da obra do escritor, uma contraposição aguda. Não à toa, é um estrangeiro. Turguêniev ganhara de seu vizinho Karatiéiev um caderno autobiográfico sobre Larissa, uma jovem russa que o tinha preterido por um jovem estudante vindo da Bulgária. *A véspera* tem, portanto, inspiração em uma história verídica. O búlgaro Nikolai Katránov chegou à Rússia e ingressou na Universidade de Moscou em 1848, mas, em 1853, quando eclodiu a guerra entre a Rússia e o Império Otomano, reavivando o espírito revolucionário entre os búlgaros, partiu, ao lado da nova esposa, de volta para a Bulgária. Katránov não conseguiu concretizar seus planos revolucionários, pois morreu de tuberculose em Veneza no mesmo ano. O escritor russo tentou publicar o próprio caderno de Karatiéiev, mas, em razão de seu limitado valor literário, acabou preferindo romanceá-lo[5]. Sobre a escolha do herói de seu romance, diz Turguêniev em trecho sobre *A véspera* do prefácio de 1879 a seus romances:

> A figura da heroína, Elena, ainda um novo tipo na vida russa, desenhou-se muito claramente em minha imaginação; mas estava ausente um herói, uma personalidade à qual Elena, com seu forte, apesar de vacilante, desejo de liberdade, pudesse se entregar. Ao ler a caderneta de Karatiéiev, exclamei involuntariamente: "Aqui está o herói que procurava!". Entre os russos daquela época, ainda não existia ninguém assim.[6]

Publicada dois anos antes de *Pais e filhos* e uma década depois de *Diário de um homem supérfluo*, a trama de *A véspera* se desenrola em um momento imediatamente anterior à Guerra da Crimeia (1853-1856). A época entre os anos de ambientação do romance e o momento de sua publicação (1860) marca na história russa um período de instabilidades e transformações. Em 1855, chega ao fim o governo de Nicolau I, repressor e policialesco. Tendo já reprimido no início de seu reinado a Revolta dos Dezembristas (1825),

---

[5] Iu Liébedev, "Тургенев" / "Turguêniev", em *Жизнь замечательных людей / Jizn zametchátelnikh liudei* [A vida das pessoas notáveis] (Moscou, Molodáia Gvárdia, 1990).

[6] Ver, neste volume, p. 195.

o tsar, bastante impressionado com as revoluções de 1848, passara a recrudescer ainda mais o regime. Assim, a literatura, que até então contava com relativa liberdade, tinha passado a sofrer uma censura implacável. Com a morte de Nicolau I, ascende ao trono seu filho mais velho, Alexandre II. Conhecido como "o Libertador", iniciou reformas de cunho liberal e modernizante na Rússia, as quais, ao lado do ideário da *intelligentsia* em formação, elevaram a temperatura de um caldo que entraria em ebulição com os acontecimentos de 1905 e transbordaria de vez em 1917. Diga-se, aliás, que, dado o descontentamento gerado pelo caráter tardio e insuficiente das reformas em meio aos setores ilustrados e mais radicais da sociedade russa do período, Alexandre II acabou sendo alvo de uma bomba lançada na carruagem imperial pelo grupo terrorista revolucionário Naródnaia Vólia [A Vontade/ Liberdade do Povo], em 1881.

Uma das principais transformações do ponto de vista do pensamento na Rússia é que data daí o surgimento de uma geração como reação aos *homens de 1840*, dos quais Turguêniev é um legítimo representante, ao lado de Vissarion Bielínski, Mikhail Bakúnin e Aleksandr Hérzen. Trata-se, ao mesmo tempo, do desenvolvimento de um novo grupo social que culminou na desintegração da velha Rússia e introduziu traços de capitalismo nesse país. Estamos falando dos "plebeus ilustrados" ou "proletários da burocracia" surgidos entre os *raznotchínets*. Esse termo genérico utilizado desde o século XVIII para designar aquelas pessoas que não pertenciam a nenhuma das catorze classes criadas por Pedro, o Grande (1672-1725)[7], passou a indicar um grupo social cada vez mais numeroso e heterogêneo, que ia de descendentes de clérigos e comerciantes a filhos de ex-servos, além de peregrinos e estrangeiros. Foi uma categoria concebida, antes de mais nada, a partir da necessidade burocrática do império de registrar seus habitantes, identificando-os, por consequência, com a marca de uma exclusão social. Dmítri Insárov pode ser considerado um *raznotchínets*, fato que por si só não chamaria tanta atenção se,

---

[7] Sistema baseado numa "escada de catorze degraus" que vigorou até a Revolução de Outubro de 1917.

além de estudante, não fosse também estrangeiro e revolucionário. Como tal, concentra o ideal de libertação de sua pátria, a Bulgária, acalentado, de certo modo, por toda uma geração de jovens russos em relação a seu próprio regime, mais precisamente daqueles educados no período de formação da *intelligentsia*. No romance, isso está expresso na admiração que Insárov desperta no jovem intelectual Bersiéniev e, em menor medida, no jovem artista Chúbin, além, é claro, de Elena, cuja disposição emocional vai além da consideração mais efusiva. O búlgaro se diferencia, porém, de seus colegas russos oriundos da nobreza, na medida em que, além de ser um *raznotchínets*, está pronto para superar as ideias e partir para a ação, vê em si um dever que considera grandioso e age conforme as exigências de tal responsabilidade. Não que aos nascidos na terra russa faltasse vontade para a transformação social de seu país; ocorre que, desprovidos das ferramentas para tal tarefa, perdiam-se em seus ideais e, acomodados em seus privilégios, tornavam-se eles mesmos pessoas superficiais como aquelas que povoam o romance.

Uvar Ivánovitch e Nikolai Artiémievitch, representantes da velha geração de aristocratas, assim como a própria Anna Vassílievna, podem ser vistos como reflexo do futuro que se interporá aos quatro jovens do romance: qualquer anseio que tiverem se chocará, inevitavelmente, com o modo de vida na Rússia, considerado arcaico por essa nova geração. Basta lembrar os longos solilóquios ou as ácidas provocações feitas por Chúbin, bem como suas lamentações em tom resignado ao constatar que não haveria alternativa em seu país para um espírito livre como o de Elena. A propósito, não é por acaso que as observações mais maliciosas e irônicas são enunciadas pelo artista, e não pelo narrador. Chúbin pode ser considerado um *alter ego* de Turguêniev; é por meio dessa personagem (além dos parênteses) que as críticas do autor à Rússia de então se fazem ouvir. É do artista, aliás, a última palavra do romance.

E é justamente contra esse modo de vida que se choca não nosso herói, Insárov, mas nossa heroína, Elena, uma mulher; paradoxalmente, a única a escapar do destino que aquela sociedade baseada em hierarquias e papéis fixos reservava a todos os seus membros. Ao se apaixonar pelo revolucionário búlgaro e negar tanto Bersiéniev e Chúbin quanto Kurnatóvski, o noivo escolhido por seu pai, Elena se coloca não só contra a família, mas antes contra a tradição russa. Além disso, em contraposição a Zoia – a qual, note-se, não é russa, mas alemã –, ao defender seu direito de escolha e pôr-se ao lado não de um companheiro, mas de uma causa, levanta-se contra a tradição patriarcal em geral e a grã-russa em particular.

Tal ponto de mutação social é captado com bastante sensibilidade por Turguêniev. Na relação de Insárov com Elena, bem como na oposição destes às demais personagens, o autor representa o princípio de uma transformação social na Rússia, que ocorre a partir da formação e do estabelecimento da *intelligentsia* e da influência que esse grupo operaria no modo de vida daquela geração e das seguintes.

Ao discutir questões relacionadas à vida cotidiana depois de Outubro de 1917, Leon Trótski, no capítulo 4 de seu *A cultura no período de transição*[8], oferece um diagnóstico bastante preciso dessa recepção radical da história do pensamento, além de analisar a importância da *intelligentsia* não apenas para o

---

[8] O livro, que reúne escritos de 1923 e 1926 e se dedica a discutir os problemas de cultura na sociedade comunista, foi publicado entre nós sob o título *Questões de modo de vida* (trad. Diego Siqueira e Daniel Oliveira, São Paulo, Sundermann, 2009). O capítulo de que se trata é apresentado em português como "Para construir o modo de vida é preciso conhecê-lo", embora uma tradução mais apropriada seja "Para reorganizar a vida cotidiana, é preciso conhecê-la". O autor usa uma palavra russa de difícil tradução, tamanha sua particularidade: быт (*byt*) e бытие (*bytiê*). *Byt* refere-se à vida diária, à rotina, ao dia a dia, aos afazeres domésticos, ao trabalho, e evoca o mundo material e aparentemente estático em que são atendidas as necessidades fisiológicas; já *bytié*, por contraste, remete ao nível mais alto e até certo ponto espiritual da existência, tendo ainda o conceito mais específico de *Bytié*, o Ser, da filosofia. Do ponto de vista da história do pensamento na Rússia, poderíamos dizer que o espírito russo – cindido em sua origem entre Oriente e Ocidente, entre ocidentalistas e eslavófilos, entre inovadores e arcaizantes – encontraria conciliação na união desses dois níveis da existência humana. A primeira pode ser traduzida por "a vida cotidiana" ou por "modo de vida", a depender do contexto. As citações aqui apresentadas foram traduzidas diretamente do original em russo constante em Leon Trótski, Проблемы культуры. Культура переходного периода / *Probliémy kultúry. Kultura perekhodnogo periôda* [Problemas de cultura: a cultura no período de transição], em *Сочинения* / *Sotchinénia* [Obras], v. 21 (Moscou/Leningrado, Gossizdat, 1927).

desenvolvimento intelectual de seu país, mas para a formação do movimento revolucionário.

Em nossa atrasada Rússia, o Iluminismo produziu alguns caráteres abrangentes na segunda metade do século XIX. Tchernychiévski, Píssarev e Dobroliúbov, provenientes da escola de Bielínski, não direcionaram sua crítica única e tão somente às relações econômicas, mas, ainda, à incoerência, ao reacionarismo dos costumes asiáticos, opondo ao velho um novo tipo de pessoa, "realista", "utilitarista", que pretende construir sua vida segundo as leis da razão e, logo, se transforma em uma "personalidade de pensamento crítico".

Ao voltar-se para a transformação dos costumes russos e seu caráter tardio, Trótski debruça-se sobre a relação entre esses pensadores e os *naródniki*, ou populistas russos, grupo surgido na década de 1860 tendo como elemento central de sua ideologia a aproximação da intelectualidade à vida do povo. Ao mesmo tempo, diferencia o alcance e a influência desses pensadores e de seus pares em outros centros de referência para a cultura europeia de então. Segundo ele, se os iluministas do século XVIII francês "apenas em muito pequena escala conseguiram transformar a vida cotidiana e os costumes, formulados não por uma filosofia, mas pelo mercado", e os alemães tiveram um papel histórico-cultural imediato bastante limitado – "esse movimento fundiu-se com a revolução pequeno--burguesa de 1848 e se mostrou impotente para derrubar até mesmo a inumerosa dinastia alemã, quanto mais para reconstruir, de cima para baixo, a vida humana" –, a influência direta da *intelligentsia* russa na vida cotidiana e nos costumes, em seu momento de maior efervescência, "foi quase nula". Trótski continua: "No fim das contas, o papel histórico do Iluminismo russo, incluindo o narodnismo, reside no fato de que ele preparou as condições para o surgimento do partido do proletariado revolucionário".

A primeira e mais sobressalente leitura de *A véspera* é a de um romance romântico potencialmente ideológico, cuja narrativa é construída em torno de uma ausência (em relação ao contexto russo de então), com uma heroína forte e um personagem principal que é ao mesmo tempo um *raznotchínets* (ou seja, um excluído social com certos benefícios, como o acesso ao ensino superior), um estrangeiro e um revolucionário; além disso, oferece um retrato social da Rússia de meados do século XIX, às vésperas de um período de profundas transformações sociais. Poderíamos mesmo dizer que se trata de um romance até certo ponto trivial: um livreto "água com açúcar", pela pena de um grande escritor, tendo ao fundo a paisagem e a vida russas, salpicado de belas descrições de cenários, lances de erudição e passagens verdadeiramente humorísticas. Seria trivial não fosse o engenho de Turguêniev ao estruturar o romance, provando por que costuma ser elencado no rol dos artistas verdadeiramente inovadores.

É preciso, então, olhar com mais atenção as personagens e a estrutura narrativa da obra, indo um pouco além da primeira leitura, mais superficial. Em *A véspera*, como alerta o próprio autor, essa singularidade reside em Elena, "um novo tipo na vida" de seu país. Graziela Schneider expõe em sua apresentação para *A revolução das mulheres*[9] que a década de 1850 marca a primeira onda do feminismo russo. Datam de então as primeiras manifestações de um feminismo ainda incipiente, que vai avançando nas décadas seguintes *pari passu* com o movimento mais amplo da *intelligentsia*, para igualmente culminar na renovação cultural, política e social demandada pelas revoluções de 1905 e 1917. Não se trata, é importante frisar, de um movimento autônomo e conflitante, nem mesmo paralelo ou marginal. Ao contrário, a *questão da mulher* – em russo, "женский вопрос" / *jiénski voprós* – adquiriu centralidade a partir da metade do século XIX nos principais debates sobre o destino e a missão da pátria que marcaram o *fin de siècle* russo.

Uma das primeiras e mais determinantes reações ao romance de Turguêniev foi o artigo publicado por Nikolai Dobroliúbov intitulado "Когда же придет настоящий день" / "Kogdá je pridiet nastoiáschi dien?" [Quando chegará o dia da verdade?], no qual estabelece um paralelismo entre a protagonista Elena Stákhova e a Rússia que adviria das mudanças tão acalentadas pela *intelligentsia*. Publicado na revista *Современник* / *Sovriemiénnik* em 1860, mesmo ano de publicação de *A véspera*, o artigo do crítico radical russo

---

[9] Ver Graziela Schneider (org.), *A revolução das mulheres: emancipação feminina na Rússia soviética* (São Paulo, Boitempo, 2017).

aponta que, em vez do amor de um artista, de um intelectual ou de um funcionário público, a jovem escolhe o de um estrangeiro, elegendo o dever cívico representado por Insárov[10]. A repercussão da análise de Dobroliúbov suscitou uma leitura bem mais progressista do que previa (ou até mesmo gostaria) o liberal Turguêniev. O crítico insiste na ideia de que em seu país existiam não apenas "Insárov" russos como ainda "inimigos internos", que eram não apenas os reacionários, mas também os liberais, todos eles avessos ao processo revolucionário. Turguêniev discordou dessas opiniões de Dobroliúbov e se opôs à aceitação do artigo pela *Sovriemiénik*. O editor da revista, Nikolai Niekrássov, levou adiante a publicação do texto, o que suscitou o rompimento do autor de *A véspera* com aquela que era a principal publicação literária russa, fundada por ninguém menos que o "pai" da literatura russa, Aleksandr Púchkin. Evidentemente, o romance desagradou também os setores mais conservadores da sociedade; e o que gerou mais polêmica foram justamente as escolhas e a conduta dita amoral da protagonista, que rejeita o destino de moça "bela, recatada e do lar".

Ler *A véspera* de um ponto de vista cujo foco é Elena implica, portanto, considerar o contexto sociopolítico em que ela se insere e de que maneira o autor resolve o conflito entre a personagem e sua conjuntura na estrutura narrativa da obra. Para tanto, é preciso prescindir da leitura que posiciona a personagem à sombra do protagonista masculino. Sob essa ótica mais tradicional, Elena seria facilmente entendida como um tipo característico dos enredos daquele século, e até de outras obras do próprio escritor: a "mocinha altiva e destemida", como compreendem alguns críticos; a trama, por sua vez, não passaria da expressão de um romantismo algo tardio e excessivo para os padrões europeus. No contexto russo, o enfoque em protagonistas femininas na literatura se inaugura com a passiva e sofredora "Pobre Liza", de Nikolai Karamzin; o tipo de caracterização se altera na obra de Púchkin, com a Macha de *A filha do capitão* e a Tatiana de *Evguiêni Oniéguin*, bem como

---

[10] Vale destacar que a palavra *dever* (em russo, долг / *dolg*) vem sempre associada ao personagem búlgaro ao longo do romance.

a *Anna Kariênina*, de Tolstói[11]. Poderíamos dizer, porém, que, de certo modo, é Turguêniev quem abre o caminho para escapar ao moralismo da época ao criar um novo tipo de representação feminina, que até recebeu a alcunha *tuguênievskie diévuchki* [moças de Turguêniev]. Dessa maneira, se nos voltarmos para a protagonista de *A véspera*, para os longos monólogos que dominam a parte final do romance, para as reminiscências da jovem sobre a infância singular e, principalmente, para a transformação que se opera na personagem em sua longa viagem da Rússia à Bulgária via Veneza; se desviarmos nossa atenção do entrecho amoroso e evitarmos a armadilha da contemplação da "mocinha", seremos surpreendidos com a leitura não de um romance romântico com traços ideológicos, mas de um romance de formação.

Trata-se, claro, de uma protagonista mulher de uma história ambientada na Rússia oitocentista, o que impõe inúmeras restrições a sua caracterização no gênero romanesco, decorrentes dos estreitos limites em que se movimentava socialmente uma mulher naquele período. Em um romance de formação convencional, em que o protagonista é um jovem do sexo masculino, o enredo, em linhas gerais, é composto de três etapas: o conflito de gerações, a educação formal ou uma viagem e a experiência amorosa do protagonista. Esse paradigma linear não pode, contudo, ser aplicado quando no centro da ação está uma personagem feminina, uma vez que representar a vida de uma mulher implica levar em conta as limitações sociais a ela impostas em razão de seu gênero.

Em *A véspera*, para que o conflito de gerações ocorra, é necessário haver primeiro a experiência amorosa e apenas ao fim a viagem, quando se dá o desfecho da formação de Elena. No século XIX, o acesso da mulher à educação formal era bastante restrito, e mesmo suas leituras de lazer eram consideradas perigosas por

---

[11] Nikolai Karamzin, "Pobre Liza", em Bruno Barretto Gomide (org.), *Nova antologia do conto russo* (trad. Natalia Marcelli de Carvalho e Fátima Bianchi, São Paulo, Editora 34, 2011); Aleksandr Púchkin, *A filha do capitão* (trad. Helena Nazario, São Paulo, Perspectiva, 1981); idem, *Eugênio Oneguin* (trad. Dario Moreira de Castro Alves, Rio de Janeiro, Record, 2010); Liev Tolstói, *Anna Kariênina* (trad. Rubens Figueiredo, São Paulo, Cosac Naify, 2005; e também trad. Irineu Franco Perpétuo, São Paulo, Editora 34, no prelo).

homens conservadores como o pai de Elena. Além disso, uma moça proveniente de uma "boa família" estava proibida de viajar sozinha, e viver livremente um amor era algo com que apenas se podia sonhar, ainda mais se o pretendente fosse um estudante estrangeiro e sem posses. Dessa maneira, a construção de um romance de formação de uma personagem feminina só é possível por meio da estilização do modelo tradicional, abrindo-lhe fissuras. Um exemplo são as cenas com função de alívio cômico, que surgem para denunciar a farsa daquela sociedade e seus costumes, revelando o abismo que separava aqueles senhores das pessoas que eram por estes vistas como presentes apenas para lhes servir. Lembremos que a abolição da servidão na Rússia – que, ao fim, acabou por enriquecer a nobreza e aumentar a influência da grande burguesia[12] – só ocorreu em 1861, portanto, cerca de uma década depois do momento em que o romance transcorre e somente um ano depois de sua publicação.

Para descrever a formação da jovem Elena, ou seja, para representar a transformação da menina piedosa na jovem apaixonada e destemida e, por fim, numa mulher que se torna senhora de seu destino, foi preciso ao escritor subverter o modelo tradicional do gênero literário, alterando, por meio de um recurso típico do romantismo (o amor impossível pela diferença de estratos sociais), a ordem convencional dos acontecimentos. Nesse sentido, o casamento, pilar da sociedade patriarcal e garantidor da reprodução da estrutura social, serviu aos jovens como forma de libertação ao subvertê-lo – vale lembrar que a consumação da união se deu sem um enlace matrimonial celebrado segundo as convenções, mas apenas depois daquele conduzido por eles mesmos.

O final, que apenas parece estar em aberto, não aponta para a resolução de um problema, como acontece no romance de formação tradicional, em que o rapaz feito homem torna-se apto a cumprir seu destino e prova-se à altura das obrigações que sua posição social lhe confere e exige – dito de outra maneira,

---

[12] Ver Friedrich Engels, "Literatura de refugiados", em Karl Marx e Friedrich Engels, *Lutas de classes na Rússia* (São Paulo, Boitempo, 2013), p. 17-48.

a tomar as rédeas dos privilégios que deve ser capaz de assegurar. Ao não apresentar, do ponto de vista da trama, uma conclusão para Elena, lançando-a num universo de especulações e possibilidades, o autor não diz, como seria do gosto dos moralistas daquele tempo, que a guerra não é lugar de mulher – afirmação, aliás, que o próprio Insárov faz a Elena. O que nos diz Turguêniev é que, para essa nova mulher, que reivindica seu lugar, que está pronta para romper com a superficialidade da condição que se exige dela e agir, que está prestes a se tornar uma revolucionária, a sociedade russa da época não estava preparada. Para que essa mulher pudesse estar onde quisesse, no controle da própria sorte, foi preciso romper com a família e a pátria, lançando-se na incerta aventura de ser agente da própria transformação.

Ainda segundo Schneider, nas décadas de 1830 e 1840 foram identificados os primeiros escritos russos sobre a condição feminina, e nos dois primeiros decênios do século XX, "uma intensa participação delas em mobilizações, congressos e protestos"[13]. Elena é o retrato de uma mulher cuja formação se dá no contato com as ideias do primeiro período observado pela pesquisadora; ao mesmo tempo, a geração de que ela faria parte prepararia o terreno para aquelas que, na prática, assumiram o protagonismo ao se colocar na linha de frente da Revolução Russa, naquele não tão longínquo – e caro a todas nós – 8 de março de 1917.

Por isso, a filha dos Stákhov não pode cumprir a premissa de *pessoa supérflua* ou de esposa dedicada e submissa. Por isso, rejeita o intelectual (um acadêmico que se exprime por palavras incompreensíveis) e o artista (um escultor de obras para consumo rápido), cujos destinos representam a falência das ciências e da arte tal como eram produzidas naquele contexto. É por essa razão que escolhe o estrangeiro e zomba, na carta a seu eleito, do escolhido por seu pai. E, nessa quadrilha à Drummond, é com o afetado funcionário do Império Russo que termina Zoia, a qual, não obstante estrangeira e de classe social inferior, faz perpetuar a tradição cristalizada no infalível brincar de dedos de Uvar Ivánovitch.

---

[13] Graziela Schneider, "Apresentação – As vozes da revolução das mulheres", em *A revolução das mulheres*, cit., p. 11.

APÊNDICE – PREFÁCIO À EDIÇÃO DE 1879[1]

[...]
Peço permissão aos leitores para contar – justamente a respeito de *A véspera* – um pequeno episódio de minha vida literária. O ano de 1855 passei quase inteiramente, e sem sair (assim como os três anos anteriores), em minha aldeia, no distrito de Mtsensk, na província de Oriol. Dentre meus vizinhos, o mais próximo era um tal Vassíli Karatiéiev, um jovem proprietário de terras de 25 anos. Karatiéiev era um romântico, entusiasta, grande amante da literatura e da música, dotado, além disso, de um humor peculiar, passional, impressionável e direto. Formou-se na Universidade de Moscou e morava na aldeia de seu pai, o qual,

---

[1] O trecho que aqui se publica foi traduzido a partir do texto introdutório que Turguêniev escreve a uma edição completa de seus romances publicada em russo em 1879. Ivan Turguêniev, "Предисловие к романам" / "Predislóvie k románam" [Introdução aos romances], em *Полное собрание сочинений и писем в тридцати томах / Pólnoie sobránie sotchiniéni i pissem v trídtsati tomakh* [Obra completa e cartas em 30 volumes] (Moscou, Naúka, 1981), v. 9, p. 390-8. Antes desse excerto, Turguêniev também comenta a respeito da obra: "Muito menos sucesso fez *A véspera*, embora nenhum dos meus romances tenha suscitado tantos artigos nos periódicos. (O mais notável, é claro, foi o de Dobroliúbov). O falecido N. F. Pávlov me fez severas críticas, e outro crítico, também já falecido, um tal Daragan, até ganhou um almoço em agradecimento por um artigo bastante duro sobre *A véspera*, no qual insistia especialmente na imoralidade das personagens principais. Surgiram alguns epigramas; uma piada em particular era sempre repetida: diziam que meu romance chamava-se *A véspera* porque saíra às vésperas de um bom romance". Nessa última frase, o autor parafraseia uma piada do príncipe Piotr Viáziemski: "Esse *A véspera* poderia ficar para amanhã". Note-se que o romance seguinte de Turguêniev foi *Pais e filhos*, considerado sua obra-prima.

a cada três anos, sofria ataques de melancolia, uma espécie de loucura. Karatiéiev tinha uma irmã – uma criatura muito notável – que também terminou louca. Todas essas pessoas morreram há muito tempo; é por isso que falo delas com tanta liberdade. Karatiéiev se obrigava a cuidar ele mesmo da propriedade, assunto sobre o qual nada entendia; e gostava, sobretudo, de ler e conversar com as pessoas que lhe eram simpáticas. Pessoas assim não havia muitas. Os vizinhos não gostavam dele por seu livre-pensamento e sua linguagem zombeteira; além disso, tinham medo de apresentá-lo às filhas e à esposa, uma vez que havia se consolidado a respeito dele a fama – que na verdade não merecia – de perigoso galanteador. Vinha ter comigo com frequência – e suas visitas eram, então, praticamente meu único entretenimento e prazer naquela época não muito alegre para mim[2].

Quando eclodiu a Guerra da Crimeia e se deu o recrutamento da nobreza, denominada "corpo de voluntários", os nobres de nosso distrito que não apreciavam Karatiéiev concordaram em, como se diz, metê-lo nesse corpo de voluntários, elegendo-o oficial. Ao saber de sua designação, Karatiéiev veio ter comigo. Imediatamente me impressionou seu aspecto angustiado e alarmado. Suas primeiras palavras foram: "Não retornarei de lá; não vou suportar; morrerei ali". Não podia se gabar de boa saúde, tinha dores constantes no peito e era de compleição frágil. Embora eu mesmo estivesse temeroso por ele, em razão de todas as dificuldades da campanha, tentei, todavia, dissipar seus pensamentos sombrios e pus-me a assegurar-lhe de que não passaria nem um ano e nós nos encontraríamos novamente em nosso fim de mundo, nos veríamos outra vez, papearíamos e discutiríamos como antes. Mas ele teimava, obstinado; e, depois de uma caminhada bastante longa em meu jardim, dirigiu-me de repente as seguintes palavras: "Tenho um pedido a lhe fazer. O senhor sabe que passei alguns anos em Moscou;

---

[2] Referência à situação de prisão domiciliar de Turguêniev entre maio de 1852 a dezembro de 1853. O motivo alegado para sua punição foi a publicação de um necrológio sobre Nikolai Gógol no jornal *Moskóvskie viédomosti*, mas a edição, em separata, de *Memórias de um caçador* teria sido o principal fator para isso.

não sabe, porém, que lá se passou comigo uma história que me despertou o desejo de contá-la, tanto a mim mesmo quanto aos outros. Tentei fazê-lo; mas acabei por me convencer de que não tenho nenhum talento literário, e todo o caso se resolveu comigo escrevendo este caderno, o qual entrego em suas mãos". Dito isso, tirou do bolso uma pequena caderneta de cerca de quinze páginas. "Como estou seguro", continuou ele, "apesar de seus amáveis consolos, de que não voltarei da Crimeia, por favor, faça-me a gentileza de pegar estes rascunhos e dar-lhes alguma finalidade, para que não sumam sem deixar vestígios, como eu!". Eu quis recusar, mas, ao ver que minha recusa o afligia, dei-lhe minha palavra de que cumpriria sua vontade e, na mesma noite, depois da partida de Karatiéiev, passei os olhos no caderninho que deixara. Nele, em traços ligeiros, esboçava-se aquilo que depois comporia o conteúdo de *A véspera*. A história, contudo, não havia sido levada até o fim e terminava abruptamente. Karatiéiev, em sua estada em Moscou, apaixonou-se por uma moça e teve seus sentimentos correspondidos; contudo, ao conhecer o búlgaro Katránov (uma personalidade, como soube depois, que outrora fora bastante famosa e até hoje é lembrada em sua pátria), ela se apaixonou e partiu em sua companhia para a Bulgária, onde ele logo morreu. A história desse amor foi contada com franqueza – embora sem habilidade. Karatiéiev, de fato, não tinha nascido para ser um literato. Contudo, apenas uma cena, justamente o passeio em Tsarítsyno, foi esboçada com bastante vividez – e em meu romance mantive os principais traços. É verdade que naquela época outras imagens rondavam minha cabeça: eu planejava escrever *Rúdin*; mas aquela tarefa, que depois tentei realizar em *A véspera*, surgia de vez em quando diante de mim. A figura da heroína, Elena, ainda um novo tipo na vida russa, desenhou-se muito claramente em minha imaginação; mas estava ausente um herói, uma personalidade à qual Elena, com seu forte, apesar de vacilante, desejo de liberdade, pudesse se entregar. Ao ler a caderneta de Karatiéiev, exclamei involuntariamente: "Aqui está o herói que procurava!". Entre os russos daquela época, ainda não existia ninguém assim. Quando, no dia seguinte, vi Karatiéiev, não apenas lhe assegurei de minha decisão de cumprir seu pedido como também lhe agradeci por ter me tirado da dificuldade e trazido luz a minhas considerações e reflexões que até então se encontravam obscuras. Karatiéiev se alegrou e, depois de repetir mais uma vez: "Não deixe que tudo isso morra", partiu para o serviço na Crimeia, de onde, para meu profundo pesar, não retornou. Seus pressentimentos se cumpririam. Morreu de tifo em uma paragem perto do mar Putrino[3], onde estava alocado – em abrigos – nosso corpo de voluntários de Oriol, que não havia visto durante toda a guerra um inimigo sequer e, entretanto, perdera cerca de metade de seu pessoal em decorrência de diferentes doenças. No entanto, adiei o cumprimento de minha promessa: comecei outro trabalho; ao terminar *Rúdin*, peguei o *Ninho de fidalgos*; e somente no inverno de 1858 a 1859, ao parar de novo na mesma aldeia e no mesmo ambiente daquela época em que havia conhecido Karatiéiev, senti que as impressões adormecidas começaram a se agitar; encontrei e reli sua caderneta; as imagens que haviam ficado em segundo plano passaram de novo para o primeiro – e imediatamente peguei a pena. Alguns de meus conhecidos daquela mesma época souberam de tudo que acima contei; mas considero meu dever agora, quando se dá a publicação final de meus romances, compartilhar tudo isso também com o público e, assim, prestar um tributo, ainda que tardio, à memória de meu pobre e jovem amigo.

E foi assim que o búlgaro se tornou herói de meu romance. Os senhores críticos, porém, em coro, acusavam-me pela falsidade e falta de vida dessa personagem e, surpreendidos com minha estranha ideia de escolher justamente um búlgaro, perguntavam: "Como? Por que diabos? Qual o sentido?". As peças apenas se encaixavam – mas naquela ocasião não me pareceu necessário entrar em explicações mais delongadas.

[...]

---

[3] Conjunto de lagoas na costa oeste do mar de Azov.

CRONOLOGIA

1818: Nasce Ivan Turguêniev em 9 de novembro (28 de outubro, no calendário russo de então), em Oriol, Império Russo. Ivan e seus irmãos Nikolai e Serguei são herdeiros de uma família de abastados proprietários rurais.

1825: A morte do tsar Alexandre I desencadeia a Revolta dos Dezembristas, contrários à coroação do príncipe Nicolau. A revolta é derrotada, e Nicolau I assume o trono.

1827: A família Turguêniev migra para Moscou para garantir ensino formal aos filhos.

1837: Ivan torna-se bacharel em filosofia pela Universidade de São Petersburgo e dá prosseguimento a seus estudos na Universidade de Berlim, onde conhece Hegel.

1841: Ivan retorna à Rússia e conclui a licenciatura na Universidade de Moscou, onde assume um cargo administrativo.

1843: Publicação dos poemas *Параша* / *Parácha* e *Неосторожность* / *Neostorojnost* [Imprudência], primeiras obras do autor a obter repercussão, graças a Bielínski.

1846: Publicação do poema *Помещик* / *Poméschik* [O proprietário].

1848: Onda revolucionária em grande parte da Europa. Ainda que em geral tenham sido derrotados, os movimentos legam uma forte influência no continente.

1850: Publicação de *O diário de um homem supérfluo*, obra considerada um marco da literatura russa.

1851: Luís Napoleão Bonaparte dá um golpe de Estado e torna-se imperador da França sob o título Napoleão III.

1852: Publicação de *Memórias de um caçador*, coletânea de contos que consagrou o autor entre os intelectuais russos. A crítica à servidão implícita nas histórias desperta a ira das autoridades, que detêm Turguêniev e o condenam a dezoito meses de prisão domiciliar em sua residência de campo em Spásskoie.

1853: O expansionismo do Império Russo choca-se com os domínios do Império Otomano, que recebe o apoio da Grã-Bretanha e da França. Tem início a Guerra da Crimeia.

1855: Morre Nicolau I, e Alexandre II é coroado novo tsar. Turguêniev conhece Vassíli Karatiéiev, que lhe confia o diário que serviu de inspiração para *A véspera*.

1856: Fim da Guerra da Crimeia com a assinatura do Tratado de Paris. Publicação de *Rúdin*.

1859: Publicação de *Um ninho de nobres*.

1860: Publicação de *A véspera*. O Reino da Sardenha e o Reino das Duas Sicílias se unificam para formar o Reino da Itália, mas Veneza continua sob domínio austríaco.

1861: Por decreto do tsar Alexandre II, a servidão na Rússia é abolida. Primeira edição francesa de *A véspera*, sob o título *Elena*.

1862: Publicação de *Pais e filhos*, considerado a obra-prima de Turguêniev.

1870-1: Guerra Franco-Prussiana, conflito que impulsionou a unificação da Alemanha e a derrocada da monarquia na França.

1871: Instauração da Comuna de Paris.

1876: Levante de insurgentes búlgaros contra o domínio otomano, conhecido como Revolta de Abril.

1877-8: Após dois anos de Guerra Russo-Turca, o Tratado de Berlim estabelece a criação do Principado da Bulgária, autônomo do Império Otomano, embora formalmente sob sua soberania.

1879: Publicação, em trinta volumes, das obras completas de Turguêniev, com prefácio do próprio autor.

1881: Assassinato do tsar Alexandre II e coroação de Alexandre III.

1883: Morre Ivan Turguêniev em 3 de setembro, em Bougival, França, aos 64 anos.

1889: É instaurada em Paris a Segunda Internacional.

1894: Morte de Alexandre III e coroação do último tsar russo, Nicolau II.

1897: Primeira edição brasileira de *A véspera*, sob o título *Um búlgaro*.

CRONOLOGIA

1905: Em 22 (9) de janeiro, uma manifestação pacífica de trabalhadores russos em frente ao palácio do tsar é duramente reprimida. O episódio, que ficou conhecido como "domingo sangrento", foi o estopim da primeira Revolução Russa.

1908: É proclamada a independência da Bulgária.

1914: O choque entre o imperialismo das grandes potências europeias marca o início da Primeira Guerra Mundial.

1917: A Revolução de Fevereiro derruba o tsarismo; a Revolução de Outubro instaura na Rússia um governo de orientação socialista.

1918-9: Fim da Primeira Guerra Mundial e assinatura do Tratado de Versalhes.

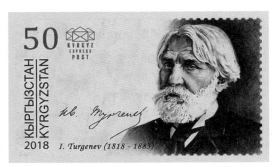

Selo quirguiz comemorativo do bicentenário de
nascimento de Ivan Turguêniev, em 2018.

Publicado em abril de 2019, 160 anos após Turguêniev ter escrito *A véspera*, este livro foi composto em ITC New Baskerville, corpo 10,5/12,6, e impresso em papel Avena 80 g/m² pela Rettec para a Boitempo, com tiragem de 2 mil exemplares.